ВАЛЕРИАН МАРКАРОВ

ЛИЧНЫЙ ДНЕВНИК ОЛИВИИ УИЛСОН

Издательство АСТ
Москва

УДК 821.161.1-311.2
ББК 84(2Рос-Рус)6-44
М26

Валериан Маркаров
ЛИЧНЫЙ ДНЕВНИК ОЛИВИИ УИЛСОН

Дизайн обложки *Владислава Воронина*

Маркаров, Валериан.

М26   Личный дневник Оливии Уилсон: роман / Валериан Маркаров. — Москва: Издательство АСТ, 2022. — 320 с.

ISBN 978-5-17-146523-0

Доктор Уилсон, один из уважаемых психоаналитиков Нью-Йорка, выслушивает исповеди своих пациентов и пытается решить проблемы, накопившиеся в их душах, а знаменитый профессор Зигмунд Фрейд с фотографии на стене навязчиво дает ему «дельные» советы.

Воспитывая дочь Оливию, доктор и не догадывается, что творится в ее мире. В новой школе она вынуждена вступить в тайное сообщество «посвященных». Клуб объединяет девчонок, о которых мечтают все парни школы Гринвич-Виллиджа. Чтобы стать полноправной участницей, ей придется пройти через нелегкие испытания, которые навсегда изменят ее жизнь.

УДК 821.161.1-311.2
ББК 84(2Рос-Рус)6-44

ISBN 978-5-17-146523-0

Часть первая.
Каждый хочет быть счастливым

Глава 1. Беспокойный день
доктора Уилсона

Понедельник начинался весьма и весьма паршиво. Джозеф Уилсон сидел в своем кабинете на Мэдисон-авеню в полном одиночестве. Он был в отчаянии, безмолвно созерцая своего двойника на гладкой поверхности полированного стола цвета мореного дуба: тот опустил подбородок на сжатые в кулаки руки, лежащие на столешнице, и тяжко, лихорадочно дышал.

Дела складывались плачевным образом, что, впрочем, с доктором происходило не впервые. Кто бы мог предположить, что его ассистентка Люси решит взять расчет, не предупредив об этом заранее. Ее поступку не было названия — просто возмутительно! О подобном он и думать не мог до вчерашнего вечера. Даже во сне такое ему бы не приснилось. И все же это случилось — словно разверзлись ясные небеса и прозвучал гром, вызвавший у доктора дрожь, которая прошла от шеи до самого низа живота.

Хотя еще в пятницу, накануне выходных, он заметил, что в поведении Люси стали проявляться нервозность и неуравновешенность, а сегодня утром... не успел он войти в кабинет, как она влетела за ним, сухо извинилась и, придвинув кресло поближе к столу, уселась на самый краешек, высоко подняв голову и выпрямив спину. Было очевидно, что она очень волнуется, к тому же выглядела она неважно.

Вскоре он узнал, что его тридцативосьмилетняя ассистентка собиралась стать матерью и решила подготовиться к появлению долгожданного первенца. Такой внезапный уход помощницы на седьмой неделе ее беременности сильно огорчил доктора. Он не понимал, как она может оставить его сражаться в одиночку с целой армией пациентов? Достаточно ли он ценил ее? Получала ли она, помимо зарплаты, бонусы и плату за сверхурочные часы? И если да, чем же он не угодил Люси, что она, вовсе не исключено, нафантазировала беременность? Да, он имел основания для такого кажущегося безумным предположения как специалист, которому многое пришлось повидать в своей долголетней психотерапевтической практике. В том числе и женщин с мнимой беременностью, и тех, которые ходили с накладными животами, чтобы создать впечатление, что они в положении.

— Вы ведь не знаете, доктор Уилсон, сколько лет мы с мужем боролись с природой за право быть родителями. Как я ждала, что в одно прекрасное утро проснусь и пойму, что жду дитя, — Люси переплела пальцы и уронила руки на колени. — Но время шло, а чуда не происходило: мы раз за разом терпели поражение. Джон долго не задавал вопросов, иногда топил горе в бутылке, но я не хотела сдаваться. А однажды он, перебрав с алкоголем, спросил прямо: «Дорогая, почему ты не призналась до помолвки, что бесплодна? Разве я не говорил, что хочу детей?» Я ходила на консультации к гинекологу, а еще через год объявила супругу, что мои шансы забеременеть естественным путем ничтожны, поэтому остается только одно — зачатие «в пробирке», то есть когда оплодотворение происходит вне тела матери... Узнав, что врач подтвердил наши догадки, муж напился и заявил, что я никчемная, бракованная женщина, раз не могу родить ребенка. Я никогда не рассказывала вам, доктор, что наша с Джоном семейная жизнь никогда не была раем: одни молчаливые упреки, мы даже чуть не развелись. И вот, наконец, произошло чудо... Я не могла остановиться, все повторяла слова гинеколога: «Рад сообщить, Люси, что вы беременны». Пресвятая Дева, наконец, после стольких лет переживаний, ложных надежд и жестоких разочарований, мы станем семьей. Я была на седьмом небе от счастья, и мне не терпелось поскорее сказать об этом Джону...

Джозеф видел, как двигаются губы Люси, как выгибаются брови, морщится лоб. Но не слышал ее голоса. В эти минуты его мозг усиленно трудился, думая, что предпринять, если его ассистентка не соизволит изменить своего решения? Удастся ли ему быстро найти стоящую замену? Внезапно он почувствовал себя одиноким и беззащитным человеком, которому не на кого положиться, не от кого ждать поддержки. Люси выбрала лучшее время, чтобы застать его врасплох, почти сломить. Он на мгновение попытался представить, что остался один на один со своими пациентами. То, что он увидел, не слишком ему понравилось, и он решил успокоить нервную систему, отвлечься от проблемы и попытаться достичь внутреннего равновесия:

«Ничего не поделаешь, Джо, горячий сегодня выдался денек. Но тебе не положено волноваться! — уговаривал он себя, закрыв глаза и дыша так, как это рекомендуют делать инструкторы дыхательных практик: прижимая кончик языка к небу, он слегка приоткрыл рот и полностью выдохнул. Затем закрыл рот и сделал вдох носом, считая до четырех. Потом досчитал до семи, задержав дыхание, и наконец медленно, со свистом выдохнул, считая до восьми. Он повторил упражнение несколько раз, твердя про себя: «Тебе хорошо и спокойно Джо. Ты — камень! Даже можно сказать — скала... Да, именно! Ты — скала в море. В огромном море. Или океане, где через день бывает шторм. Люди боятся шторма и прячутся кто куда. А ты стоишь. Стоишь уже много тысяч лет. Ты сильная, неприступная, нерушимая скала!!! В тебе нет ни одной расщелины. Удар даже самой сильной волны для тебя лишь нежное прикосновение. С каждым новым ударом ты становишься только тверже и несокрушимее».

Окутанный черной пеленой размышлений, он нервно вышагивал в кабинете из угла в угол... И то и дело бросал злобный взгляд на противоположную от стола стену: на ней над кушеткой Фрейда висел портрет самого герра доктора профессора Зигмунда Фрейда — отца-основателя психоанализа, сообщившего миру, что ничего в жизни человека не происходит просто так, всегда и во всем следует искать первопричину. И что же теперь ему, Джозефу, делать, уважаемый профессор? Есть что сказать по этому поводу?

Тот, спрятав губы в седой бородке, молчал, что было так на него непохоже: чаще он облачался в мантию мудрого советчика, и все бы ничего, если бы старикан не обладал дурной привычкой заставлять Уилсона выслушивать свои бесконечные нравоучения, считая собственное мнение единственно верным. Раза два Джозеф пробовал прервать его рассуждения, пытался заставить замолчать, но профессор властным движением головы и жестким голосом, не допускающим малейшего неподчинения или возражения, подавлял его. Говорят, он и при жизни был патологически авторитарен! И Джозеф безмолвно подчинялся. Но чаще профессор острил и глумился, выискивая у него профессиональные просчеты и промахи. Этот человек, кажется, любил насмехаться над всем миром, доказывая свое превосходство и удовлетворяя самолюбие...

— А-а-а, — внезапно изрек Фрейд. — Так, значит, вам все-таки понадобился мой совет, коллега Уилсон? То-то же вы не отводите от меня свой взор, такой жалкий, потухший, вопрошающий...

— В чем дело, герр профессор? — сухо спросил Джозеф. — Что вам угодно?

— Хотите поплакаться в жилетку? Ну же, давайте! Смелее! Не подавляйте свое нытье!

— Ну, знаете ли, профессор, это уже слишком! Благодарю, но я не просил ваших советов.

— Бросьте отнекиваться, Уилсон! Просили! Еще как просили. У меня плохой слух, но наметанный глаз. И я охотно поделюсь с вами опытом, пока вы не начали успокаивать себя транквилизаторами. Вот вы сейчас сопели там, пыхтели до красноты, жадно хватали воздух. И все попусту, дружище. Избранный вами способ ни к черту не годится. Вы используете неправильную методику лечения. В данном случае, с учетом индивидуальных особенностей вашего организма, идеально подойдет шавасана. Вы что-нибудь слышали об этой практике? Она намного эффективнее дыхательных упражнений. И главное — никаких побочных эффектов! Все слишком просто: вам следует стать трупом. Нет-нет, не надо умирать, майн герр. Только примите позу трупа: лягте на спину, как мертвец, опустите руки вдоль тела, ноги слегка раздвиньте. Будьте абсолютно неподвижны: разве у трупа есть проблемы? Его одолевают сотни мыслей в минуту? Нет! Добейтесь состояния полного умиротворения. Помните, расслабление идет не сверху вниз, а снизу вверх — от кончиков пальцев ног к затылку. Пробудьте в этой чудесной асане десять минут, представляя себя огромной птицей, отрывающейся от земли и парящей высоко в небе. Результат вас ошеломит, коллега! Ваше тело станет невесомым и поднимется ввысь, как пушинка, подхваченная ветром. Ну, так чего же вы ждете? Сию же минуту ложитесь на пол!

— Благодарю вас, профессор, но...

— Прошу вас! — упорствовал старик.

— Я сказал — нет. И вообще...

— Что «вообще»? Ну, продолжайте, продолжайте! А-а-а, так вы, значит, не желаете слушать бредни старого еврея, считая их вздором, да? Ну что ж, коллега, это в корне меняет дело. Похоже, пришло время внести ясность и дать четкое определение нашим непростым отношениям. Результат большого числа отдельных умозаключений, сделанных исходя из моей эрудиции и общего кругозора, показывает, что вам, по всей видимости, и правда не нужны мои советы и рекомендации. Вы ведь и без меня все прекрасно знаете. — Уилсону показалось, что Зигмунд пожал плечами в знак того, что сдается. — Или, быть может, вы видите во мне конкурента? Прошу прощения за прямоту, но у вас, надо думать, сейчас только одна потребность — в сочувствии и жалости к себе, бедному и несчастному...

Джозеф стремительно поднял голову и посмотрел на профессора. Его глаза горели гневом. «Полегче на поворотах, профессор!» — эти слова уже были готовы сорваться с его языка.

— Требую, чтобы вы не вмешивались в мою жизнь! Слышите? Я не стану больше терпеть ваших поучений! С меня довольно. Вы слышите меня?

Но кричать не пришлось, потому что герр профессор умолк сам, демонстрируя полнейшее нежелание общаться с хозяином этого кабинета.

Джозеф понимал, что единственное решение, в правильности которого он не сомневался, заключалось в том, чтобы взять паузу. Ну чем не соломоново решение? Заполучить передышку лишь на несколько минут или подлиннее — на полчаса, час — неважно. Главное — выждать. Это позволит ему выиграть время и сосредоточиться, а не рубить сплеча, и тем самым показать Люси, которая хочет безжалостно разрушить привычный уклад его жизни, спокойствие и уверенность — на нее это может подействовать отрезвляюще. А самому тем временем собраться с мыслями и обдумать дальнейшие шаги...

Он слышал, как в приемной трезвонил телефон. Затем до его ушей донеслось раздраженное меццо-сопрано Люси, — приглушенное и взволнованное, в нем звучали нотки драматизма и вместе с тем, как ему казалось, насмешливость. Она занималась тем, что «отбривала» его пациентов в откровенно резкой форме: «Ничем не могу вам помочь... Прием идет по предварительной записи... Я не в курсе его расписания... Нет, мне ничего не известно о наличии свободных мест... Говорят вам, я ничего не знаю... Почему? Потому что больше не работаю в этом сумасшедшем доме... Что вы сказали? Ну, в таком случае ничего не мешает вам обратиться к другому психоаналитику... Это вы мне? Да перестаньте, в конце концов, хамить!»

Джозеф почти видел, как у нее в этот момент поджимаются губы и она взволнованно передергивает плечами. Она всегда так поступала в случае затруднений, считая подобную мимику и телодвижение лучшим способом защиты от неблагоприятного внешнего воздействия.

Несколько минут спустя, выйдя, слегка сгорбившись, из кабинета в просторную приемную с креслами, обитыми сиреневым бархатом, он обратился к ней:

— Люси, — его голос был таким елейным и спокойным, каким он только мог его сделать. — Согласитесь, что ваш срок очень мал. В наши дни женщины работают вплоть до самых последних недель беременности...

Даже стенам в ту минуту была понятна причина, по какой он прервался на полуслове: он вдруг осознал, что его пустословие подействует на нее как красная тряпка на быка. И замолчал, затаившись в ожидании урагана под названием Люси — ужасающего вихря неведомой силы, который непременно обрушится на его голову. Однако его ассистентка молчала, плотно сжав губы. Кажется, в этот момент она была занята чем-то более полезным: суетилась, осматривая ящики и собирая свои вещи.

Чтобы заполнить образовавшуюся пустоту, Джозеф в неуверенности провел рукой по редеющим волосам и, стараясь не смотреть на ассистентку, перевел взгляд на стену: календарь сообщал о наступлении апреля 2019 года. Неужели? А ведь он и не заметил, как пришла весна! Тут его осенила мысль, от которой сразу стало веселее: «Ага! Так вот, оказывается, почему сегодня с самого утра моя любимая радиостанция разразилась буйством шуток, а по ТВ сообщали списки самых глупых людей Соединенных Штатов! Неужто Люси решила разыграть меня в честь праздника? Что ж, в таком случае я не стану обижаться на первоапрельскую шутку, а наоборот — посмеюсь вместе с ней...»

Ну вот, к счастью, все встало на свои места!

Он облегченно вздохнул и заметно оживился, еще не зная, что просчитался.

— Что? — запальчиво переспросила Люси, прервав его размышления. — Что, простите? — она метнула на Джозефа пронзительный взгляд, и доктор мог бы дать голову на отсечение, что в нем было больше злости, чем озадаченности.

Она, вздыхая, поднялась с корточек, закончив сваливать в увесистую коробку свои вещи — милый ее сердцу мир, частицы которого она собирала и бережно хранила в ящиках письменного стола, в стенном шкафу и на полках, бесцеремонно оттеснив медицинские карты клиентов. В коробке находились склянки и флакончики духов, тюбики давно использованных помад, пустые коробочки из-под пудры, зеркальце, две или три расчески, ужасная фарфоровая статуэтка серой кошки, музыкальный ларец с балериной, деревянная шкатулка для бижутерии, бисерная сумочка, копилка-поросенок, бантики и платки и прочий хлам — все, кроме каких-то вещей, указывающих на деловую активность!

Лишь в этот момент Джозеф обнаружил, что сегодня Люси была в необычном облачении. На ней вместо легкой приталенной блузы, юбки и туфель на шпильках было темное платье свободного кроя и обувь на плоской подошве. Такую одежду надевают беременные женщины Нью-Йорка, чтобы чувствовать себя комфортно. Хотя Люси она ни к чему, во всяком случае на данный момент, поскольку она совсем не изменилась: тот же впалый живот, прилипший к осиной талии, костлявые руки, плоская грудь и торчащая из воротника блузы длинная шея, окольцованная стеклянными бусами.

— Я знаю, доктор, все ваши уловки. Сейчас вы начнете манипулировать мной через испытанные методы подавления... Не выйдет! Я помню ваши слова, что внимание человека должно быть включено постоянно, чтобы хорошие психоаналитики вроде вас не смогли убедить его в перспективности совершенно бесперспективного занятия... И, к слову сказать, сомневаюсь, что вы так же великолепно знаете физиологию женщины, как психоанализ. Вам известно, что наиболее опасной стадией является первая половина беременности. При заражении велик риск, что ребенок родится с различными уродствами. Никакая работа того не стоит...

— О каком заражении вы говорите, Люси? Я не понимаю...

— Вы прекрасно понимаете, о чем я... и о ком! — Она выставила вперед ладонь, заставив Джозефа замолчать. — Здесь я ежечасно подвергаюсь воздействию психических микробов... Тут за день такое повидаешь... — Ее невидящий взгляд заскользил по шеренге стеллажей с папками. — А мое хрупкое тело не покрыто непробиваемым панцирем, как у вас, — она подняла правую руку и выставила вверх указательный палец, — чтобы наставлять на путь истинный самоубийц и маньяков Южного Квинса, вроде этого вашего Томаса Па-тис-со-на. — Он услышал медленное, по слогам, произнесение фамилии и увидел, как взметнулся вверх еще один ее палец. — Развратников и мазохистов с Лонгвуд-авеню, вроде Джеймса Хам-ме-ра или Дороти Фокс с их тайными сексуальными желаниями: «О, я дрянная девчонка, доктор Уилсон, и ничего не могу с этим поделать».

Презрение не сходило с ее лица, а рот кривился в брезгливой гримасе, пока она передразнивала пациентов. Такую Люси он еще не знал. Молодая женщина подняла вверх третий палец:

— Ну и всяких там нарциссов, психопатов и мрачных меланхоликов Манхэттена, наподобие Чарлза Клу-ни и, конечно, Эндрю Роб-бин-со-на. Особенно Эндрю Роб-бин-со-на... Не припомню, говорила ли я вам, что он, уходя в последний раз, посмотрел на меня так, словно готов четвертовать, затем наклонился к самому моему лицу и зашептал на ухо: «Черт подери вас с вашим мозгоправом. Это не конец, детка! Мы еще встретимся... В моем распоряжении имеются средства, которые означают для вас обоих тяжелые последствия»... Мне, знаете ли, не привыкать, доктор Уилсон, но выходка этого сумасшедшего шокировала меня...

Так вот оно что! Эндрю Роббинсон. Услышав имя бывшего пациента, Джозеф передернулся от неприятных воспоминаний, и что-то задрожало около его губ, словно он нечаянно коснулся оголенного провода и получил чувствительный удар. Вот, стало быть, в чем дело.

Эндрю Роббинсон посещал четыре сеанса в неделю в течение полугода и был сложным и неприятным пациентом. Толстый, обрюзгший мужчина сорока пяти лет (они с Уилсоном оказались почти ровесниками), в помятом костюме, с опухшим желтоватым лицом, а его левое ухо было заметно больше правого, что привлекало внимание к его довольно заурядной внешности.

— Я беспокоюсь по поводу всего, доктор, — это была, кажется, первая фраза, которую он сказал, как только занял место в кресле пациента.

— Хотите поговорить со мной об этом? — начал Джозеф, стремясь разговорить клиента.

— Я очень боюсь птиц, особенно голубей, и стараюсь избегать встречи с ними. Они вызывают у меня панический страх...

— А что же такого страшного вы находите в птицах, мистер Роббинсон?

— Меня могут склевать...

— Склевать? Мистер Роббинсон, я постараюсь помочь вам осознать, что вероятность, при которой птица может причинить вам вред, крайне мала. Пернатые сами опасаются людей и практически никогда не нападают первыми, если только не защищают свое гнездо...

— Но меня они хотят склевать. А еще будят во мне жуткое чувство отвращения.

— Да? Почему же?

— Для меня они как летающие крысы — переносчики грязи и инфекций. Раньше я пугался только пролетающего мимо голубя. Теперь все ухудшилось: меня раздражает, даже если вижу их в парке мирно клюющими корм. Сегодня, проходя через Центральный парк, я спугнул голубей. Шумно хлопая крыльями, птицы взмыли вверх. Я уже успокоился, но оказалось, что далеко они не улетели, а принялись описывать круги над моей головой. И вскоре спикировали вниз и возобновили пиршество. Они хрипло каркали...

— Но голуби не каркают, мистер Роббинсон. Они воркуют... или курлыкают, если хотите. Это милые и безобидные создания...

— А те каркали... Мне показалось, они издеваются надо мной. И налетали друг на друга, ссорясь из-за добычи.

— Это то, зачем вы пришли ко мне, мистер Роббинсон?

— Нет! Разумеется, нет, доктор! У меня есть множество причин для беспокойства. Вы ведь слышали про таяние ледников Гренландии? — Он удивленно приподнял брови. — Если это правда, то человечество останется без пресной воды. А что будет с океаном, если растает Антарктида? Сколько стран уйдет под воду?

«Наблюдаю орнитофобию, тревогу и навязчивые мысли», — аккуратно записал Джозеф в своем блокноте.

— Продолжайте, прошу вас, мистер Роббинсон. Что еще вас тревожит?

— Я волнуюсь по поводу того, где мне держать свой сотовый телефон.

— А что насчет сотового?

— Раньше я всегда держал его во внутреннем кармане пиджака. Но у меня стало болеть сердце.

— Да? И что вы?

— Мне пришлось переложить его в карман брюк, но боюсь, что рано или поздно у меня обнаружат рак гениталий. Из-за этого я не могу уснуть. И еще мне все время кажется, что я не помыл руки после того, как почистил зубы. Ночью встаю несколько раз и проверяю, хорошо ли заперта входная дверь...

— У вас имеется основание кого-то бояться, мистер Роббинсон? Вам кто-нибудь угрожает?

— Не думаю. Но разве вы не слышали про вооруженные уличные банды, ведущие войны за контроль над кварталами, за право торговать там наркотиками? Афроамериканцы и латиносы, ирландская мафия и сицилийские кланы — они люто ненавидят друг друга. И знаете, доктор, когда живешь в Южном Бронксе, тебе нелишне позаботиться о своей безопасности. Почему вы молчите? Признайтесь, хотите оставить меня одного на поле боя? И прошу вас, доктор, не надо... не старайтесь меня переубедить, что все эти опасения — лишь плоды моей буйной фантазии и больного воображения... Вот сегодня, к примеру, я влип в передрягу. Шел к вам и по пути наткнулся на бандитов. Они выскочили из фургона марки «Форд». Видели бы вы их свирепые лица — от их взгляда в жилах стынет кровь! Двое или трое — здоровенные лбы, — действуя заодно, начали на меня охоту. Увидев копа — притом что я ненавижу копов и никаких дел с ними не имею, — я завопил, что меня преследуют. Как вы думаете, что произошло дальше? Вам любопытно? Через пару минут коп, переговорив с разбойниками, сказал мне, что не стоит паниковать. Это, мол, никакие не грабители, а обычные бездомные, выпрашивающие у прохожих пару баксов на обед. Сказал, что полиция постоянно их разгоняет, но тех это не заботит — они снова возвращаются на свои места. Как вам, доктор Уилсон? Вы бы поверили в эти россказни?

В комнате повисло молчание. Джозеф записывал что-то. А Роббинсон сверлил взглядом носок своей туфли, словно видел его впервые. Потом заерзал на месте и, не поднимая головы, воскликнул:

— Послушайте! Нельзя ли опустить шторы? Мне в глаза бьют солнечные лучи! Так-то лучше! И еще... у вас есть другое кресло? Нет, такое же меня не устроит. У меня спина ноет, черт бы ее побрал! Мне нужна удобная спинка. Нет, спасибо, на вашей кушетке мне будет жестко, вам не мешает сменить ее на мягкий диван. Как это понимать? — Он состроил обиженное лицо. — Вы же не хотите сказать, что мне придется стоять во время сеанса? Так не годится, доктор. Я не хочу, чтобы мне портили настроение...

— Вы полагаете, я порчу вам настроение, мистер Роббинсон? — Джозеф откинулся в кресле и посмотрел на потолок, как всегда, когда внимательно слушал собеседника.

— Вы пытались это сделать, — ответит тот, глядя доктору прямо в глаза, чего никогда прежде не делал.

Джозеф вопросительно поднял брови.

— Благодарю вас, мистер Роббинсон, за откровенность. Я непременно учту ваши замечания, а также просьбу относительно кресла. А сейчас, если вас не затруднит, я бы все-таки попросил вас пересесть на кушетку — всего лишь на пару мгновений. Замечательно. Итак, что вы видите перед собой, сидя на кушетке? О'кей. А теперь пересядьте на мое кресло. Да-да, сюда. Вы очень добры. Что вы замечаете? Правильно. Здесь все иначе. Но это одна комната. Мы просто смотрим на нее с разных точек. Так и с вашими проблемами. Взгляните на них с другой точки зрения. И они уже не будет так страшны, так болезненны.

Посетив доктора через день, Эндрю Роббинсон стал жаловаться, что не спит по ночам, переживая, не капает ли вода из крана в душевой. Не произошло ли короткое замыкание, что непременно станет причиной пожара. Или, быть может, пока он безмятежно спит, происходит утечка газа. Он слышал, что не всегда можно учуять запах газа, и ему бы не хотелось сгореть заживо в своей квартире или задохнуться.

У него был особый дар постоянно преподносить Джозефу сюрпризы. Так, однажды он принес абстрактный рисунок и заявил, что это статуя Свободы. Это оказалась грубая, аляповатая мазня, примитивная и жалкая. Не найдя восхищения в глазах доктора, он стал злиться, вопил, что он художник, правда, еще неоцененный. Да, возможно, он немного безумен, кричал он, но ведь у любого творческого человека есть отклонения в психике. И это совсем не означает, что он сумасшедший, просто другой, не такой, как все. Наконец, в подтверждение своих слов, он извлек из кармана темно-синего макинтоша свернутый рулон, которым оказался постер о его персональной выставке. «Господи, да он мнит себя живописцем, — размышлял Уилсон. — Предварительный диагноз: невроз либо даже параноидальная шизофрения. Придется разбираться с этим. Ну, а что касается его иллюзий — не будем их развенчивать. Против болезни хороши все средства. Даже обман пациента. Ведь, по сути, это не обман, а вынужденное средство терапии».

— Повсюду бактерии. Вирусы. Они везде — в воздухе, в воде, на нас, внутри нас. Боюсь, что меня поразит какой-нибудь страшный недуг, — сообщил Роббинсон во время очередного визита.

— Ну что вы, сэр! Да будет вам известно, никакой вирус вас не возьмет, если внутренне вы настроены на здоровье и долгую успешную жизнь!

— Что? Вы считаете, страх — всего лишь мой вымысел? Допустим. А если случится землетрясение, ускорится глобальное потепление из-за загрязнения атмосферы? Это тоже мираж, скажете? Вот потому все это меня беспокоит. А вас разве нет? Нет? Тогда это ваша проблема. И вообще, вы не рассказали, как собираетесь лечить меня? Неужели электрошоком, пуская ток в голову? Вы ведь, слышал, психиатр, вам все сойдет с рук...

— Прежде всего я собираюсь вас выслушать, Эндрю. Мне важно понять причину ваших фобий. Затем проанализирую услышанное, и мы приступим к лечению. Вам стоит раскрыться, чтобы мы полноценно пообщались. Терапия — это обмен. Вы пожинаете то, что посеяли.

— Что за чушь, доктор? Или я неинтересен вам как пациент? К чему эта никому не нужная болтовня? Если вы врач, дайте мне лекарства, что-то, что поможет.

— По своему опыту я знаю, что лекарства стоит принимать с большой осторожностью. Я не назначу вам препаратов, если буду сомневаться, помогут ли они вам. Такой у меня подход к делу. Я верю, что беседа и раскрытие проблемы — самый действенный метод в сочетании с медитацией, соблюдением правильного образа жизни, баланса. И если это не принесет должного результата, тогда я выпишу вам лекарства. Давайте попытаемся продвигаться вперед, шаг за шагом.

— Я так и знал — кругом одни враги. Они повсюду. Юрист желает, чтобы ты попал в беду. Автослесарь радостно потирает руки, если ты разбил автомобиль. А врач счастлив, когда ты болен. И их злодейский заговор сработает, если они столкнут кого-нибудь в депрессию и превратят в послушное орудие в своих руках. Вы — один из них! Утверждаете, что помогаете людям, но, ломая их психику, только искажаете их реальность. Боже, зачем я вообще сюда потащился? Ненавижу людей, их гребаное лицемерие...

«Что ж, у каждого безумия своя логика», — думал Джозеф. Его взгляд скользнул по стене, откуда с портрета ему одобрительно подмигнул старик Фрейд: «Какое завидное хладнокровие. Браво, Уилсон, браво!» Действительно, его внешнее хладнокровие почти граничило с безразличием. И, продолжая беседу, он произнес:

— Вам незачем так волноваться, Эндрю. Я найду для вас правильное лечение.

— Что порекомендуете на сей раз, любезный доктор-мозгоправ? Впрочем, вы не оригинальны. Знаю, опять отправите меня в магазин покупать что-то, чтобы поднять настроение. Угадал? У меня дома уже коллекция новых вещей! Или посоветуете пойти в кондитерскую за шоколадным тортом? Из-за ваших никчемных советов у меня отросло пузо, и теперь штаны и рубашки, купленные по вашему предписанию, мне малы. У вас что, договор с кондитерской на привлечение новых покупателей? Что? Вы спрашиваете, как мне пришла в голову такая мысль? Да я постоянно вижу в том магазине толпу. Уверен, все они — ваши клиенты! Я понял, что к чему: вы такой же, как и ваши собратья: все на один лад! Считаете меня законченным идиотом, и вам плевать на меня! Потому что всем плевать на то, что говорит идиот! А может, у вас нестандартное чувство юмора? Что, если вы решили поиздеваться надо мной — как те голуби в парке?

— Вам полегчало, Эндрю, когда вы высказали все, что было в вашей голове?

— Хм, хотите сказать, вам не хватило времени, чтобы разобраться, что в этом странном кабинете, в вашем до чертиков неудобном кресле сидит человек, которым владеет недуг куда более мощный, чем болезнь? Вы можете мне ответить, кто я? Куда я иду? И что ждет меня впереди? Мой ум поврежден. И знаю, что завтра лучше не будет. Будет только хуже. И потому смерть меня не пугает. Меня страшит жизнь. Я постоянно думаю о самоубийстве. А еще боюсь, что однажды у меня получится...

— Эндрю! Сейчас мы начнем экспозиционную терапию.

— Что?

— Нам нужно вернуться к тому дню, когда все это началось. Поверьте, Эндрю, здесь вам обязательно помогут...

— О, нет! — закричал он. — Не помогут! — и вызывающе засмеялся. — Вот он, перед вами — живой пример, что ваша терапия не действует. Не знаю, как и почему пришел сюда, но я здесь в последний раз. Вы давно махнули на меня рукой. Вы больше не обсуждаете со мной происхождение моих страхов, а просто терпеливо все выслушиваете и выражаете надежду, что до следующего сеанса со мной ничего не случится. А ваша импульсивная помощница, как ее? Люси? Смотрит на меня с издевкой и убирает со стола мои деньги. Или выставляет мне чек.

— Эндрю, не будем тратить время на обсуждение характера моей помощницы. Вам надо пройти терапию... Если желаете, мы даже можем обговорить с вами возможность сокращения нашего общения...

— Нет! Ваше лечение бессмысленно, оно мне не помогло. Вы даже не прописали лекарств! Я не чувствую себя лучше после ваших сеансов. Все кончено! Обойдусь без психоаналитика. Я уже и так нехило пополнил ваш счет в банке... Но вы все еще пытаетесь удержать меня, как и других своих пациентов.

— Вы ошибаетесь, Эндрю! Если бы я удерживал пациентов ради денег, то плохо бы спал по ночам...

— Не уверен. Вы просто злоупотребляете своим положением...

— Злоупотребляю своим положением?

— Именно! Кстати, почему вы все время поглядываете на часы?

— У меня плотный график, Эндрю...

— И что это значит? — оборвал тот Джозефа. — Что сеанс окончен?

— А вы хотите?

— Хочу, чтобы был окончен.

— Тогда считайте, что он окончен.

— Хорошо. Но учтите, черт вас подери, это еще не конец. Мы встретимся. Ах, если бы вы знали, как сильно мне иногда хотелось двинуть кулаком в вашу добродушную физиономию или подложить дохлую крысу под эту дурацкую кушетку! Это сравняло бы счет... Но и это не все... В моем распоряжении имеется кое-что, что напрочь испортит вашу репутацию! Вот увидите... Это будет иметь для вас такие последствия, что мало не покажется...

А потом случилось то, что должно было случиться при таких обстоятельствах. Джозеф Уилсон всегда признавал необходимость физического контакта с пациентами. И обычно они с Эндрю обменивались рукопожатиями в конце сеанса.

Но не сегодня: Эндрю толкнул дверь ногой и даже не обернулся на прощанье.

За долгие годы работы в практике доктора Уилсона случалось всякое. Но большинство пациентов были благодарны ему. В те редкие дни, когда он болел, они справлялись о его здоровье: как он себя чувствует и состоится ли очередной сеанс? А если он уходил в отпуск, опасались, что он больше не вернется и это станет для них концом света! Они дарили ему конфеты и музыкальные шкатулки, поздравляли с праздниками и присылали открытки на Рождество, порой незаслуженно, потому что, бывало, его пациенты выздоравливали сами. Врачи, объясняя этот феномен, называют его спонтанной ремиссией. В таком случае Уилсону было нечего сказать самому себе: его клиент здоров, и он рад, что теперь они могут попрощаться. Самым ценным подарком для него оставалось простое «спасибо» и объятия: подобные вещи заставляли его просыпаться утром и старательно выполнять свою работу. Но бывало, к счастью, крайне редко, что вместо признательности он слышал оскорбления и даже угрозы. Иначе и быть не могло — такова специфика профессии. И внутренне он был к этому готов. Единственное, чего бы ему хотелось, — нарастить непробиваемый панцирь, чтобы с большей легкостью выносить критику и нападки клиентов. Увы, в особо острые моменты его панцирь оказывался недостаточно прочным...

— Таким образом, доктор Уилсон, — продолжала Люси, лихорадочно подбирая слова, — при всем почтении к вам, я... ну, вынуждена заявить, что не намерена оставаться в такой опасной среде... Точка! Иначе еще чуть-чуть, и мне самой придется сесть на валиум и прозак. Да, и вот что... — Внезапная перемена, произошедшая с ее голосом и выражением лица, настораживала: озабоченность сменилась надменностью. — По поводу моего срока: накануне гинеколог сообщил, что к седьмой неделе беременности крошечный мозг эмбриона производит пятьсот тысяч нервных клеток в минуту. Представляете? Полмиллиона клеток в минуту! А вы говорите: «Срок ничего не значит»...

Ее заносчивый тон задел доктора. По правде сказать, ему страшно хотелось почувствовать себя обиженным. И все же он не показал виду, хотя его состояние выдавали следы усталости и стресса, выступившие на лице.

«В этом решении Люси нет моей вины, — твердил он про себя. — Я все делаю и говорю так, как нужно. Стараюсь не допускать ошибок. Да, я самокритичен в некоторых вопросах, но в том, что касается моей компетентности как психотерапевта, я о себе высокого мнения. И потому берусь за любые случаи. Творю добро. У меня светлая голова, острый ум. Я себя люблю. И меня любят пациенты, исключая психопатов, вроде Эндрю Роббинсона».

Что ж, пусть Люси поступает, как ей вздумается! Она настроена скептически, и вряд ли получится ее переубедить. Хотелось бы только, чтобы она не ушла к конкурентам! Да хотя бы к этому пройдохе доктору Расселу. А что, если это именно то, что она задумала? Иначе зачем она предлагает клиентам обращаться к другому специалисту?

А Рассел? Какой он ему конкурент? Никакой! Полная бездарность! Хотя статьи об этом жулике с кричащими заголовками типа «Известный психолог», «Автор многочисленных бестселлеров» и «Создатель уникальной методики» не перестают мелькать на страницах желтой прессы, а его фотографии, где он позирует точно для рекламы зубной пасты, усмехаются над Уилсоном... и затмевают даже пошлые истории из жизни звезд и политиков. Эти заказные статьи и навязчивая реклама по телевизору обеспечили доктору популярность, привлекли множество клиентов и превратили в «звезду психоанализа»!

А ведь у Рассела, в отличие от него — блестящего выпускника факультета психиатрии Стэнфорда, — нет никакого медицинского образования, лишь диплом факультета психологии неизвестного университета и многолетняя практика вешания лапши на уши. Джозеф был уверен, что Рассел закладывает у своих клиентов ошибочные модели поведения, дает неправильные установки и невыполнимые советы. Консультации этого авантюриста попросту вредны! Но слишком мало тех, кто в этом разбирается, и популярность психологических услуг «великого гуру» продолжает расти, как грибы после дождя. Он уверенно отхватил свой кусок на рынке: консультирует по радио, воздействует на психику групп, проводя псевдотренинги, больше смахивающие на сеансы самогипноза, во время которых дает страждущим рекомендации на тему «Как жить без внутренних конфликтов» и «Как себя полюбить». Американцы любят тренинги не меньше тусовок, подсаживаются на них не хуже, чем на марихуану. После них жизнь особо не меняется, но остается иллюзия скорого решения всех проблем. Каждый пятый пациент Джозефа когда-то проходил тренинги или лечение у Рассела. Оказалось, некоторых тот подсадил на такие антидепрессанты, что они забывали снимать штаны, прежде чем сесть на унитаз. Вспомнил Джозеф и тот день, когда Рассел позвонил ему и пригласил на ужин «для знакомства». Как бы не так, прохвост, даже не надейся!

Понимая, что поработать в такой гнетущей обстановке не получится, Джозеф попросил Люси отменить на сегодня все сеансы. Она гневно оторвала взгляд от ногтей, которые старательно покрывала ярко-красным лаком, и фыркнула, что означало: «Только ради вас, сэр». И нахмурилась, возвращаясь к прерванной работе, давая понять — разговор окончен.

Это еще сильнее огорчило доктора и было расценено им как откровенное неуважение. Раньше ему казалось, что она умеет слушать его с благоговением, с молчаливой покорностью смотря в глаза и аккуратно записывая в блокнот все поручения. Нет, он никогда не был склонен к авторитарным замашкам босса, требующего от подчиненных беспрекословного повиновения. Он ждал лишь одного — преданности работе и уважительного отношения к нему как к работодателю.

Так что же стало причиной такой разительной перемены в поведении Люси? Неужели он — расхваленный на весь Нью-Йорк доктор медицины, психиатр и психотерапевт-аналитик — мог так сильно заблуждаться на ее счет, не сумев найти истинных мотивов, которые ею движут? Да, порой она была резка и своенравна, но он думал, что ее вспыльчивость объясняется ее женской природой или ярким темпераментом. Он все еще считал маловероятным, что его представление о Люси было совершенно ошибочным...

Чувствуя, что нервы так и не получается успокоить, доктор Уилсон вытянул из стола старинный, черного серебра портсигар. Он был ему дорог как память о Вивиан, безвременно ушедшей жене. Много лет назад она из всех диковин антикварной лавки выбрала этот изящный портсигар — для подарка к его дню рождения... Покрутив его в ладонях, он сказал себе, что пора бы уже завязывать с курением. Но только не сегодня.

Вытащив из портсигара последнюю сигарету Treasurer, он щелкнул зажигалкой и закурил, сделал две глубокие затяжки и затем положил никотиновую палочку на край пепельницы. Над ней завился легкий сизый дымок, потянувшись к окну. Его рука непроизвольно потянулась к фотографии в коричневой рамке. И он вгляделся в застывшее в лучистой улыбке лицо Вивиан. Ей так и не удалось испытать радости материнства. У нее было хорошее здоровье, но роды проходили с осложнениями. К тому моменту, когда ее привезли в больницу, у нее разорвалась плацента и она потеряла слишком много крови. Девочка появилась на свет через кесарево сечение, а жена умерла от сильного кровотечения, успев обнять недоношенную малютку и шепнуть ее имя — Оливия, то есть «несущая мир». Это было так похоже на Вивиан: пожертвовав собой, дать новую жизнь и надежду на что-то светлое!

Перед его глазами встала страшная картина, когда хирург сообщил о смерти жены:

— Мы сделали все, что было в наших силах, мистер Уилсон. Но, к сожалению, нам не удалось спасти вашу жену.

У него подкосились ноги.

— Нет. — В горле собрался ком, и он завыл. — Только не это. Только не моя Вивиан!

— Сочувствую вашему горю. Уверен, ваша жена была чудесной женщиной, и понимаю, как сильно вы будете скучать по ней. — Врач положил руку ему на плечо и кивнул в сторону окна: — Там за углом есть небольшая часовня. Если вы верующий, может, вам станет легче, когда вы помолитесь.

Он не хотел слышать банальных слов поддержки — в тот момент любой жест доброты был для него невыносим.

После смерти жены Оливия принесла ему истинную радость. Никто лучше, чем ребенок, не поможет перенести боль утраты. Пришлось взять няню — пожилую, но крепкую и очень добрую женщину, миссис Браун. Она воспитывала его дочь до тринадцати лет. Девочке не хватало отцовской любви: он никогда не мог дать ей то, в чем она так сильно нуждалась. Работа превратила его жизнь в океан во время шторма. Почти каждый вечер он засиживался в своем кабинете до полуночи, изучая анкеты пациентов и анализируя записи, сделанные во время сеансов. А в ночь субботы занимался подготовкой к лекциям, которые в воскресенье днем читал студентам-медикам. У него находилось совсем немного времени, чтобы зайти в спальню дочери и поцеловать ее на ночь, но и тогда он отказывался читать ей сказку «Как Братец Кролик заставил Братца Лиса, Братца Волка и Братца Медведя ловить луну», обещая в следующий раз рассказать сразу две: про Братца Кролика и про Дэви Крокета.

Так, а когда же была сделана эта фотография? Неужели в день первой годовщины их свадьбы? Да, пожалуй, именно так. Вивиан всегда любила знаковые даты, чем смешила Джозефа. Он считал, что ни одна цифра не может быть сильнее чувств, но ей невозможно было доказать это. Она обижалась, если он забывал, какого числа и в каком месяце состоялась их первая встреча или когда впервые он поцеловал ее. С ней было легко, не считая моментов, когда их взгляды на жизнь и происходящие события становились преградой на пути к взаимопониманию...

Он осторожно вернул фотографию на место и несколько раз медленно провел ладонью, будто смахивая невидимые пылинки с рамки...

Затем подошел к огромному окну. Яркий свет пытался пробиться сквозь щели жалюзи и создавал в кабинете мягкое освещение. Раздвинув пальцами горизонтальные пластины, он поначалу зажмурился, а затем ощутил, как весенние лучи солнца ласкают лицо. Их приветливое тепло не могли сдержать белые пушистые облака, плывущие по небу.

Расслабившись, доктор стал рассеянно наблюдать за происходящим на улице. Все как всегда. Да и что можно увидеть на Манхэттене, кроме многоцветья толпы, которая гонится за материальными благами, находясь в постоянном стрессе от хронического недосыпания и фастфуда? В этой суете и заключается вся жизнь современного человека — карикатурная, ничтожная повседневность в большом городе, среди бутиков и офисов, стеклобетонных небоскребов, под которыми ползут машины... Да, теперь у людей другие ценности, их заботит только собственное «я». На то, что окружает их, они не обращают внимания. А если и обращают, то стараются быстрее вернуться в свой панцирь.

Раньше все было по-другому. Раньше Вивиан и он обожали Нью-Йорк, никакой другой город в мире не мог сравниться с тем, где они жили! А теперь? Теперь он презирал его! Ненавидел эту мышиную беготню, она была просто невыносима, пугая и подавляя, заставляя ощутить себя несовременным и лишним. С какой радостью он предпочел бы свободу, оставив медицинскую практику с будоражащими душу ночными звонками, ответственностью и строгим распорядком дня, да и всю человеческую цивилизацию, чтобы поселиться вместе с дочерью на тихом острове, затерянном в Мировом океане! Но увы, как бы сильно ему ни хотелось быть с Оливией двадцать четыре часа в сутки, счета требовали регулярной оплаты.

— Простите, что вмешиваюсь. Я понимаю, что веду себя назойливо, но не могу оставаться в стороне, когда... — знакомое кряхтение с сильным немецким акцентом вырвало Джозефа из размышлений. Повернув голову, он бросил взгляд на стену, откуда сухощавый профессор Фрейд смотрел на него, недоверчиво сузив глаза! Похоже, в эту минуту ему потребовалось поболтать. — Видите ли, у меня нет круга общения, а данная потребность присуща всем людям, она, знаете ли, заложена в нас природой. Я не покидаю этого кабинета, не поддерживаю старых знакомств, а в вашем лице, к счастью, нашел приличного собеседника. Но вынужден заявить, что не потерплю пустых размышлений в этих стенах...

— Что вам угодно, герр профессор? — Джозеф был не в том расположении духа, чтобы вести беседу, но, помня о приличии, изобразил сдержанную учтивость.

— Вот вы, Уилсон, утверждаете, что вам нужна свобода?

— Совершенно верно, профессор. Мне бы хотелось ощущать себя более свободным, чем сейчас. А что? Неужели вы видите в этом какой-то нонсенс?

— Ха, обожаю людей, которые заставляют меня смеяться. Потому что смеяться — это то, что я люблю больше всего, если не считать курения сигар. Знаете, это лечит множество болезней. И мне становится смешно, когда я вижу, как люди врут!

— Что? — переспросил Джозеф. — Что значит врут? Вы это о ком, профессор? Обо мне?

— Все врут, уважаемый коллега, и вы — далеко не исключение! А причин врать, поверьте на слово старику, у людей предостаточно. Газеты врут, мои биографы врут, фальсифицируя факты моей жизни, и телевидение сегодня только и делает, что бесстыдно врет. Женщины пытаются скрыть свой возраст, свои расходы, счета за телефонные переговоры. Мужчины не говорят правду о доходах, боятся раскрыть свои истинные чувства, врут о семейном положении... Ужасно! Что касается вас, Уилсон: вы, грезя о свободе вдали от цивилизации, лгали, чтобы отвлечься, наивно думая, что ваши мысли обретут более привлекательный вид. А все дело в том, что большинство людей в действительности не хотят никакой свободы, потому что она предполагает ответственность, а ответственность людей страшит... Я описывал это в своих работах. Вы ведь, полагаю, читали мои труды? Двадцать четыре тома! Тогда зачем вы мелете эту чушь, что вам, дескать, надоела медицинская практика! Пациенты открывают вам самые сокровенные тайники души. Вы успокаиваете их, утешаете, прогоняете отчаяние. А вас за это холят и лелеют. И, признайтесь, неплохо платят...

Надоедливый старикан! Опять завел свой патефон! Заумный и скучный всезнайка! На что он рассчитывает? Хочет втянуть меня в задушевную беседу? Ну уж нет, откровенничать с ним я точно не собираюсь! Во всяком случае, не сейчас. Хотя, справедливости ради, старик прав. Он, Уилсон, любит свою работу. И понимает, как ему повезло. Ведь он нашел свое призвание и мог со всей уверенностью заявить, что находится именно там, где должен, — на пике своего таланта, в полном соответствии со своими желаниями и интересами. Каждое утро, когда ассистентка приносила ему регистрационную книгу и он видел имена шести или семи пациентов, с которыми ему предстояло провести этот день, его наполняло чувство, определить которое он мог лишь как благоговение. В такие моменты его охватывала благодарность — чему-то, что привело его на верный путь.

Вернувшись к столу и устроившись в кресле, Джозеф вновь открыл портсигар, чтобы выкурить очередную сигарету. Но серебряный футляр оказался пуст. Тогда, пошарив в нижнем отделении стола, он вынул деревянный ящик, в котором хранил дорогие сигары. Он не любил сигары, но ему нравилось на них смотреть, любоваться переливчатыми цветами и рисунком, напоминающим сеть капилляров; изучать сигарные банты с медалями и узорами; касаться их и чувствовать приятную шероховатость, свойственную некоторым сортам табака; слышать легкое потрескивание при надавливании, говорящее о правильности их хранения. Вот и сейчас он изучал огромную кубинскую сигару, пытаясь вникнуть в ее суть; представил себе, как, если верить производителю, ее катали вручную, не доверяя эту работу станку, на темном бедре страстной кубинки. А затем, чтобы вдоволь насладиться ароматом, вертел ее в пальцах, лаская, гладя и вдыхая запахи незажженной сигары.

— Вы знали, мой друг, что курением человек удовлетворяет сосательный рефлекс и компенсирует отсутствие материнской груди? Хотя иногда сигара — это просто сигара и ничего более, — услышал он язвительный смешок профессора, видевшего в этом предмете фаллический символ. — Курение, Уилсон, — это одно из величайших и при этом самых дешевых удовольствий в жизни...

Не обращая на профессора внимания, доктор щелкнул гильотинкой, отрезая кончик сигары, медленно раскурил ее и стал с остервенением выпускать дым. Спустя полминуты, когда во рту появился омерзительно-горький привкус, а в горле запершило, он судорожно раскашлялся. Ему захотелось выплюнуть эту гадость, но, сам не зная почему, он вцепился в нее зубами еще крепче, так, что челюсти заломило. Прошла томительная минута, прежде чем Джозеф понял — курение не принесло ему умиротворения. И он загасил сигару, уловив недовольный резкий окрик со стены, заставивший его замереть.

— Уму непостижимо, Уилсон! Что за фортели вы выкидываете? Сигару не гасят намеренно — это полное к ней неуважение и признак дурного тона! Ее бережно укладывают, чтобы она потухла сама... Право же, не ожидал от вас такого художества! Я смотрю, вы слабак! Не выкурили гавану даже на четверть! Эх, если бы я сейчас мог... Я выкуривал по двадцать сигар за день, иногда больше! Да-да, и именно это помогало мне сосредоточиться, дьявольски помогало, скажу я вам...

Джозеф с досадой оттолкнул хрустальную пепельницу, полную исковерканных окурков и серого табачного пепла. Она заскользила по полированной поверхности стола с возрастающей скоростью, как скользит подгоняемая утренним бризом яхта по глади моря, но удержалась у самого края, словно ее что-то остановило. Это спасло ворсистый турецкий килим на полу, много лет назад доставленный из Стамбула: его яркие узоры так приглянулись Вивиан («Погляди, милый, они переливаются, словно драгоценные камни»), что она, будучи на редкость упрямым человеком, уговорила его раскрыть бумажник и выложить за ковер без малого тысячу долларов, несмотря на протест Джозефа. Ничего нового: ему никогда не удавалось переубедить жену, и если уж она что-то задумала, то ни за что не отступалась от своего... Сама она с гордостью называла эту сторону своего характера упорством, Уилсон же был убежден, что это упрямство, ведь первое имеет своим источником сильное желание, а второе, наоборот, сильное нежелание. Нежелание уступать. Потому что для Вивиан было важнее остаться собой, чем не конфликтовать с кем бы то ни было, даже с собственным мужем. Похоже, что их дочь Оливия унаследовала от матери не только миндалевидные глаза, прямой нос и ямочки на щечках, но и ее неуступчивость.

Ты не в себе, Джо! Возьми себя в руки и сохраняй спокойствие! И пепельница эта тебе еще пригодится! Ведь вдумчивое созерцание ее твоими клиентами, детальное обсуждение достоинств, вместе с дальнейшей болтовней о превратностях погоды, о котировках и текущем курсе доллара и непременно о самочувствии помогает им прийти в себя, собраться с мыслями, и, в конечном итоге, повышает эффективность лечения...

За последние два года на должности Люси побывали четыре женщины. Две из них были довольно молодые особы.

Первая — кажется, ее звали Меган — назвалась моделью или актрисой, правда, непризнанной. Она была несколько полноватой для модели, но все же стройной и высокой. И смазливой, что и вскружило ей голову. Она с трудом отвечала требованиям к ассистентке доктора и уволилась через месяц, получив роль в коротенькой рекламе крема для лица.

Вторая — аляповато одетая бывшая официантка по имени Келли. По-видимому, ей была очень нужна эта работа, и в первые дни она все время оглядывалась на его дверь, тревожась, не сморозила ли чего-то по телефону, не переступила ли запретную черту в общении с его пациентами.

Но в самом начале второй недели она заявилась на работу с накладными ногтями и ярко накрашенными губами: она выглядела до ужаса неестественно! Но это обстоятельство не мешало ей не терять времени даром. Она компенсировала отсутствие чаевых на новой работе тем, что пыталась заводить шашни с богатыми (и необязательно холостыми) клиентами, обремененными душевными проблемами.

Однажды Джозеф случайно подслушал ее разговор с подружкой, бывшей напарницей по ресторану, решившей, вопреки установленным правилам, нанести ей визит в рабочее время. А ведь он не терпит никаких отступлений от заведенного порядка!

— Скажи, подруга, до каких это пор ты собираешься мотаться как угорелая между столиками и расплываться в улыбке направо и налево? Тебя еще не воротит от запаха форели? У тебя же мозги свои есть! — пылко говорила Келли. — И наружность подходящая! Чего ты ждешь? Могла бы воспользоваться случаем, обаять какого-нибудь толстосума с Уолл-стрит и взметнуться, как ракета, на самый верх.

— Ты права, Келли. И двух мнений тут быть не может, но не так все просто, — отвечала та. — Мне, конечно, многого не понять в сложном мире чувств. Но одно мне известно:

толстосумы сокращают не только путь наверх, но и твою жизнь. Я слышала, как они пьют кровь своих пленниц. А уж если ты продала им душу... ну, то есть тело... нет, это точно не для меня.

— Смотри, не переусердствуй, изображая недотрогу. А то и впрямь придется всю жизнь спину ломать подавальщицей. Просто запомни одну вещь: никогда не выходи замуж по любви. Это ненадежно.

— Ты не веришь в любовь, да, Келли? — простодушно спросила та.

— Ни капли! Потому что нереально, чтобы мужчина и женщина прожили всю жизнь вместе, чувствуя лишь временное взаимное влечение. Любовь — всего лишь слово, которым люди пользуются, чтобы описать эти чувства.

— А как же создавать семью без любви? На основе чего?

Келли насмешливо взглянула на подругу:

— Невеста должна быть на поколение, а лучше — на два моложе своего жениха. Короче, чем кобель старше и богаче, тем лучше... И пусть это тебя не шокирует! Это практично...

Ранним утром, на второй день после увольнения Келли, профессор Фрейд очнулся и устроил Уилсону взбучку:

— Когда вы нанимали на работу эту девицу, коллега, вы наивно верили, что она является образцом добродетельной фрау и будет превосходным работником. Но бывает ли у добродетельных фрау такой порочный изгиб губ?

Этот вопрос прозвучал таким высокомерным тоном, с каким, вероятно, профессор Фрейд вел воспитательные беседы с безусыми студентами-первокурсниками... Но разве он не знает, что, как ни изучай людей, в них всегда ошибаешься. Почти всегда!

Третьей ассистенткой Джозефа Уилсона стала Камилла — бывшая школьная учительница, не в меру привередливая, с худощавой фигурой, потерпевшая крах на профессиональном поприще. С тяжелым характером, с таким же тяжелым квадратным подбородком и подозрительным взглядом глубоко посаженных глаз, она впивалась в собеседника взглядом, словно гипнотизируя.

Дела вела она, пожалуй, неплохо, во всяком случае, в бумагах у нее царил полный порядок. Но все же не подходила ему из-за смущающих его странностей. Она имела обыкновение встречать и провожать клиентов долгим косым взглядом, награждая их прозвищами вроде: «псих», «чудаковатый тупица», «маниакальный интроверт» или «неуч-второгодник». Каждую минуту своей жизни она тратила, чтобы успеть вторгнуться в чужое личное пространство и отвоевать его. Она знала правило: чтобы победить — необходимо нападать. И в такие моменты напоминала кобру, готовящуюся к прыжку, хотя в это время могла мило улыбаться. Если же она по какой-то причине терпела фиаско, то не сдавалась в стремлении оставить за собой последнее слово — как в общении с клиентами, так и с ним, Уилсоном, что заставляло его думать, будто все это происходит не в кабинете психоаналитика, а в театре. Театре одного актера, в котором все роли исполнялись комедианткой Камиллой!

Хм, а что она учудила год назад, на День дурака! Устроила розыгрыш, который, должно быть, позаимствовала у бывших учеников: перевязала тесьмой свое портмоне и незаметно подбрасывала под ноги озадаченных клиентов. Это занятие так веселило ее, что она принималась хохотать во все горло и хлопать в ладоши, заикаясь, ловя воздух ртом и вытирая слезы так, что пробудила ото сна даже Фрейда: тот очнулся и первым делом попытался разобраться, где находится. Оглядевшись, вспомнил, что висит на стене, окаймленный в портретную раму, отчего залился густой краской и начать сыпать словами:

— Нет, вы только полюбуйтесь на нее, коллега! Любопытнейший случай, скажу я вам! Вы ведь подметили, у этой вашей чудаковатой фрау нарушены эмоции: она смеется и плачет в смешанной и навязчивой манере? Исходя из симптоматики, пациентка испытывает глубокую клиническую депрессию. Надеюсь, дорогой мой друг, вы обойдетесь без моего совета, что эту истеричку может излечить контрастный душ. Хотя я все же полагаю, что ее место на этой кушетке. Не беспокойтесь, со временем оно понравится ей...

— Прошу прощения, профессор, но мне не смешно!

— Ну вот! — вздохнул старик, состроив обиженное лицо, и пробурчал недовольным тоном: — И так все время. Коротать ночь в ожидании рассвета, чтобы утром в ответ на бесспорную истину, тебе, знаменитости, обреченной на полную неподвижность, затыкали рот... А где же справедливость и признательность? Ну что ж, вижу, пытаться научить вас чему-то — занятие неблагодарное; похоже, вы предпочитаете учиться на собственных ошибках, не прислушиваясь к наставлениям величайшего доктора медицины, профессора, почетного доктора права Университета Кларка, члена Лондонского королевского общества, обладателя премии Гете, почетного члена Американской психоаналитической ассоциации, Французского психоаналитического общества и Британского психологического общества... — И он демонстративно умолк, хмурясь...

Последним перлом Камиллы стала фраза, брошенная ему как бы невзначай незадолго до увольнения: «Сегодня вы попыхтели на оценку "С" — "удовлетворительно". Хорошо для посредственностей и бездарей. Но не для вас, мистер Уилсон! Для вас это скверно! Весьма скверно! Вы могли бы и большее рвение проявить...» Чеканя каждое слово, она не скрывала самолюбования в своей склонности воспитывать. Сотни раз просил он не звать его мистером. Только доктором, доктором

Уилсоном... Он вдалбливал такую простую вещь в ее голову, которая, казалось, была крепко сдавлена из-за тугого пучка волос, собранного на макушке. Но Камилла, похоже, так ничего и не поняла... Или не желала понимать. Он уже стал подумывать, как бы от нее деликатно избавиться, но, к счастью, она его опередила, не забыв с ледяным выражением лица напомнить ему о выходном пособии.

Дольше всех здесь продержалась Люси, без малого один год. И вот... забеременела в самое неподходящее время. И теперь решительно покидает его.

Только он откинулся на спинку кресла и в бессилии закрыл глаза, как открылась дверь и в кабинет вошла виновница сегодняшней катастрофы.

— Я хотела поблагодарить вас за все, доктор Уилсон. И попрощаться, — миролюбиво сказала она. — И еще я подумала, что не могу не сказать напоследок: возможно, вам необходимо посетить врача.

— Врача? Какого врача? С какой стати? — Было видно, что Джозеф все еще сердится и дуется, хотя и понимает, что не в силах что-либо поменять.

— Ну, вам это лучше знать: психотерапевта или, быть может, психиатра, — еле слышно пробормотала она. — Понимаете, дело в том, что я видела, как вы жуете карандаш. А ведь это тревожный симптом, доктор. К тому же в современных карандашах есть свинец, который вызывает отравление. Возможно, именно этим и объясняется ваша раздражительность...

— Отлично! — Уилсон откинулся в кресле и сцепил руки на колене. — Вы полагаете, мне нужен психиатр, потому что я покусываю кончик карандаша? Что ж, браво, Люси! У вас редкая проницательность!

— Она, слава богу, мне не изменяет. — Женщина покачала головой. — И не только это, доктор!

— А что же еще я делаю? Зомбирую своих пациентов? Стираю их память и полностью переформатирую личность? Вы правы, управлять сознанием людей не так сложно, как кажется на первый взгляд...

— Вы напрасно шутите. Конечно нет! Но я не раз замечала, что, когда вы остаетесь один в кабинете, вы начинаете говорить с самим собой... И не убеждайте меня, что это телефон, — я проверяла! Думаю, это может быть весьма и весьма серьезно! Берегите себя, доктор...

Люси... Когда-то она показалась ему привлекательной, гибкой, как кошка, и даже загадочной. А теперь он знает, кажется, все о ней, и она больше ничем не сможет его удивить.

— Ну, вот и все. Прошу не провожать меня. В этом нет необходимости.

Хлопнула дверь его офиса — и стало тихо.

Уилсон наблюдал у окна, как Люси, держа перед собой коробку со скопившимся за год хламом, решительно сбегает по каменным ступенькам, раздраженно машет подъехавшему такси, бросает взгляд в небо и пускается по Мэдисон-авеню в сторону небоскребов Флэтайрон и Нью-Йорк-лайф-билдинг.

Хватит дергаться, Джо! Не накручивай себя! Уволилась так уволилась. Пусть благополучно родит здоровое дитя. Пора смириться и осознать, что катастрофы не случится из-за расставания с ней, хотя она и стояла на страже твоих интересов в офисе, мир с ее уходом не перевернется! Люси, как и все предыдущие ассистентки, никогда не была эталоном совершенства, который ты безуспешно пытаешься найти. В будущем следует быть внимательней, иначе заполучишь в ассистентки кого-то наподобие Камиллы.

И подумай на досуге, Джозеф, не слишком ли завышены твои ожидания? Ведь в Нью-Йорке трудно отыскать подходящего ассистента. Особенно если босс — вечно недовольный перфекционист, желающий, чтобы все было идеально. И поэтому не позволяющий жить спокойно остальным.

Да и найти достойного помощника — лишь полдела: его еще надо обучить. А это такая морока! Ему уже осточертело вводить в курс дела новичков! К тому же, по его наблюдениям, современную молодежь сложно учить чему-то новому: в колледжах они подвергаются необратимой умственной деградации. Порой он даже подумывал нанять человека, чтобы тот взял на себя функцию инструктора. Интересно, как бы назвать эту должность? Ничего не приходило в голову, кроме абсурдного «ассистент доктора, инструктирующий будущих ассистентов доктора».

Джозеф повертелся в кресле и замер. Взгляд его окутала пелена, щеки впали — ничего не поделаешь, такова особенность его темперамента, никакая эмоциональная вспышка не проходит бесследно, тем более такая сильная, как сегодняшняя, напрочь выбившая его из колеи. Он глубоко вздохнул и почувствовал, что головная боль усиливается.

«Я скала. Я смогу, — зашептал он в твердой уверенности, что самовнушение поможет. Оно всегда спасало в стрессовых ситуациях, оказывая благотворное влияние как на тело, так и на ум, превращая плохое в хорошее, а хорошее в лучшее. — Да, ситуация не из приятных, но это не повод для отчаяния. Это всего лишь пыль, которую легко смести. Когда все закончится, я испытаю огромное облегчение. В мыслях я не буду возвращаться к прошлому, я избавлюсь от тягостной обузы. Буду идти навстречу удаче, счастью, буду наслаждаться жизнью!»

Он невзначай бросил взгляд на стену и заметил, что старик Фрейд скривился в насмешливой гримасе.

— Какого черта... — пробормотал Джозеф сквозь зубы. — Что такое?

Старик не растерялся.

— Ничего особенного, — заявил он, — хотя я вас несколько недооценил. А сейчас хотел бы похвалить, причем искренне...

— Почему это? — Джозеф внимательно посмотрел на портрет.

— Удовольствие! Какое же удовольствие доставляет мне видеть вас в минуты, когда вы занимаетесь самовнушением. Вы так искусно сживаетесь со своей ролью, вкладывая в нее столько сил, что впечатление создается поразительное. Если бы вы не посвятили жизнь психоанализу, из вас вышел бы выдающийся актер! Вам полагается медаль за артистичность...

Боже, опять этот надоедливый старикашка несет бред! Впрочем, Джо, может, ты и вправду заслуживаешь похвалы? Или профессор снова осмеял тебя? Скорее наоборот: его тон хоть и был торжественным, но казался вполне вежливым. Он не шутил. В таком случае нельзя не отдать должное его стойкости: она наверняка ему понадобилась, чтобы не выдать чувства зависти к твоим многочисленным талантам...

Куда же запропастилась визитная карточка той пресловутой конторы? Неужели он вышвырнул ее в мусорную корзину? Он потянулся к «Желтым страницам». Ага, вот и оно, Simply Solution — агентство по набору персонала!

Сняв трубку и набрав нужные цифры, он тревожным баритоном сообщил, что ему, доктору Джозефу Уилсону, экстренно, не позднее сегодняшнего вечера, требуется ассистентка «с энтузиазмом» на полную ставку («Но только пусть она будет не из числа тех, кто все знает»), с опытом делопроизводства, умеющая общаться с людьми и вести прием посетителей. И, что крайне важно, она должна быть организованной и покладистой. И вовсе необязательно присылать юную и фееричную персону! Главное, чтобы в конце рабочего дня она все еще была способна улыбаться.

Он ожидал, что в ближайшие день или два ему придется погрузиться в изнурительные собеседования с кандидатками из базы Simply Solution. Так все и происходило каждый раз: он проводил одно интервью за другим, и ему начинало казаться, что каждая потенциальная «мисс Вселенная» пытается убедить его, что пределом ее мечтаний было записывать в блокнот поручения босса и отвечать на телефонные звонки. Он не верил ни одной из них, потому что позы, которые они при этом принимали, заставляли усомниться в искренности их слов...

Около часа он предавался размышлениям, но внезапно они были прерваны звуком открывающейся двери в приемной. Джозеф подождал пару мгновений, чтобы не показаться слишком взволнованным, после чего привстал, намереваясь встретить посетителя («Моя внешность в полном порядке: и лицо, и одежда!»). Но деликатный стук в дверь кабинета раздался раньше, чем он успел встать в полный рост. На пороге стояла невысокая брюнетка средних лет в строгом темно-синем костюме современного покроя, который приятно обтягивал изящные формы. Волосы женщины были аккуратно собраны в высокий пучок, открывающий уши и длинную шею, глаза слегка подведены, в ушах висели, поблескивая, небольшие серьги. Они подчеркивали черты лица незнакомки, делая их тонкими и привлекательными.

Оглядевшись, она сделала несколько решительных шагов к его столу, застучав невысокими каблуками черных туфель-лодочек. Когда между ними осталось несколько шагов, она остановилась и смело посмотрела в его глаза. Уилсон обошел стол и, незаметно прикоснувшись потной рукой к брюкам, протянул ее для рукопожатия.

— Мистер Уилсон? — произнесла она приятным бархатистым голосом. Мягкий запах лаванды исходил от ее маленьких белых рук, а на пальцах он заметил два неприметных кольца, но не обручальное!

— Я Эмма. Мисс Эмма Мур.

— Доктор Джозеф Уилсон, — представился он сдержанно, но учтиво.

В момент, когда они пожали ладони, он, к удовольствию своему, ощутил крепкое, почти дерзкое рукопожатие (вялые и безжизненные пожатия он называл «дохлой рыбой»). Оно говорило, что перед ним спокойный и уравновешенный человек с адекватной самооценкой, знающий, чего хочет, но умеющий приспосабливаться к окружающим. А невидимые глазу волны ее биополя, или флюиды, несли неподдельный дружественный настрой. Придя в соприкосновение с его флюидами, они заставили его проникнуться симпатией к незнакомке. Он вдруг почувствовал, что обрел почву под ногами, и утренняя катастрофа предстала в совершенно ином свете: Люси не стоила того, чтобы трепать себе нервы. Разумные люди не тратят душевные силы на подобную ерунду.

Мисс Мур обладала манерами истинной леди; находясь рядом с такими людьми, мы невольно подтягиваемся и ведем себя благородно. С грацией кошки она уселась на край кресла. Держа спину прямой, а колени сведенными вместе и слегка наклонив ноги так, как это делает герцогиня Кейт Миддлтон, она взглянула на доктора. Несколько мгновений они пристально смотрели друг другу в глаза.

Она видела перед собой статного мужчину чуть выше среднего, лет сорока семи, с продолговатым лицом и прямым носом с небольшой горбинкой, что выдавало натуру упрямую, с выразительными ноздрями, короткими черными волосами с проседью. Она даже поймала себя на том, что залюбовалась его внимательными карими глазами, обрамленными темными ресницами, правильно очерченным ртом, обнажавшим в сдержанной улыбке ряд крепких белых зубов. Впрочем, доктор не должен догадаться, что она находит его привлекательным! Все же она нашла его довольно обаятельным, именно таким, как описали в агентстве, добавив, правда, к образу нанимателя такие нелестные эпитеты, как «чрезвычайно требовательный», «капризный и дотошный» и «строгий вдовец, который, скорее всего, никогда больше не женится». Ей не понадобилось много времени, чтобы понять: этот мужчина не из тех придирчивых боссов, которые называют белое черным. Если не брать во внимание его серый костюм — он действительно был «строгий». Хотя наметанный глаз Эммы, оценив качество материала и покрой, отметил, что он стоит бешеных денег, ей еще предстояло узнать, что доктор любит скромность и находит в ней изысканность, считая, что во всем должна быть умеренность: удобство, функциональность и изящество простоты.

«Помни о профессионализме, Эмма! — напомнила она себе. — Ты пришла сюда работать!» Она смело встретилась взглядом с Джозефом.

— Как вы понимаете, меня прислали из агентства. Позвонили и сказали, что это очень срочно. Надеюсь, я не опоздала, доктор Уилсон...

— Вы пришли вовремя, мисс Мур. Спасибо.

— В агентстве мне сообщили, что я пятый претендент на эту должность...

— Да, дело в том, мисс Мур, что за два года сотрудничества они прислали сюда четырех ассистенток. Увы, никто из них, если не считать последнюю, Люси, здесь надолго не задержался...

— Знаете, сэр, я не хотела бы, чтобы вам пришлось нанимать шестую. — Ее брови взметнулись. — Поэтому твердо намерена убедить вас, что смогу быть ответственным ассистентом, во всяком случае, приложу для этого все усилия.

Если его и удивила ее смелость, то он не подал виду. Его глаза продолжали внимательно на нее смотреть.

— В таком случае вам следует начать меня убеждать, — произнес он. — Не будем терять драгоценное время. — Он перевел взгляд на распечатанные на принтере бумаги. — Итак, в вашем резюме говорится, что вы изучали несколько иностранных языков. В частности, вы владеете испанским и французским...

— Французским — совсем немного, сэр. А на испанском языке я говорю почти как на английском. Моя бабушка по материнской линии иммигрировала в Штаты из Испании во время Гражданской войны.

— И вы, как я вижу, имели многолетний опыт работы в нотариальном бюро. — Он задумчиво перебирал документы, лежавшие перед ним.

— Да, это так, сэр.

Он опять взглянул на нее.

— У вас отменные отзывы. Очевидно, вы были ценным сотрудником в бюро, похоже, даже безупречным, не допускавшим ошибок...

— Ну что вы, сэр! Никому еще не удавалось стать профессионалом, не совершив при этом массу ошибок.

Ее искренность подкупала.

— Так отчего же вы ушли?

— Там я достигла всего, чего хотела. И поняла, что мне нужен новый челлендж. Мне нравится бросать себе новые вызовы и проверять, на что я способна. — Она улыбнулась искренне и непринужденно. — И потом, сэр, перемены — это всегда залог успеха... Ну, или почти всегда...

— Хорошо, мисс Мур. Мне нравится ваш энтузиазм. Какие еще позиции вы рассматривали для себя?

— Лишь эту, доктор Уилсон. Она отвечает моим запросам.

— Но вы понимаете, мисс Мур, что эта работа подразумевает не только делопроизводство, но в большей степени умение и желание общаться с людьми? Вам придется вести телефонные переговоры, принимать посетителей, выполнять мои поручения. Для этого требуется высокая организованность, самоконтроль, позитивное отношение к делу...

— Именно это стало одной из причин, почему я и направила резюме в агентство по набору персонала.

— Вы должны понимать, что будут переработки, за которые, конечно, полагаются доплаты...

— Доктор Уилсон, о вашей репутации ходят слухи. И мне известно, что вы достойно оплачиваете услуги своих помощников.

Ее взгляд остановился на циферблате его дорогих механических часов — римская нумерация не врет! — их хозяин, несомненно, человек консервативный, пунктуальный и педантичный. А Джозеф достал из выдвижного ящика небольшой файл и протянул ей:

— Я бы попросил вас перевести это, мисс Мур...

Документ был на испанском языке. Эмма пробежалась по нему глазами, прежде чем перевести на английский. После чего он дал ей первое, что попалось на глаза, — свежий номер New York Times и попросил проделать обратное: перевести кусочек статьи на испанский. Когда она закончила, доктор откинулся в кресле. Его удивила на редкость правильная испанская речь — он ожидал, что подловит ее на лжи, когда она заговорит на ломаном языке. Он надеялся, что вот-вот услышит ошибки, но она не сделала ни одной. И ему стало стыдно перед самим собой за предвзятость и скептицизм.

Поймав на себе пронзительный взгляд, он поднял глаза и наткнулся на портрет профессора. Было видно, старине Фрейду не терпится что-то ему сообщить. Джозеф перевел внимание на Эмму: как же хорошо, что она не может слышать голос отца психоанализа! Краем глаза он подметил, как задвигались усы и бородка великого ученого — профессор, в попытке привлечь к себе внимание, наморщил лоб и, страстно желая поделиться с ним своими наблюдениями о незнакомке, беззвучно зашевелил губами: «Эй, Уилсон, отложите-ка в сторону свои дела и послушайте мудрого наставника. Бьюсь об заклад, вы ей нравитесь! И не смотрите на меня так. Разве вам не приятно, что люди, особенно женщины, взирают на вас с обожанием? Вас это не заводит? Стыдиться здесь нечего. Кто этого не любит? Так уж мы, мужчины, устроены. Да и она миловидна, а выражение ее лица чувственно и мечтательно, как у моей Марты. Вы смущены, Уилсон... Это хорошо. Однако нельзя забывать, что чем безупречнее человек снаружи, тем больше низших демонов у него внутри. Как любил поговаривать мой ученик Карл Юнг: «Красивая женщина — источник беспокойства. Она, как правило, ужасно разочаровывает, это как кусок пирога, который видишь, но не можешь съесть». Правда, здесь есть исключения. А потому — забудьте о демонах! Будь я не покрытым плесенью стариком, непременно бы приударил за этой фройляйн! Ничто человеческое мне не чуждо. К тому же, как понимаю, она женщина свободная. Вы ведь заметили ее хорошие манеры и то, что она напрочь лишена легкомыслия? Вам этого мало? Или вы будете дрожать от страха? Вам, дружище, не помешает рядом хорошая женщина, которая бы заботилась о вас и Оливии, радушно принимала гостей в вашем доме и согревала вас по ночам...»

— Хорошо, мисс Мур. Благодарю вас! — выпалил Джозеф, пропустив мимо ушей высказывания старика, чьи отношения с женским полом, насколько ему было известно, носили далеко не однозначный характер. У Джозефа имелось свое мнение на этот счет. Сейчас интуиция говорила ему: Эмма способна выполнять эту работу, и их сотрудничество будет приятным.

Но существовала одна проблема, в которой Джозефу было трудно признаться даже самому себе. Дело в том, что Эмма понравилась ему как женщина. Он осознавал, что испытывает эмоции. Обычно такое с ним происходило, когда он смотрел на Вивиан. Он мог лишь предполагать, что ощущал сейчас именно эти эмоции, ведь за много лет ее отсутствия он забыл, что это такое, а чувства, которые помнил, казались плодом его воображения. Но, как бы там ни было, он, сорокасемилетний вдовец, чьи лучшие годы остались позади, не отказался бы выпить кофе с Эммой после приемных часов. Но он терзался, понимая, что никогда не сможет этого сделать, если предоставит ей должность: он взял за правило отделять работу от личной жизни (которой, впрочем, после Вивиан у него и не было). А если он откажет Эмме в работе, ему придется искать нового ассистента. Только не это!

— Вы умеете набирать текст на компьютере, мисс Мур? — продолжил он, сделав глубокий вдох.

— Конечно, сэр.

— Быстро?

— О да, сэр.

— А что бы вы сказали, — полюбопытствовал он, — если бы я попросил приготовить мне кофе?

— Спросила бы, с молоком или без, сэр, — мягко ответила она.

— Ну, в таком случае я нанимаю вас, мисс Мур, — произнес Джозеф с улыбкой. — Когда вы готовы приступить?

— Завтра с утра, сэр. Я могу прийти в восемь ноль-ноль. Люблю рано вставать и первой приезжать на работу...

— Полагаю, восемь ноль-ноль — это слишком рано. Приходите лучше к девяти. А пока возьмите, пожалуйста, подробную должностную инструкцию со стола Люси, точнее, теперь уже вашего стола.

— Я уже взяла, сэр... — произнесла она с обворожительной улыбкой, вдруг заигравшей на пухлых губах.

— Да, и вот что еще, мисс Мур... зовите меня доктором, хм... не сочтите это за странность. До завтра!

— В таком случае, и я попросила бы вас звать меня Эммой. До завтра, доктор Уилсон. И позвольте поблагодарить, что доверили мне такую ответственную работу.

Переполненная радостью, она попрощалась с Джозефом, но на секунду задержала взгляд на дипломах в рамках на стене, поправила один из них, висящий немного неровно, а затем направилась к выходу. Только тогда она припомнила, что в его почтительном голосе проскользнули едва заметные нотки сожаления. «Возможно, это просто усталость», — предположила она.

— Зонт! — услышал он командный голос и посмотрел на стену. — Безобразие, Уилсон! Почему вы не предложили зонт этой очаровательной даме? Где ваш большой черный зонт? Ваша рассеянность абсолютно непростительна! Сейчас хлынет проливной дождь.

— Прошу вас, доктор Фрейд, оставьте...

— Барометр опускается: я ощущаю покалывание в ногах, а это верный признак приближения непогоды...

Глава 2. Исповедь одиноких сердец

Утром следующего дня, явившись на работу, доктор Джозеф Уилсон был приятно удивлен. Все помещения его офиса: приемная, кабинет, а также небольшая кухонька и туалетная комната — были в таком состоянии, словно хорошая хозяйка только что закончила основательную уборку. В воздухе витал аромат дорогой деревянной мебели и офисной техники, всюду царил образцовый порядок. И даже три давно запущенных бонсая, стоящих на полке у окна: снежная роза с хрупкими корнями, выступающими из земли, искривленная сосна, которой как минимум лет восемьдесят, и рощица из нескольких кленов были пострижены умелой рукой, освобождены от ненужных отростков и заботливо политы. Теперь этот сказочный лес вновь потрясал изысканностью, а кусочек мха на стволике сосны вызывал у Уилсона то, что древние называли катарсисом.

«Похоже, что мисс Мур, то есть Эмма, одна из тех женщин, которые дннюют и ночуют на работе», — с довольным видом рассуждал он. Все, чего она хочет, — это показать, с каким усердием может работать и как готова ради этого пройти лишнюю милю. Ну что ж, похвально! Явилась в офис ни свет ни заря в свой первый рабочий день и стала кружить по комнатам со шваброй, тряпкой и пылесосом, оставляя за собой шлейф восхитительных ароматов и кристальной чистоты. Он живо нарисовал в воображении, как она, увидев, что заблестело стекло в оконной раме, проворно соскакивает с подоконника и, отступив на пару шагов, любуется результатами своего труда.

Эмма с безукоризненно прямой спиной восседала за полукруглым столом и, слегка склонив голову, с энтузиазмом стучала по клавишам. На поверхности столешницы не было ничего лишнего, все аскетично и строго: телефон, персональный компьютер, принтер со сканером, канцелярские принадлежности в простом держателе, стопка бумаг под руками, раскрытый на сегодняшней дате ежедневник, журнал для записи пациентов и свежая пресса. Сбоку, на самом краю стола, стоял металлический поднос с графином воды и отполированными до блеска стаканами. Джозеф никогда не видел их такими прозрачными, играющими всеми цветами радуги в утренних лучах солнца!

— А, Эмма! Хорошо, что вы уже здесь. Рад вас видеть, — сегодня его голос звучал бодрее, чем накануне.

— Доброе утро, доктор Уилсон, — улыбнувшись, ответила женщина, беря его кашемировое пальто и вешая на плечики.

Вчера он не успел разглядеть, что у нее такая тонкая талия... такая прямая спина... такие длинные ноги...

— Как насчет чашечки кофе, доктор Уилсон?

Джозеф едва заметно улыбнулся:

— С удовольствием выпил бы... Какое утро без чашечки кофе можно назвать добрым?

— С молоком или без, доктор? — произнесла она, повторив свой вчерашний вопрос, и вновь улыбнулась — лучезарно и немного загадочно.

— Без молока, если можно, Эмма. Только крепкий кофе.

— Сию секунду...

Несколько минут спустя аромат достиг его носа. Вскоре дверь в кабинет приоткрылась, вошла Эмма, слегка покачивая бедрами и неся в руках поднос с чашкой кофе и — о боже! — вазочкой, заполненной маленькими пышными круассанами. Они всегда напоминали ему о Париже, в котором он бывал, принимая участие в международном симпозиуме по психиатрии в качестве спикера. О, Париж, город-праздник, который никогда не кончается... Елисейские Поля, кабаре «Мулен Руж», Монмартр, Лувр, Эйфелева башня, Нотр-Дам де Пари... Кстати, откуда Эмме известно, что он обожает круассаны?

— О, Эмма, вы моя спасительница! — Джозеф одарил ее благодарной улыбкой и откинулся на спинку кресла.

Отхлебнув глоток кофе, он окончательно убедился, что жизнь не так уж и плоха, а случившееся вчера теперь выглядело сущим пустяком. И внезапно поймал себя на том, что смотрит не на лицо Эммы, а куда-то пониже. «Интересно, как долго я смотрю туда, — заерзав, подумал он. — Заметила ли она?» Он взял воображаемый пылесос и уничтожил им все крамольные мысли, сосредоточившись на глазах мисс Мур. И вдруг заметил, как она улыбнулась, увидев его растерянное лицо. «Ничто не укрывается от ее взгляда! Каким бы великолепным диагностом могла она стать! Интересно, задумывалась ли она когда-нибудь о медицинской карьере? Могла бы стать моей ученицей?» Эта фантазия захватила его, но голос Эммы вернул его к реальности.

— Ваше расписание на сегодня, доктор Уилсон. — Она протянула ему регистрационный журнал записи пациентов.

— О, благодарю вас, Эмма! — Он отставил чашку и раскрыл журнал. — Вы можете идти.

Итак, сегодня у него пять, нет, шесть пациентов, решившихся обратиться к психотерапии, чтобы облегчить душевное бремя.

Первый — мистер Тернер — придет через полчаса. Типичная канцерофобия, или боязнь умереть от рака: «Доктор, что мне делать? У меня, кажется, плохие анализы. Нет, диагноз еще не поставлен. Но уверен, что у меня что-то очень страшное и неизлечимое, рак уже запускает скользкие щупальца в каждую клеточку моего тела. Вы ведь давно все знаете, да? И пытаетесь утаить от меня правду. Я это вижу по вашим глазам».

Второй пациент — миссис Смит — недомогает от регулярных приступов депрессии, безразличия ко всему и ощущения, что ничто не имеет значения: «Доктор, я так счастлива, что мы возобновили сеансы. Кроме вас, мне не с кем поговорить. Дочь переехала в Оклахому и забыла мать. Сын меня тоже не вспоминает, хотя и живет в Бруклине. Появляется только на Рождество, как будто не существует других дней для визитов. Вот почему, доктор, когда прихожу сюда и говорю с вами, я чувствую себя живым человеком. Вы ведь не оставите меня? Нет?»

Затем его посетит мистер Эванс — вспышки невыносимой головной боли: «Позвольте выразить вам свою благодарность, доктор. Я счастлив, невероятно счастлив! Вы же помните, я рассказывал, что в моей жизни было больше сложного, чем приятного: ненужные споры, раздражение. А теперь я вновь обрел радость жизни. Все это благодаря вам! Вы ведь видите, что мне лучше? Замечаете прогресс? У меня уже не тот печальный вид, что был вначале. И потом, теперь я забочусь о себе. Стал интересоваться собой. Совершаю прогулки по парку, слушаю скрип деревьев и понимаю, что так они разговаривают друг с другом. О чем? Ну, этого я не знаю. Возможно, обо мне... Почему вы смотрите так недоверчиво? Думаете, я сошел с ума, считая, что деревья научились говорить? А если это проделки дьявола? Знаете, доктор Уилсон, мой отец — священник пресвитерианской миссии — всегда говорил, что если веришь в бога, стоит поверить и в дьявола...»

Следующей, кто придет на сеанс, будет мисс Линда Миллер. Темпераментная стареющая кокетка с крашеными волосами, она считала Джозефа лучшим другом и в течение часа, пока длился сеанс, пересказывала ему свою биографию, в которой промелькнуло слишком много персонажей мужского пола. Но самым запоминающимся был Анджело Эспозито. Ей достаточно было лишь взглянуть на него, безукоризненно элегантного, крепко сложенного красавца с копной роскошных волос и обаянием Марчелло Мастроянни, чтобы понять — он не американец. Его манера держаться отличалась излишней эмоциональностью, а породистое аристократическое лицо напоминало прекрасных богов Древнего Рима. Они познакомились совершенно случайно: просто столкнулись на Пятой авеню — ее дряхлый «Бентли» и его великолепный «Ягуар Марк II» («Всегда мечтала о такой машине!»). За полминуты до аварии она опустила солнцезащитный козырек с зеркалом, чтобы подкрасить губы и припудрить лицо. Тем зимним утром на ней было кремовое пальто с зелеными льняными отворотами и шляпка с зеленой вуалью и птицей. Еще она захватила белую муфточку из песца, но все равно дрожала от холода, выйдя из автомобиля. Анджело заметил это и сказал: «Buon giorno, милашка! Come sta?», что значит: «Как делишки?» Пресвятая Дева, это был голос настоящего мачо: властный итальянский акцент, от которого ее тут же бросило в жар. За таким голосом она готова была следовать хоть на край света! «Вот что, — деловито произнес он, — эту вашу тарахтелку мы воскресим за пару дней. А чтобы возместить моральный ущерб, я куплю вам шубку. Вы ведь не откажетесь от хорошей шубки? Только сначала назовите свое имя. Come ti chiami?»

Лицо у него было смуглое, открытое, и в выражении таилось нечто покровительственное, что ей пришлось по душе. Да, похоже, Анджело не составляло никакого труда завладеть безраздельным вниманием кого бы то ни было. Он приковывал к себе взгляды окружающих отчасти благодаря одежде, которая сидела на нем идеально. Его фигура, стройная и мускулистая, источала силу и чувственность, однако он выглядел неприрученным и немного опасным.

А Линда, не будь дурой, заставила его сдержать обещание, выбрав себе из журнала Vogue именно такую шубу, о какой мечтала: эффектную, из шкурок баргузинского соболя, с насыщенно-темными ворсинками, изысканность которым придавал легкий оттенок седины со слегка голубоватым лунным отливом. Люди на такое оглядываются, а ей именно это и нужно было. Ей нравилось, когда на нее обращали внимание и удивлялись, как она осмеливается носить такие дорогие и вызывающие наряды.

Между молодыми людьми завязались сумасшедшие отношения, как в голливудских фильмах. Влюбленные появлялись на театральных премьерах, биеннале и светских раутах, где, как полагается, официанты разносили узкие бокалы с искрящимся шампанским. Ее горящий взгляд всюду следовал за Анджело. При любой возможности она дотрагивалась до него, терлась плечом, стискивала руку и явно гордилась, что такой красивый и брутальный мужчина принадлежит одной ей.

Но ресторанам и приемам для сливок общества, где подбиралась особая компания, они предпочитали оставаться наедине в уютной квартирке на Мэдисон-авеню, чтобы провести там незабываемые выходные, посвятив себя плотским утехам. «О Господи! — восклицала Линда. — Как же сильно я была влюблена в него. Глупая юность! В ней столько блаженного неведения».

Тогда она пребывала в уверенности, что ей удалось приручить страстного итальянца, ведь в постели он был нежен, как котенок. Однако она намекнула доктору Уилсону, что Анджело не отличался выносливостью, хотя и умел искусно компенсировать этот изъян тем, что много трепал языком! Правда, сейчас из всего потока его слов, жестов и эмоций она отчетливо помнила лишь: «Madonna Santa!!! Я, кажется, влюбился. Bambina Regina! Mamma mia!»

Да, работа у него тоже была, рассказывала Линда. Но Анджело о ней говорил мало. «Итальянцы живут не для того, чтобы работать», — уверял он. Говорят, что из них получаются лучшие в мире отцы. Но ей не довелось проверить это на деле.

Он пылинки с нее сдувал и купал в роскоши, но порой они кричали, били посуду, ругались, даже дрались и расставались со скандалами. Однако их войны заканчивались миром, и они снова возвращались друг к другу. В таких случаях Анджело в знак примирения трогательно просил у нее прощения: в его голосе она слышала искреннее раскаяние. И, встав на колени, целовал ей руки. Он дарил ей роскошные корзины цветов вместе с другими чудесными подарками. Одним из последних было кольцо с изумрудом в золотой оправе в форме короны, украшенной бриллиантами. По его словам, за этот «символ вечной любви и верности», купленный в ювелирном магазине на 47-й улице, что рядом с Рокфеллер-центром, он заплатил целое состояние. «Но эта бестия всегда любил преувеличивать, — вспоминала Линда, закатывая глаза, — хотя нельзя не отметить, что со мной он всегда был очень терпелив».

Анджело Эспозито исчез из ее жизни так же неожиданно, как и появился. Тем злосчастным утром он принял душ, побрился, надел костюм и галстук, как делал всегда. Выпил крепкий кофе, сидя за кухонным столом и слушая ее болтовню, пока они завтракали, а перед тем как выйти за порог, удивил тем, что, обхватив ее лицо ладонями, наклонился и поцеловал в лоб. Это было так непривычно, он обыкновенно целовал ее в губы или в шею. Но в тот день его горячие губы коснулись ее лба. В тот момент она ощутила его искреннюю заботу о ней, словно он хотел дать знак, что она находится под его защитой и много значит для него. И испытала странное волнение и желание заплакать.

Тогда же, после завтрака, они и расстались. Он сказал, что ему надо срочно уехать из Нью-Йорка на неопределенный срок. Она не возражала — все равно это бы ни к чему не привело. Но постоянно беспокоилась, что в один день случится нечто ужасное, поскольку уже месяц как стала догадываться о каких-то его сомнительных делишках. К тому же однажды он проговорился, что врагов у него больше, чем друзей, потому что многие неудачники ему завидуют. Но он, мол, всегда действует в соответствии со своими принципами и обязательно доводит до конца дело, за которое взялся.

К огромному несчастью для нее, все так и случилось: на следующий день в теленовостях сообщили, что Анджело Эспозито был застрелен на правом берегу Гудзона. «Полиция считала, что он стал жертвой криминальной разборки. Хотя кто знает, что там случилось на самом деле? У копов богатая фантазия! — усмехнулась она прискорбно. — Вечно выдают желаемое за действительное. Помню, как федералы допрашивали меня. Я рассказала им все, что знала. «Получается, мисс Миллер, вы жили с человеком, о котором ровным счетом ничего не знали?» — циничным тоном спросил один из фэбээровцев. «Я знала то, что мне нужно знать!» — резко ответила я, желая прекратить этот разговор. Я любила его, и это было главным. Все остальное меня не касалось...»

Да, Анджело был, пожалуй, единственным, к кому Линда испытывала такие сильные чувства — не легкомысленную влюбленность, а нечто более глубокое. Все прошлые и будущие отношения казались ей пустыми и бессмысленными: ни за одного из «женихов» она так и не вышла замуж, а может, никогда и не собиралась этого делать.

«Все они были моими любовниками, доктор, — поясняла Линда, пожимая плечами, — но вела я себя крайне благоразумно и далеко не каждого ухажера оставляла на ночь. К чему лишние пересуды?»

«Нет, детей у меня никогда не было, хотя любви в моей жизни было предостаточно. Я просто не беременела. Не знаю почему... — говорила она, разводя руками. — То, что свершается внутри женщины, — тайна, и вряд ли кто-то разгадает ее».

В эти дни Линда пребывала то в унынии, то в экзальтации. Впрочем, ее первое состояние нравилось Джозефу больше, поскольку в восторженном состоянии она всячески пыталась обольстить его, заглядывая в глаза и задерживая на нем обожающий взгляд, чем приводила его в замешательство. «Доктор Уилсон, почему вы так боитесь меня? Неужели это все из-за идиотского этического кодекса, что висит в рамочке на стене приемной? Там написано, что психоаналитик не имеет права заводить отношения с клиентом вне кабинета — рабочие, дружеские, романтические... Кто сочинил подобную чушь?»

Тем не менее ее стремление к физическому контакту оставалось непобедимым. Можно ли ей подвинуть кресло поближе к столу? Почему бы «милому» доктору Уилсону несколько минут не подержать ее за руку? Не будет ли он возражать, если они пересядут на кушетку? Не мог бы он обнять ее? Она была настойчива в своих желаниях, ощущая, особенно в последние годы, как уныло отцвела ее жизнь, отчего ей безумно хотелось привнести в нее что-нибудь яркое, чтобы годы не казались прожитыми зря. Тем более что не осталось никого, кто смог бы доказать обратное.

«Я прошу прощения за свое поведение в прошлый раз, доктор Уилсон. Видимо, я перешагнула черту. Конечно, я согласна сохранить формальные отношения между врачом и пациенткой. И надеюсь, мы с вами останемся друзьями. Правда, у меня множество недостатков: я импульсивна, я вас шокирую, мне чужды условности. Но у меня есть и сильные стороны: я обладаю безошибочным чутьем на людей с благородством духа. И когда мне доводится встретить такого человека, я стараюсь не потерять его.

Как я себя чувствую? Меня больше волнует, как я сегодня выгляжу. О, благодарю вас, доктор. Вы истинный джентльмен. Как я провела праздники? Не спрашивайте! Майк бросил меня, сбежал к юной потаскушке, оставив коротенькую записку. Знаете, что в ней было? Еле разобрала его детские каракули: «Прости меня, Линда, но я не готов к моногамии. Можешь с этой минуты возненавидеть меня за правду». F*ck! Да большинство самцов не готово к моногамии! Знаю, что говорю, прожила не один десяток лет. Простите, я не имела в виду вас. Но скажите, доктор, что этот безмозглый кобель нашел в ней? Хотя... не отвечайте, не надо... я и сама понимаю — молодость. Когда Майк с кислой миной принимал от меня подарки и все время смотрел по сторонам, я еще надеялась, что он такой, как все. Что будет верен мне, не предаст, не бросит, не искромсает душу в клочья... Мне следовало избавиться от ложных надежд, понять, что рано или поздно наступает время, когда женщина теряет свое обаяние и, как говорится, форму. Она уже не может похвастать своей красотой, но все еще думает о мужчинах; только теперь ей приходится платить, понимаете? Она идет на бесчисленные мелкие уступки, чтобы спастись от жуткого одиночества. Такая особа несчастна и смешна, требовательна и сентиментальна...

Но что мне, ровеснице шерстистых мамонтов, остается делать со своей древностью? Упс... молчу, молчу... как говорится, годы, мужчины и бокалы вина — это то, чему женщине не следует вести счет. Хотя... чего там скрывать — я никогда не была пуританкой. А время здорово надрало мне задницу, отомстив, что не умела ценить его. И вот где я теперь оказалась: сижу в кабинете психоаналитика, истратив большую часть своих сбережений на жалких альфонсов. И лечение. Перепробовав, наверное, все, за исключением крови младенцев: стволовые клетки, гиалуроновую кислоту, ботокс. Без толку! Мои морщины не собираются убираться, они на том же месте и, мне кажется, даже углубились! Но я не хочу превращаться в старуху. О, нет, прошу вас, не нужно сомнительных комплиментов: они мало что дают в решении проблем. С годами черствеешь, и многое уже не имеет значения, в том числе и вежливые комплименты.

Вы знаете, доктор, что такое жизнь? В чем ее смысл? Зато я знаю — никакого смысла нет! Все пшик и суета! (Тут Уилсон вспомнил излюбленное изречение старика Фрейда, гласившее: «Если человек начинает интересоваться смыслом жизни или ее ценностью — это может означать лишь то, что он болен»). Наше существование — полная чушь, бессмысленная трата времени, да и вообще — трагедия, исход которой предрешен. Сначала нас впускают в этот мир, мы взрослеем и встречаем друг друга, знакомимся и некоторое время идем по жизни вместе. Затем мы расстаемся и исчезаем так же неожиданно, как появились. Вот он — печальный цикл: рождение, мучение, страдание, мышиная возня и, наконец, смерть. Ничего с этим не поделаешь, мой друг. И если я на самом деле отжила свое, то так тому и быть. Конец не пугает меня. Но ведь вы, дорогой Джозеф, не дадите мне уйти на тот свет во грехе? Я буду страшно огорчена, если вы мне откажете... Ах, да, я и забыла — дырявая голова, — что вы не священник, чтобы отпускать грехи. Очень жаль! Верю ли я в Господа? Говоря начистоту, не очень. Но я боюсь его!»

В 15:00 на прием к Джозефу записана мисс Харрис, бедняжка страдает из-за лишнего веса. Затем он примет мистера и миссис Тайлер, супружескую пару, стоящую на грани развода. И, наконец, в 17:00 его впервые посетит некий мистер Вуд. Причина обращения неизвестна. Пока.

Его пациенты, женщины и мужчины, с виду не отчаявшиеся и несчастные, а уверенные в себе, дорого одетые люди. Но их разум подчинен навязчивой мысли или желанию. Большинство из них хочет одного — вернуть кусочек старого доброго прошлого, даже если оно уже протухло. Снова жаждет пережить любовную тоску, готово наступать на одни и те же грабли и бросаться с головой в омут. Другие пытаются избежать различных проблем: одиночества, презрения к себе, головных болей, импотенции, сексуальных отклонений, избыточного веса или анорексии, перенапряжения, горя, колебаний настроения, раздражительности и депрессии. Этим заблудившимся людям нужен хороший психотерапевт, чтобы выбраться за пределы собственной головы и взглянуть со стороны на клубящиеся там мысли. И смиренно открывшись Уилсону, они посвящают его в свои скорби, тянут одну заунывную песню: «Хочу еще раз увидеть ее», «Хочу, чтобы он вернулся — я так одинока!», «Хочу, чтобы она знала, как я люблю ее и как раскаиваюсь, что никогда не говорил ей об этом», «Хочу иметь детство, которого у меня никогда не было», «Хочу снова стать молодой и красивой», «Хочу, чтобы меня любили и уважали. Хочу, чтобы моя жизнь имела смысл. Хочу чего-то добиться, стать знаменитым, чтобы обо мне помнили»...

Так много желаний! Боли! Тоски!

Во время сеанса терапии некоторые, особенно новички, конфузятся, рассказывая о своих проблемах, другие же, наоборот, впадают в неуместное красноречие и говорят много такого, что вообще не относится к делу, отчего порой его кабинет содрогается от эмоций, а старик Фрейд раздраженно отворачивается, сердито затыкая уши пальцами. А Джозефу приходится с этим жить, проявляя терпение и выслушивая самые сокровенные желания своих пациентов, хотя большинство из них никогда не исполнится: невозможно вновь стать молодым, остановить старость, вернуть ушедших; наивны мечты о вечной любви, непреходящей славе, о самом бессмертии. И нельзя избежать боли, потому что боль есть часть жизни. Но постойте! Не все так трагично. Ведь многие — не без его помощи — смогут научиться жить в этом состоянии, быть счастливыми по-своему. Это случится тогда, когда умолкнут голоса в их сознании, твердившие им как мантру: ты лузер, ты всех разочаровал, ты негодяй и урод...

Он много работал. И когда вследствие долгих часов напряжения на него наваливалась смертельная усталость и мысли начинали путаться, наскакивать одна на другую, не позволяя ему сосредоточиться, он неизменно слышал скрипучий голос Зигмунда:

— Расслабьтесь, коллега. Вы пашете как лошадь, гробя свое драгоценное здоровье. Этак вы и до Рождества не дотянете. Знал я одного такого «пахаря». Упрямый был малый, никого не слушал. Тоже работал на износ, и в один день — пфф!!! Сломал себе хребет. Не успел насладиться плодами своих дел... А ведь запросто мог бы, если бы умел остановиться... И потом, как вам удается терпеть, когда вас обстоятельно рассматривают по восемь часов в день? Никогда не мог выносить подобной пытки! И нашел от нее верное средство. Да, вы совершенно правы. Я о кушетке! Достаточно длинной, чтобы вытянуть ноги, но и достаточно твердой, чтобы пациент не уснул. Устраиваешься за его головой: пусть человек расслабится, пусть ничто его не отвлекает. И пусть себе болтает, что хочет, не нужно его ни о чем расспрашивать. Вот он, мой метод свободных ассоциаций, обнажающий подсознание и помогающий обнаруживать глубинные корни человеческих проблем... Читали эту статью? Нет? «Журнал психиатрии». Я бы незамедлительно прислал вам копию при других обстоятельствах...

Хорошо ему умничать со стены!

Сегодняшний день доктора Уилсона протекал монотонно. Приходил мистер Тернер и все жаловался, что день за днем люди его разочаровывают. Потом явилась миссис Смит и с тусклым выражением лица изложила полдюжины новых причин для очередного уныния. Непрерывные головные боли мистера Эванса стали носить периодический характер, но он продолжал хандрить, несмотря на все старания Уилсона, который переживал, что его терапия не оказывает должного эффекта. А Майк — последняя любовь мисс Миллер — кто бы мог подумать? — теперь постоянно следует за ней, начиная досаждать назойливостью.

Ровно в 15:00 в кабинет, переваливаясь, вошла мисс Берта Харрис в мешковатом платье аляповатой расцветки. До чего же Джозефу были неприятны тучные люди! Ее бесформенное тело — грудь, колени, зад, плечи, щеки, подбородок — все, что должно нравиться в женщинах, было превращено в гору мяса и отталкивало. Он с ужасом представил, как дрожат ее щеки и многочисленные подбородки, когда она жадно ест прямо из кастрюли, оставшись одна, как облизывает жирные пальцы, вытирая их о халат. И его передернуло. Он подумал, что если в эту минуту ей вдруг захочется извлечь из своей увесистой сумки что-то съестное, например, Биг Мак с двумя рублеными бифштексами из говядины, то ничто не поможет ему удержаться в границах ангельского терпения. Он атакует ее и заорет: «Прекратите набивать себе брюхо! Разве вам уже не достаточно?»

Слава богу, что Берта не догадывалась о его шальных мыслях. Она медленно втиснула свое туловище между поручнями кресла и села так, что ее ноги не доставали до пола, в ожидании глядя на доктора.

— Ну, мисс Харрис, как дела? — спросил он. — Что интересного произошло в вашей жизни за последние три дня?

— Интересного? — удивилась она и пожала плечами. — О чем вам рассказать, доктор Уилсон? Как я ем по ночам?

«Какого черта, — подумал он, — у нее болтаются ноги? Может, задница у нее такая толстая, что мешает достать до земли?»

«Немедленно прекрати это, Джо! — приказал он себе и вздрогнул. Ему показалось, что Берта расслышала его внутренний голос. — Куда подевалась твоя профессиональная этика? Вместо того чтобы проявить эмпатию, поддержать, ты навешиваешь на Берту ярлыки. Но они никак не помогут тебе справиться с ее проблемой».

Уилсон взглянул на мир глазами Берты Харрис. Ей тридцать восемь, и она никогда не была замужем. Что ж, это не смертельно. Тянет лямку в центральном почтовом офисе Нью-Йорка. Она всегда страдала от излишнего веса, начав полнеть с конца подросткового периода. Сейчас ее вес достигал двухсот шестидесяти фунтов. Не имея друзей, личной жизни, она работала по шестьдесят пять часов в неделю. И, возвращаясь затемно в пустую квартирку, где жила вместе с раскормленной пятнистой кошкой по имени Эльза, единственное, что делала, так это наедалась и засыпала во время полуночных новостей.

— Я предлагал завести собаку, мисс Харрис, если вы хотите общительного питомца.

— С собакой нужно гулять, доктор Уилсон, — размышляла она вслух, оглянувшись вокруг, и он обратил внимание, что ее слова прозвучали уныло и раздосадованно. — А на прогулки у меня нет сил. И прошу вас, не пытайтесь уговорить меня делать то, что я абсолютно не хочу делать...

— Мне очень жаль, мисс Харрис. В таком случае вам нужно чем-то отвлечь себя, занять свои руки. Вы могли бы, например, записаться на курс вязания спицами. Вот увидите, вам понравится.

— Я уже закончила этот курс. Примерно четыре года назад. Вы не верите мне?

— Хорошо. Тогда запишитесь на продвинутый курс вязания.

— Но зачем мне тупое вязание? Во мне столько дерьма, смешанного с жиром: его я вынуждена носить с собой, куда бы ни пошла. А вы говорите, вязание...

Она никогда не имела физических контактов с мужчинами — ни объятий, ни поцелуев, ни даже фривольных похлопываний: мир холостяков жесток, и двери его наглухо закрыты для тучных людей. В этом она убедилась на собственном опыте, заведя страничку на сайтах знакомств, где в качестве фотографии профиля поместила крупным планом свой бюст. Она считала этот снимок удачным.

Пребывая в уверенности, что ей повезет, Берта Харрис внимательно пересмотрела сотни вариантов, заводя откровенные разговоры с незнакомыми людьми и успев получить не одно грязное предложение о том, что неплохо было бы «сделать это по-быстрому».

В интернете она наткнулась на множество ублюдков, врунов, извращенцев, любителей самоутверждаться и даже одного маньяка, выглядевшего, как Эштон Кутчер в молодости на фоне дорогого автомобиля и королевских пальм. Он сказал, что она «очень даже ничего», и назвал «горячей штучкой». А она наградила его всеми возможными эпитетами, которые только могла придумать, а потом отправила в мусорную корзину.

Наконец, спустя какое-то время, у нее появилась надежда. Между ней и одиноким мужчиной по имени Роберт завязалась откровенная переписка, длившаяся не меньше месяца. Все началось с того, что она послала ему сообщение: «Ну и что тут делают два нормальных человека?» — в ответ на которое спустя час прочитала: «Испытывают судьбу». Это показалось ей очень остроумным, принимая во внимание, что люди не в силах на судьбу повлиять. Когда дело дошло до первого свидания, они договорились пообедать вместе, и он попросил ее приколоть к волосам красный бант и ждать его в снек-баре. Его лицо перекосилось при первом же взгляде на нее, но, нужно отдать ему должное, он приветливо помахал рукой, а за обедом вел себя как истинный джентльмен, галантный и деликатный. Хотя Берта больше никогда не слышала о Роберте, она часто о нем думала под саундтрек из «Титаника» («Я думаю, доктор, что для серьезных отношений необходимо как минимум появиться на втором свидании, разве не так?»). Было несколько случаев, когда она так и не дождалась своих партнеров на свидании: вероятно, они рассматривали ее издалека и смывались...

Правда, однажды ей посчастливилось пообщаться на «Тиндере» с мужчиной в летах, таким же толстотелым, как она (как же его звали?), но тот сразу ее предупредил, что встречи для него возможны только до шести часов вечера в будние дни, так как в другое время он — муж другой женщины, которая любит его вот уже тридцать лет... Домой она возвращалась не оборачиваясь, горя от возмущения, а на глазах, точно звезды в ночи, сияли слезинки.

Берта в течение года посещала доктора Рассела, который лечил ее антидепрессантами. От них было мало проку: она оставалась глубоко подавленной, каждый вечер билась в истерике, хотела умереть, спала плохо и всегда просыпалась в половине пятого утра с повышенным давлением и ужасной мигренью, тисками сжимавшей левое полушарие. Не находя себе занятия, она слонялась по дому, а по воскресеньям, в свой выходной, не одевалась и весь день проводила у телевизора за любимыми кулинарными шоу типа «Быстрая еда от Сьюзи Кей», уплетая пиццу и оставляя следы томатного соуса на ночной рубашке.

— Сколько вы съели? — спросил ее Джозеф.

— Много. Впрочем, как обычно. — Она пожала плечами. — Не судите меня строго, доктор Уилсон. Я не смогла удержаться. А кстати, вы знали, что пицца гораздо вкуснее, когда она холодная?

— Нет, не знал, мисс Харрис.

— Нет? Как жаль! — На ее лице застыло инфантильное, неподдельное удивление. — Почему?

— Я не люблю пиццу.

— О боже! Как скучно! Вы шутите, да? — отреагировала она, обиженно надув губы. — А как насчет итальянской пасты? Обожаю спагетти с беконом и сыром, вернее, с четырьмя сортами сыра и сливочным маслом. И сладости: конфеты, шоколадно-мятное мороженое и выпечку — любую, даже недорогую. Всегда покупаю ее впрок.

Он покосился на нее, признавая, что этот случай оказался сложнее, чем поначалу представлялось.

— Но вам известно, что такая еда приводит к закупорке сосудов холестериновыми бляшками и провоцирует болезни сердца. Разве не так, мисс Харрис? Вам следует поработать над собой: найти поваренную книгу, в которой есть рецепты низкокалорийных блюд... И не забывать о соблюдении порций.

— Когда у меня такая жуткая депрессия, — вздохнув, пояснила она, пытаясь найти оправдание своему поведению и с отвращением скривив губы, отчего уголки ее рта поползли вниз и выражение лица стало таким презрительным, что Джозефу показалось, она выругалась, — вкусная еда и вино — это единственное, что более или менее поддерживает меня и не дает пасть духом. Как говорила моя покойная матушка: «Попробуй утешиться вкусненьким, Берта. Ешь и почувствуй сладость жизни, пусть она перебьет ее горечь. Ты слишком хороша для большинства мужчин, но истинная любовь когда-нибудь обязательно найдет тебя, это я знаю точно!»

Берта сглотнула, но не от безысходности, а потому, что у нее в ту секунду началось усиленное слюноотделение.

— Мужчинам повезло, — говорила она, — они спокойно носят на себе любое количество фунтов, и ничего! Их за это никто не осуждает. Наоборот, считают крепкими, брутальными...

К Джозефу она впервые пришла чуть больше месяца назад, когда перепробовала все мыслимые модные диеты, гарантирующие похудение на десять фунтов за две недели, и членство в клубах анонимных обжор, но по-прежнему не влезала в большинство своих платьев. Она пришла с твердой уверенностью, что хваленый доктор, прочитав терзающие ее душу мысли, спасет ее. Святая простота! Откуда ей было знать, что отличие психологии от медицины в том, что здесь никого нельзя спасти, за мгновение поставив точный диагноз и подобрав удачное лекарство. Психология как наука находится на той стадии развития, когда никто ничего не знает точно: что движет личностью, что нарушает ее развитие и как это исправить — ответы на эти вопросы имеют статус гипотез и теорий, которые еще не раз будут уточнены или опровергнуты. Увы, именно так.

Но что же ему делать с Бертой? С самой первой встречи он понял, что ему придется приложить невероятные усилия, чтобы начать с ней работать. Проблема заключалась в том, что он не мог заставить себя смотреть ей в лицо, настолько оно заплыло жиром. Ему были неприятны ее глупое хихиканье, в которое она всеми силами пыталась вовлечь и его, и неуместные комментарии в его адрес. Он втайне надеялся, что ее недостатки будут компенсированы ее личностными особенностями — жизнерадостностью или острым умом, которые он находил в других полных женщинах. Но нет, чем лучше он узнавал ее, тем более скучной и примитивной она казалась. Он смотрел на часы каждые пять минут, мечтая лишь об одном: побыстрее завершить сеанс с самой утомительной пациенткой, какую он когда-либо встречал в своей практике...

— Н-да, коллега, — раздался встревоженный голос из портрета. — Дело дрянь! Эта ваша Берта Харрис — случай совершенно запущенный, вызывающий у меня неуверенность. Что движет ее аномальным влечением к еде? Дело в том, Уилсон, что в основе любого мотива лежат главным образом подавленные сексуальные желания. Нетрудно догадаться, почему доктор Рассел назначил ей медикаменты. Он глуп и некомпетентен! Но с моей помощью вы добьетесь успеха! Правда, эту тучную фрау — ваш неподъемный крест — вам придется тащить на плечах не менее полугода... Кстати, она случайно не расплющила ваше кресло? Я слышал отчетливый хруст. Вы проверяли? Мне послышалось, или вы что-то сказали? Нет? Ну ладно, как хотите. Однако поспешу заверить, что не брошу вас на полпути к Голгофе, ведь супервизорскую помощь еще никто не отменял: она чрезвычайно полезна, чтобы избежать субъективности и добиться качественных изменений. Так вот, будь я на вашем месте, мой подход состоял бы в устранении проблемы посредством гипноза. Наша цель — помочь ей вспомнить забытую психическую травму, вызвавшую появление признаков заболевания. Если удастся обнаружить первоначальный источник — возможно, он таится в ее детстве, — они исчезнут... И позвольте спросить, Уилсон, какого черта вы, исследователь фантазий, страхов и снов, пренебрегаете кушеткой? Вам необходимо вызвать у пациентки релаксацию, а она лучше всего достигается в лежачей позиции. Не упрямьтесь, предложите вашей пациентке соблюсти традиции... Ведь она явно что-то скрывает. Но нам с вами ясно, что ни один смертный не способен хранить секреты. Пусть она молчит, но ее нервно пляшущие пальцы красноречивее слов: тайну предательски выдаст ее тело... Вы ведь слышали, как она говорила о своей матери? И ничего об отце! Поэтому не следует исключать возможность эдипова комплекса...

— Вам известно, профессор, я предпочитаю работать vis-à-vis, пациенты всегда садятся напротив... Мне важно видеть их глаза...

— Что ни говорите, но кушетку, изготовленную по всем правилам, вы все-таки поставили. И хорошо сделали! Должна же хоть чем-то эта благочестивая келья напоминать кабинет психоаналитика.

Через несколько минут после ухода Берты пришли супруги Тайлеры, находящиеся на грани развода. Крис и Фрида. Ему сорок семь, он служащий «Бэнк оф Америка», ей — сорок шесть, домохозяйка. Впервые они оказались у доктора Уилсона около двух месяцев назад по совету ближайшей подруги Фриды — Джуди. Несмотря на жалобы, что Джуди мешает им поскорее прекратить этот балаган, разойтись и навсегда забыть друг о друге, начав новую жизнь, та продолжала настаивать, что супругам не стоит спешить, и до того, как они приступят к юридическим формальностям, «было бы замечательно хотя бы раз сходить к знаменитому доктору».

Джозеф хорошо помнил, как ему позвонила Джуди, спросив, найдется ли у него время для семейной пары. Он ответил, что занимается психоанализом, а не вопросами семьи и брака. Голос звонившей, как он понял, принадлежал особе крайне настойчивой. Такие, если напали на нужный след, никогда так просто не отказываются от преследования. И он решил согласиться, но уточнил, чего именно ждет та семейная пара? Хотят ли они сохранить свой брак? Или мирно, без драк и скандалов, разойтись? Потому что в обоих случаях супругам может потребоваться помощь специалиста.

«Нет-нет, доктор, — затараторила женщина на том конце провода, — ваша задача — починить брак, привести их отношения в рабочее состояние, скажем так, вернуть к полноценной жизни. Вы ведь поможете, да?»

«Интересно, кто ей сказал, что любые отношения можно и нужно спасать», — пронеслось в голове у Джозефа в тот момент. К тому же многие супруги обращаются за помощью слишком поздно — хотят прибегнуть к терапии тогда, когда отношения уже изжили себя, чувства испарились и остался лишь долг. Но долг не может сделать людей счастливыми, скорее наоборот.

Познакомившись с супругами лично, Уилсон понял, что оба давно созрели для разрыва, уверенные, что не оправдали надежд друг друга, и их отношения не просто зашли в тупик — они достигли такого дна, что никакая, даже самая искусная терапия их уже не восстановит.

Фрида дружила с Джуди еще со школьной скамьи, а потом та стала главной подружкой невесты на их пышной свадьбе с Крисом. И вот теперь, видя, как на ее глазах распадается пара, которая когда-то давала клятву перед Богом и людьми «любить и почитать друг друга в горе и в радости, в болезни и здравии, пока смерть не разлучит их», заботливая Джуди стремилась любой ценой помешать этому, будто от этого могла пострадать ее репутация. Она никогда не тратила времени зря, была человеком действия и надеялась, что благодаря психотерапии дорогие ей люди сумеют исправить все ошибки прошлого, забыть вред, который причинили друг другу, и вновь сплестись в жарких объятиях. В этой ситуации Джуди превзошла саму себя в упорстве: она была так воинственно настроена, что Фрида и Крис, сердито переглянувшись, поняли, что придется отступить — эту битву им точно не выиграть. Они решили сходить на «ни к чему их не обязывающую психологическую консультацию» хотя бы ради уважения к Джуди.

Чаще они приходили к Джозефу поодиночке, изливая душу и жалуясь на судьбу. Но бывало, он приглашал на сеанс обоих. В таких случаях он заранее ставил рядом два кресла и наблюдал, не захочет ли кто-то из супругов отодвинуть свое. Так чаще всего и случалось, причем это мог сделать как Крис, так и Фрида.

Так что же произошло между супругами?

Ничего нового — классическая драма.

Фрида сетовала на нехватку нежности со стороны мужа, жаловалась, что тот уже много лет не дарит ей цветов, не целует и не держит за руку, как это было в начале их отношений. Из-за этого в ней умерли все желания. А вначале все было хорошо. Но медовый месяц не мог длиться вечно. Сразу после того, как они вернулись из свадебного путешествия, «муж сосредоточил все внимание на своей единственной любви — треклятой работе, которая волновала его и толкала двигаться дальше!»

Во время таких признаний Крис обычно отмалчивался, сжавшись и выслушивая упреки, которые, вероятно, ежедневно слышал в свой адрес. Он вздрагивал, как от удара током: ведь никто и никогда не говорил с ним так открыто и дерзко, как это позволяла себе Фрида. А потом огрызался, крича, что не может заставить себя быть нежным, когда вместо спокойного и сытного ужина он должен справляться с постоянными придирками деспотичной жены. «Она всегда разговаривает со мной с металлом в голосе. Я законченный идиот, что терплю все это! У меня одна жизнь, а не три!» — выпаливал он.

На сей раз на Фриде был искусно сшитый костюм, скрывающий пышные формы его владелицы, у которой, по ее собственному признанию, «во время третьей беременности чудовищно распухли ноги и руки, и пришлось все время лежать в постели», а потом ее «страшно разнесло после рождения ребенка и кормления грудью». Лазурного цвета хлопковую блузку сшили, чтобы создать иллюзию стройной фигуры, а пояс темных брюк визуально сужал талию. Как всегда, Фрида была грустной и не уставала повторять, что долгие годы нуждалась во внимании мужа, хотела, чтобы он умел слышать ее, эмоционально реагировал на то, чем она делится с ним, а не бестолково кивал, делая вид, будто сосредоточенно ее слушает. Фрида продолжала: «Знаете, доктор, когда Крис еще только ухаживал за мной, мы много гуляли и разговаривали обо всем на свете, нам было так интересно вместе. Я наивно верила, что такая заинтересованность сохранится и в браке. Не вышло! Не осталось ни капли страсти, нежности, романтики. Теперь у каждого своя жизнь. Нам больше не о чем говорить. У нас давно разные интересы. Разные вкусы. Раздельные спальни. Да, именно, раздельные спальни. Когда это началось? Разумеется, я помню. Только закончился третий год нашей совместной жизни. Был июнь, вечер пятницы. Крис вернулся с работы к полуночи. Если совсем точно, в 23:50, — я знаю, потому что как раз посмотрела на часы. Он заявил, что был на каком-то благотворительном банкете. Меня удивило, что он абсолютно трезв, но я не стала ни о чем расспрашивать. Он погрузился в задумчивость и долго сидел неподвижно, потупив глаза, — я даже предположила, что он задремал. «Дорогой, пойдем в постель. Уже поздно», — позвала я. Он что-то заворчал и не пожелал вставать. «Давай, Крис. Пошли спать...» — повторила я. «Угу... еще чуть-чуть, пару минут», — ответил он, опять проваливаясь в сон. Это было что-то новое, доктор, поскольку раньше мы никогда не ложились друг без друга. Поэтому я ждала, думая, что он вернется ко мне. А еще через полчаса, погасив свет в гостиной, решила, что иногда побыть наедине с собой не так уж и плохо. «Он просто устал, — успокаивала я себя. — Столько работы с большими числами! Готова поспорить, Билл Гейтс тоже нет-нет да и прикорнет у себя в кабинете. И потом: спать одной в кровати — не самое худшее, что может с тобой случиться». Но прежде чем уйти в спальню и лечь в постель, я задержалась в дверях и бросила взгляд на спящего Криса. Тогда я надеялась, что это не начало конца.

А потом, доктор, развалившегося на диване Криса я созерцала почти каждый вечер и, молча гася свет в ночнике, спрашивала себя: «Когда все изменилось?»

Позже это стало нормой нашей жизни... Знаете, временами я удивляюсь, как мне вообще удавалось беременеть?

А Крису все безразлично! Он, сукин сын, может весь вечер пускать слюни, разглядывая вырез на кофточке Джуди, но вот мое новое платье останется незамеченным, даже если я выряжусь попугаем и буду танцевать перед ним ламбаду. Крис никогда не помнит дня рождения моей матери. Да что там матери! Он постоянно забывает о дне нашей свадьбы! С ним я чувствую себя одинокой... Нет, мы особенно и не общаемся, потому что ему нечего мне рассказать. «Не разговаривай со мной, — однажды сказала я ему, — у тебя это очень хорошо получается».

Когда же я все-таки спрашиваю его о новостях, он всегда дает тупейшие ответы. Как вообще можно быть его женой, если после пяти долбаных минут, проведенных за ужином, когда дети накормлены и уже разошлись по комнатам и вы одни, он сидит перед тобой и чавкает, уткнувшись носом в айфон? Потому что уверен, что женатым людям не надо разговаривать. Кто-то должен нарушить эту гнетущую тишину, понимаете? По-другому невозможно. В такие минуты мне хочется лезть на стену! Хочется кричать: «Откуда ты такой взялся на мою голову, Крис Тайлер! Черт бы тебя побрал! Что я тут с тобой делаю? Чего мне не хватало? Разве моя жизнь до тебя не была полной чашей?» Вот что мне хочется сказать, доктор». Она странно затрясла головой и выругалась.

— Известно ли вам, миссис Тайлер, что, согласно результатам опроса, в среднем в Штатах общение между супругами длится тридцать три минуты в день? — спросил Уилсон, чтобы как-то успокоить ее. — И эти короткие тридцать три минуты включают ругань, придирки, швыряние подушками и все прочее. Представьте, всего лишь тридцать три минуты из двадцати четырех часов...

— Что? — Она недоверчиво посмотрела на него.

Крис сообщил Уилсону, что, если дать Фриде возможность, она будет беспрерывно говорить в течение нескольких часов со скоростью сто слов в минуту. «Это не женщина, — сетовал он, — а какой-то словесный поток, который не затихает ни на мгновение, погружая меня в совершенно ненужную и неинтересную информацию. Я считаю такие разговоры непозволительной тратой своего времени, когда мог бы сделать что-то полезное по работе. И еще ее отвратительные визгливые интонации — о боже! — они рвут мне уши! Не могу поверить, что этот голос когда-то очаровывал так, что я, теряя голову, был готов ради этой женщины на все!»

Помимо словоохотливости, Крис имел к жене и другие претензии. Когда-то он ожидал, что она научится разделять его увлечения, например, будет ходить с ним в гольф-клуб или смотреть по телевизору баскетбол. «В жизни все наоборот — она их ненавидит! И меня заодно, вместе с клюшками для гольфа! Брак — штука капризная. На одной страсти далеко не уедешь. Уже через несколько недель после медового месяца Фрида начала показывать когти: стала пилить за задержки на работе, за то, что у меня мало стремления к развитию наших отношений, к укреплению брака. Черт, в какой книжонке она начиталась о таком? Она упрекала меня в резкости и цинизме, да и сейчас считает, что у меня вагон гребаных недостатков и не просто дурных, а чудовищных привычек. Взять хотя бы мои несчастные носки. Фрида приходит в бешенство, когда находит их за диваном... Чем они ей помешали? Откуда в ней убеждение, что я — это хаос, а она — упорядоченность, я — порок, она — добродетель, я — скандал, а она — гармония? А кто тогда, если не она, заковал меня в тиски, лишил возможности дышать полной грудью и чувствовать себя свободным человеком в свободной стране?»

Джозеф обратил внимание, что Крис помнил в мельчайших деталях, как они познакомились, будто все произошло вчера. Фрида только начинала сольную карьеру певицы. Она выступала на вечере, организованном для служащих

«Бэнк оф Америка», и Крис тоже был там. Заметив на сцене стройную девушку с яркими рыжими волосами, ниспадающими на изящные плечи, он стал завороженно наблюдать за ней, за тем, как она поет и двигается. И пытался усмирить свое желание — никогда еще оно не было столь сильным. Встретиться с ней оказалось гораздо труднее, чем он ожидал. Она отказывалась отвечать на его звонки, и ему пришлось посещать ее выступления, будто безумному фанату. Когда Крис подарил ей пятый букет роскошных цветов, Фрида написала ему записку с просьбой прекратить преследования. Он был ошарашен и ответил, что выполнит ее просьбу, если она согласится поужинать с ним всего раз.

Их встреча в итальянском ресторане на Третьей авеню была непродолжительной, но и этого времени хватило, чтобы Крис потерял голову: он влюбился, окончательно и бесповоротно. Оказалось, эти чувства были взаимными... Фрида была умна и оригинальна. И казалась ему идеалом — мягкой, открытой. Он легко представлял, как она прижимает к груди их будущих детей, играет с ними и поет своим удивительным голосом. Интересно, какими будут их дети, думал он. Унаследуют ли голубые глаза матери или карие, как у него? Будут они белокожими с копной медно-рыжих волос, как она, или темноволосыми и смугловатыми, как он?

Когда Фриде исполнилось двадцать пять, красавец-жених с нежной улыбкой ждал ее, облаченную в свадебное платье нежнейшего розового оттенка, у алтаря с букетом из роз и орхидей. После замужества она еще три месяца солировала в одном крупном ресторане. Хотя это и был брак, основанный на гармонии и пылкой любви, супруг не считал семью без детей полноценной, а она очень любила его. Когда родилась Глория, Фрида круто поменяла свою жизнь, окончательно порвав со сценой: заботы о дочери и муже отнимали у нее все время. Но дальше... дальше Фрида родила еще двух девочек, и хлопот у нее стало столько, что некогда было перевести дух, не то что петь! Беременности, роды, кормления, купания, первые зубки, больные уши, ночные бдения у детской кроватки, ясли, уставший и голодный муж — ничто другое не тревожило ее. Порой она ощущала себя скованной по рукам и ногам, запертой в невидимой, но прочной клетке, прутьями которой служили ее ежедневные обязанности, сами по себе незаметные и незначительные, но требующие времени. Акушер-гинеколог, педиатр и школьные учителя стали для нее едва ли не близкими людьми, во всяком случае, встречалась она с ними гораздо чаще, чем с кем-то еще.

Хотя нет! Она изредка виделась с Джуди. Как-то они договорились встретиться в парке недалеко от дома, чтобы немного пройтись. Стоял конец октября. Тучи неслись по небу, портя настроение своей серостью.

— Ну что, подруга? Как тебе живется в многодетном Эдеме, среди молочных рек и кисельных берегов? — спросила ее Джуди. Она на ходу допила свой кофе и бросила стаканчик в урну.

— Как обычно. — Фрида слегка пожала плечами. Она пребывала в подавленном настроении, но не очень хотела, чтобы Джуди это заметила. — Дел по горло. С девчонками столько возни... Знаешь, глядя на них, посторонний человек ни за что не сказал бы, что перед ним сестры: у каждой свои особенности. А еще эта еда... Приходится круглосуточно торчать у плиты...

— Почему вы не можете взять кого-то для этой работы? — спросила Джуди и нахмурилась. — Твой Крис вроде неплохо зарабатывает... Да я бы на твоем месте наняла штат нянек и прислуги...

— Это исключено! Я больше не подпущу постороннюю женщину к своим детям и мужу. Знаю я этих помощниц по хозяйству. Была у нас одна пару лет назад, такая дрянь! Залезла в чужой дом, развела грязь и беспорядок, рылась в моих вещах, кормила детей сырыми гамбургерами, зато мастерски вертела задом перед Крисом, а он наблюдал...

— Ну, конечно, это дело твое...

— Сама как-нибудь справлюсь. И с финансами, знаешь, в последнее время не очень: да, наши доходы возросли, но и расходы стали больше. Мне бы с девочками найти общий язык. Ты ведь помнишь, я всегда мечтала об идеальных детях, хотела, чтобы у Глории были братья и сестры — друзья на всю жизнь? Все вышло наоборот. Ссоры и перепалки — обычное дело. Не понимаю, разве такой должна быть многодетная семья?

— Фрида, дорогая. Такова участь каждой матери!

— Тебе-то откуда знать? — вырвалось у Фриды. Она хорошо помнила, какое облегчение испытала подруга, когда узнала о своем бесплодии: она никогда не хотела быть матерью. Но увидев болезненный блеск в ее глазах, она подумала, что ее слова могли обидеть Джуди. И решила продолжить свой монолог:

— Когда девочки были еще маленькими, я часто, лежа по ночам в постели, представляла самое ужасное: что их укусит бешеная собака, ужалит змея, что они отравятся ядовитыми грибами, потеряются, пойдут куда-то с незнакомым человеком или выпадут из окна. Дети ведь никогда не сидят там, где их оставляешь. Их подстерегает столько опасностей, от которых ни один взрослый не сможет уберечь. Мне казалось — надо подождать. Еще несколько лет, и все. И вот, наконец, они подросли, но... ничего не изменилось. Сменились картинки: теперь я вижу их вечеринки, гулянье допоздна, первые поцелуи, сигареты, таблетки, которые продаются за углом школы... И бунты против меня! Боже, где мои маленькие девочки, которые так хотели на ручки, боялись засыпать, если меня нет рядом, звали постоянно. Как вышло, что теперь, когда они выросли, мать им стала не нужна?

— Не выдумывай, Фрида! — взорвалась Джуди. — Ты не знаешь настоящих проблем. Напомнить тебе истории о матерях, у которых рак груди, или о детях с врожденными пороками сердца, или еще что-то в этом роде? Радуйся, что это не коснулось твоей семьи. У тебя с Крисом детки — сущее сокровище.

— Да ты сто лет их не видела...

— Прости, совсем нет времени, — Джуди положила руку на плечо Фриде. — Как Глория?

— Повзрослела и сильно изменилась, теперь у нее секреты. Меня не слишком радует круг ее общения, но приходится терпеть. Больше волнует, что у нее в последнее время все чаще болит голова, я вся извожусь, пока ее не отпустит! — Фрида закрыла глаза и закусила губу, собираясь с силами, чтобы не расплакаться.

— А Линси? Кэтрин?

— Линси взбрело в голову записаться в театральную студию, Кэтрин — на гимнастику и фортепьяно! Она даже в летний лагерь с сестрой ехать отказывается, не думая, что мне придется два раза в неделю тащиться то к одной, то к другой на родительский день!

И еще свекровь... Ведь она с самого начала была недовольна, что ее единственный сын выбрал в жены «эту вертихвостку» и рано или поздно непременно попадет к ней в кабалу. Несносная женщина!

— Мне жаль! Хорошо, что хоть живет она далеко...

— От этого не легче. Она даже издалека отравляет мне жизнь. Стоит ей чихнуть, она тут же звонит Крису, и он, несмотря на занятость, все бросает и несется к ней сломя голову. А там эта мегера накручивает его, учит, что хорошей жене необходимо встречать мужа с огромной улыбкой, не лезть к нему с советами, не указывать, не задавать лишних вопросов. Жена, видишь ли, должна знать свое место и не претендовать на большее. Единственная ее задача — уделять мужу как можно больше внимания. Он в доме главный!

— А что сам Крис? Как он на это смотрит?

— Как всегда. Он совсем отдалился от семьи, ведет себя так, будто чужой. И знаешь, в последнее время я думаю, что он что-то скрывает от меня: стал по вечерам заходить в ванную и запирать дверь. Часами торчит там, болтает с кем-то по телефону, включив кран и вентилятор, чтобы не было слышно...

Джуди странно посмотрела на нее, даже побледнела. В ее глазах читалась жалость, но больше в них было удивления и осуждения.

— Ты что, шпионишь за ним? — спросила она, повысив голос. — Слушай, мы знакомы вечность. Но в последнее время ты сильно изменилась. У тебя, кажется, вот-вот поедет крыша, — и она покрутила пальцем у виска.

— Сама не знаю, как это получилось. Ты думаешь, у него кто-то есть? Какая-нибудь авантюристка, исполняющая роль страстной любовницы? Боюсь его спросить — не потому, что не хочу слышать ложь, а потому, что боюсь услышать правду...

— Не болтай ерунды! Крис не такой! Слишком нудный и скучный, чтобы завести любовницу. И потом, даже если и так, в чем проблема? Любовница — не жена, с ней только время проводят, а потом возвращаются домой. Не хочешь, чтобы он бросил тебя, так не пили его, не держи на коротком поводке, наоборот, встречай с улыбкой и постарайся выглядеть лучше, чем твоя, хм... соперница... Знаешь, почему мужчины на других женщин внимание обращают? Потому что те всегда в форме... как я, например... Купила абонемент в лучший из оздоровительных клубов, на Astor Place. Дала себе клятву, что буду выдерживать график тренировок, который для меня установит инструктор. Кстати, он очень крутой и, кажется, имеет склонность к женщинам постарше. Еще я посещаю спа. Разве ты не заметила мой безупречный загар? Шоколадка! Не то что ты — бледная до неприличия... — В эту секунду Джуди замолкла. Она нервно расстегнула сумочку и вытащила оттуда начатую пачку сигарет:

— Будешь? Ну, как хочешь. — Она чиркнула зажигалкой и закурила, глубоко затянувшись, потом сделала продолжительную паузу и, выдыхая дым, стряхнула пепел себе под ноги. — Вот что я тебе скажу, Фрида. Вам обоим — тебе и Крису — не помешало бы проветриться, слетать куда-нибудь, отдохнуть от детей. Ты ведь даже в Европе еще ни разу не была! Самое время — говорят, сейчас и цены на билеты невысокие, не сезон... — Пока она чесала языком, Фрида восстановила в памяти те моменты, когда пыталась уговорить мужа совершить путешествие в Старый Свет, однако Крис всегда отвечал, что им надо дождаться, пока девочки станут немного постарше и отправятся в колледж. — Кстати, мы с мужем летом поедем в Вену. Правда, не уверена, смогу ли так долго выносить его общество...

Фрида слишком хорошо знала подругу. До замужества та работала в дешевом кордебалете, с головой погрузившись в фееричный мир бурлеска, веселья до утра, театральных огней и страстных обжиманий. Местные актрисы взяли над ней шефство и стали учить всему плохому, а Джуди с радостью училась. Хорошенькой девушке не приходилось долго искать приключений — удача поджидала ее на каждом углу. Фраза «Веселись, пока есть возможность» стала ее девизом. Она танцевала получше многих и вращала кисточками, прикрепленными к соскам, так искусно, что почти не сомневалась: именно она станет примой. Но случилось что-то ужасное, о чем Джуди умалчивает до сих пор: постановщик шоу отослал ее домой, вежливо попросив никогда больше не возвращаться. До того, как у нее закончились деньги, она успела выскочить замуж за бывшего ухажера. И даже в браке продолжала водить шашни на стороне с какими-то Джеками, Сэмами или Никами, а поэтому легко соглашалась на встречу с кофе и бисквитом, надеясь завершить этот «эпизод счастья» игристым шампанским в не слишком захудалом мотеле на окраине Бруклина. А что касается симпатяги Майка, их бывшего одноклассника, а нынче профессионального массажиста, известного своей репутацией покорителя женских сердец, то, по словам Джуди, эта интрижка годовалой давности случилась в первый и последний раз: ее интерес к Майку подогревался жгучим любопытством и желанием узнать, оправданы ли сплетни, которые о нем шли.

— А что такого? — недоумевала Джуди. — Разве мир рухнет от одного короткого рандеву? Нет! Зато оно придаст жизни остроту. Все останется как было, и только я почувствую себя иначе — снова молодой и красивой. Что поделаешь? Не могу я без настоящей любви. Ну хорошо, может, это и не любовь, но... отлично выручает. Видишь ли, воздействие на тело лечит душу... И вообще, жизнь — это коллекция остро-пряных моментов. Наслаждайся ими, если везет. — Ее губы тронула озорная улыбка.

— Джуди, прекрати уже, прошу тебя, — Фрида умоляюще сложила руки.

— Прекратить? Да разве ты не скучаешь по тому времени, когда еще чуть-чуть, и весь Бродвей был бы у твоих ног? Когда за тобой гонялись десятки поклонников? Тем более сейчас, когда твой брак трещит по швам, как старые джинсы. Что? Ты не собираешься обманывать Криса, чтобы на часок вернуться в молодость? Ну, знаешь, если так пойдет и дальше, то в один прекрасный день ты сядешь тихонько где-нибудь в уголке и задашь себе много трудных вопросов насчет того, кем ты стала, что потеряла и чего не сделала. Вообрази, ты дотянула до ста лет без Альцгеймера. Что, вот так до последнего вздоха и провозишься с мужем — старой развалиной, детьми, внуками и правнуками? Будешь загружать в мойку грязные тарелки, бренчать кастрюльками, убирать, чистить, стирать? Потому что никто с твоей шеи просто так не слезет. А кто вспомнит о тебе, когда ты умрешь? Хорошо, если дети. И то на короткое время. Поверь мне, материнство — не самое главное! Человек должен жить в первую очередь ради себя, а уже потом решать, будет ли он делить свою жизнь с другими... Ты что, осуждаешь меня? Брось! Встречаясь с другими, я пытаюсь вернуть себе то, чего мой муженек так и не смог мне дать. Говорят, когда женщина выходит замуж, она меняет внимание многих ухажеров на невнимательность одного мудака. И потом, человек, в которого влюбляешься в двадцать лет, может быть совсем другим, когда вам по сорок. И огонь страсти не будет гореть вечно. В конце концов пламя поглотит само себя, если не открыть форточку и не дать ему немного воздуха. Понимаешь, что я имею в виду? Короче, подруга, мне уже пора... Жаль, что у меня больше нет времени. Не обидишься?

— Да все в порядке. Позвони мне потом...

— В общем, не смей разводиться с Крисом. Ты где витаешь?

— Нигде, я тут.

— Я говорю, не разводись с Крисом. Ты ведь подумала о Глории, Линси и Кэтрин и не хочешь перевернуть их мир с ног на голову? Знаешь, какой это будет для них трагедией? Выше нос, слышишь? Оглянись — вокруг столько соблазнительных мужчин. И главное, никто не призывает тебя влюбляться. Просто приоткрой форточку и получи немного удовольствия. Не будь ханжой, Фрида, это так... увлекательно! Вот только... займись собой! В этом твоя проблема. Смотри, на тебе нет никакой косметики. Туфли — о господи! — без каблуков. Вместо чулок — гольфы. Что с тобой стало? Как ты смогла все до такой степени запустить, превратиться в клушу? Сходи в салон, сделай модную прическу, профессиональный маникюр и педикюр, попробуй бразильскую эпиляцию. Увидишь, это не пустая трата денег. И обязательно запишись на фитнес и аэробику — завтра же! — а то от домашних дел твоя задница стала больше, чем вся Аляска... А сейчас иди домой. У тебя вид усталый...

Фрида и сама прекрасно понимала, что теперь ни капли не похожа на ту женщину, которая с обожанием смотрела на своего избранника — обходительного принца по имени Крис — и была уверена: это счастье всей ее жизни. Уже много лет она типичная домохозяйка в простой и удобной одежде — широкой футболке и мешковатых джинсах. Не удивительно, что она потеряла привлекательность для супруга. В молодости она вряд ли могла представить, что судьба ее сложится именно так.

Она подняла руку и убрала за ухо прядь, упавшую на лицо. Боже, как же быстро идет время! Где ее роскошные огненные волосы? А ее точеная фигура? Нежная кожа? Куда все подевалось? Походы в салоны красоты остались в прошлом, когда на нее, начинающую, но очень талантливую певицу, пялились и шумно аплодировали восторженные зрители. Когда молодые люди вились вокруг нее, как пчелы у цветка, а множество поклонников теряло голову от одного ее манящего взгляда и ослепительной улыбки. Теперь она не только избегает смотреть на себя в зеркало при ярком дневном свете, но и ненавидит собственные фотографии, где она молода, красива, счастлива и имеет идеальный вес...

Она вздрогнула, вспомнив, что недавно подметила одну странную закономерность среди знакомых и соседей: только одинокие люди старательно следили за внешностью и модой, ходили на театральные премьеры и читали книги... Как Джуди...

Ее подруга права: Фрида потеряла лучшие годы. Ради семьи кардинально поменяла свою жизнь — бросила карьеру, лишилась всех своих прелестей, променяв их на неврастению и каждодневные скандалы с битьем посуды, после которых она, чтобы успокоиться, ест все, что попадается на глаза.

Слушая рассказ этой женщины, Джозеф рассеянно кивал — он строчил как одержимый. Правая рука сжимала порхавшую по широким строкам ручку так, что побелели костяшки пальцев. Наконец он записал то, что так хотел ухватить, поднял голову и попросил:

— Расскажите подробнее.

Фрида набрала полную грудь воздуха и продолжила:

— Ну хорошо. Ежедневно Крис будит меня в четверть седьмого утра. И сразу, еще даже не почистив зубы, бубнит: «Я проголодался. Не хочешь сделать мне сэндвич с ветчиной и сыром?» — «Нет, не хочу», — отвечаю я сквозь сон, злясь, что он привык считать, будто другие люди созданы, чтобы служить ему. Нет, от меня он этого не дождется. Хватит. Я не буду потакать его прихотям. Тогда он начинает ворчать, что жена его коллеги всегда приносит завтрак в постель.

Черт! Из-за него я опять не выспалась — он спал как сурок в гостиной и так храпел до утра, что у меня в спальне закладывало уши. Ему, видите ли, нужен завтрак! За столько лет совместной жизни он так и не понял, что в такую рань меня вообще нельзя трогать. Я выдыхаюсь с детьми: накануне у младшей дочери, Кэтрин, поднялась температура и так воспалилось горло, что я осталась сидеть у ее кровати до двух часов ночи. А Крис до полуночи валялся на своем любимом, продавленном его жирной задницей диване, тянул скотч и хрустел чипсами, пока его уличные туфли валялись на ковре посреди комнаты. Мне вечно приходится мыть за ним посуду, гору посуды. Когда он возмущенно говорит: «Что значит "ты не помыл за собой посуду"? Разве это мужское дело? Мне не нравится, когда ты командуешь мной!», — я задыхаюсь от возмущения. С каждым разом мне все сложнее сдерживать себя, я на грани...

Фрида чуть подалась вперед, ее грудь почти легла на стол доктора Уилсона. Другая женщина смотрелась бы вульгарно, однако Фрида была не лишена привлекательности. Она положила руки на стол и сцепила пальцы в замок. На левой руке красовался тонкий золотой ободок. Было ясно, что эта женщина, с морщинками вокруг глаз и расплывшейся талией, жаждет свободы и романтики, мечтает о страстных поцелуях и о совсем иной жизни: без грязных сковородок, раскиданных повсюду вещей и проверки домашних заданий. Она хочет вновь, как до брака, полюбить себя. Хочет успеть пожить для себя!

Чем больше они грызлись — лысеющий Крис и толстеющая Фрида, — тем отчетливее понимали, как непрочен их союз, а их конфликты, большие и маленькие, только накапливались. Уилсон знал, что создавшееся напряжение могло окончиться либо разрывом отношений, либо подчинением одной личности (вплоть до ее деградации), однако никто из супругов не выражал готовности изменить себя и уступить другому — оба имели характер, не умели прощать и задавались одним вопросом: неужели суть брака состоит в том, чтобы один, чуть что, начинал орать, а другой ему вторил, но громче...

Фрида заявляла, что если и интересует мужа, то только как мать его детей. Что Крис на самом деле давно уже не любит ее и она устала от его попыток скрываться на работе от проблем. Она спрашивала доктора Уилсона: неужели семейное счастье состоит в одной лишь заботе о детях и привычке быть вместе с супругом? Зачем она пошла на подобное? И что безжалостно поглощает пылкие чувства и поступки, замещая все безразличием?

Уилсон молчал. А что ему оставалось делать? Сообщить ей, что любовь — это психическое расстройство? Так считает Всемирная организация здравоохранения, детально описывая ее симптомы, такие как навязчивые мысли о другом человеке, мучительное ожидание телефонного звонка, депрессию или, наоборот, слишком приподнятое настроение, прерывистый сон, импульсивные поступки и многое другое. Или, может, рассказать, что любовь превращает нас в людей, которыми мы не являемся? Что она захватывает без остатка, дает силы парить в небе, но и несет в себе трагедию, погружая в преисподнюю, потому что не бывает одинаково сильной и долгой у обоих партнеров? Всегда кто-то любит больше, а кто-то разлюбит раньше. Такова природа этого чувства.

А что Крис?

Когда они были одни, он спрашивал Уилсона, как ему поступить. Надеяться на лучшее? Или продолжать обманываться в надежде, что однажды утром Фрида проснется и опять станет той, какой была раньше? Нет, не станет! Значит, никаких больше сюрпризов, острых переживаний, эмоций. Отгремела его бестолковая жизнь, и впереди его ждут лишь серые будни, повторяющиеся, как дурной сон. Осталось только доживать. «Но ведь это невыносимо, доктор! Меня губит жизнь, где только упреки и неудачи. Конечно, я курю и выпиваю, чтобы разогнать тоску, иначе и удавиться недолго...»

Его душа протестовала, требовала перемен: смены семьи или переезда в другой штат, пока он на хорошем счету в банке — ему давно предлагали повышение в новом филиале. Его тянуло на «подвиги», на поиски сильных эмоций. Он жаждал побед, быстрых и с почестями. Может, еще возможно догнать молодость, успеть заскочить в последний вагон уходящего поезда, чтобы не оказаться одному на пустынном перроне?

Этот замкнутый и раздраженный мужчина, внезапно обнаруживший бессмысленность существования, отчаянно нуждался в восхищении. Он хотел гордиться собой, хотел слышать от жены: «Ты молодец, ты самый лучший», «Я радуюсь, когда вижу твои достижения».

Но этих слов его мужское самолюбие так и не дождалось, потому что к его успехам Фрида относилась как к чему-то вполне естественному. Тогда, вероятно, отцом восхищаются три дочери? Уилсону все стало ясно, когда он увидел кривую усмешку Криса. Детям он тоже не нужен. Они не вникают в его жизнь — у них свои интересы, — и он... он бесконечно одинок.

Уилсону не потребовалось много времени, чтобы разобраться в этом человеке: Крис Тайлер, как и многие другие мужчины, переживает катастрофу под названием «кризис среднего возраста». Да, ему сейчас позарез надо, чтобы кто-то смотрел на него влюбленными глазами, полными восторга. Конечно, это будут молоденькие женщины, плененные образом успешного мужчины. И дело здесь не в том, что Крису захотелось оставить стареющую сорокашестилетнюю жену ради двух молоденьких любовниц. И совсем даже не в том, что он развратен. Нет! Ему как воздух требовался успех! А Фрида не спешила с лавровым венком — она была занята приготовлением ужина. А вокруг... вокруг так много фантастических девушек... «Если не сейчас, то когда?» — размышляет Крис, почесывая лысину согнутым указательным пальцем. А в его голове стучит: «Сорок семь — это не двадцать и не тридцать. Старый гриб, ты почти разменял четвертый десяток: твоя жизнь утекает, как песок сквозь пальцы. Уже пошаливает сердце, в спине поселился радикулит, а в желудке полыхает пожар от эрозивного гастрита. Скоро ты начнешь терять силы, станешь дряхлым и немощным, вроде музейного экспоната, когда уже ничего нельзя повернуть назад. И неизвестно, сколько еще у тебя осталось мужской жизни. А ведь это занавес. Поэтому, Крис, спеши, пока есть немного пороха в пороховницах».

И он, господин степенного возраста, с заслуженными морщинами, благородной сединой, но все еще моложавой самоуверенной улыбкой, отчаянно спешил...

И вдруг... резко застопорил ход...

Его уставшая, но молодая душа не смогла пройти мимо хорошенькой, неопытной банковской операторши лет двадцати с небольшим. Обладательницу шелковой кожи и стройных ножек звали Миранда. Крис рассказал, как она умеет восхищаться его мужественной внешностью, его оригинальными шутками! И что он, уставший от жизни лев, готов впитывать ее радость и чувствовать себя первооткрывателем всех чудес света. Что готов плакать от счастья («Неужели я так сентиментален, доктор?»), готов заботиться о ней, опекать ее.

— Это случилось в тот момент, когда все в этом мире стало казаться мне скучным и обыденным, — рассказывал Крис.

И он изменил ей, своей Фриде. А потом понял: это не просто увлечение, пустой флирт. Нет! Все намного серьезнее — он влюбился!

Теперь он убежден, что Миранда — тот самый подарок небес, о котором он молил, добрая и отзывчивая фея, родственная душа, нежная и чувственная во всех отношениях. У него появились крылья за спиной и совершенно безумная любовь. Она придала ему силы, одухотворила, дала желание двигаться вперед, омыла душу, вернула радость. Он помолодел на двадцать лет. Ну ладно, на пятнадцать. Во всяком случае, он на столько себя ощущал. А раз так, значит, жизнь вновь обрела смысл... Теперь его черед расплачиваться с Мирандой. И он, Крис, очень постарается... Ведь когда любишь женщину, хочешь, чтобы у нее было все, о чем она может мечтать, хочешь превзойти ее ожидания...

Ну вот и все! Мужчина, чья кровь бурлила от нетерпения, решил: в семью он больше не вернется. Потому что глупо всю жизнь посвящать одной женщине! Их брак с Фридой закончился окончательно и бесповоротно. И теперь лучшее, что можно сделать, — взять и уйти. Навсегда! Он не идиот, чтобы добровольно возвращаться в тюрьму! Была, правда, одна проблема — как сообщить об этом жене? Она ведь ни о чем не догадывается. И как потом смотреть в глаза детям?

Доктор Уилсон терпеливо слушал, находя в поведении Криса что-то непристойное, унизительное. Но было в нем и что-то близкое. Так бывает, когда двое мужчин изливают друг другу душу за бокалом вина.

Хотелось бы Уилсону произнести с умным видом: «Пройдет и это!» — но он знал, что банальности никого не спасают.

И в это мгновение вспомнил об одном индийском обычае. В стране диких слонов, ароматных специй и цветастых шелковых сари мужчина проходит несколько этапов жизни: период детства, период обучения, период работы и хозяйствования — и так до шестидесяти лет. А потом древняя традиция предоставляет ему право уйти из дома в поисках мудрости и души. Семья относится к этому с полным пониманием и уважением.

Что же, Джозефу предстоит работа. Для начала потребуется убедить Криса не принимать никаких решений. «Что угодно делайте, сэр, но не торопитесь разрушать. Опасно предпринимать жизненно важные шаги в состоянии измененного сознания». Конечно, потом, не сейчас, он попробует уговорить его начать все с чистого листа. Впрочем, время покажет. А пока будет длиться терапия, он просит Криса не сжигать мосты и сделать все от него зависящее, чтобы Фрида не узнала о существовании Миранды.

Как только часы на столе Уилсона просигналили 17:00, его дверь отворилась и вошел посетитель в сером костюме. Молодой мужчина лет тридцати восьми или немного старше. Об этом свидетельствовали залысины и легкие морщины на треугольном лице. Немного сутулясь и не спеша, он прошел в центр комнаты. По пути он внимательно оглядывался, будто искал кого-то, поворачивая голову. Ему давно требовалось посетить парикмахера, а меловая бледность, впалые щеки и нездоровая худоба говорили сами за себя: типичный ипохондрик!

Вошедший остановился в нескольких шагах от стола, где сидел Джозеф, и, вскинув брови, с немым вопросом уставился на доктора. Пару мгновений мужчины смотрели друг на друга. Врач и пациент. После чего Джозеф молча, широким жестом предложил посетителю сесть. Тот покачался на носках, взялся за спинку кресла, отклонил его на себя, чтобы сесть, но, похоже, не торопился этого делать.

— Добрый вечер. Я — Бенджамин, — проговорил он нерешительным голосом и протянул ладонь. Они обменялись рукопожатием, и Уилсон отметил, что рука посетителя была холодной и слабой. — Вы должны меня выслушать! — требовательно произнес он, пристально уставившись на доктора воспаленными глазами.

Но кто он такой? В списке сегодняшних пациентов нет Бенджамина.

Часть вторая.
Личный дневник Оливии

Глава 1. Оливия и ее демоны

Ты сжимаешь в руках толстый, в жестком черном переплете дневник за семь баксов, подаренный любимым отцом еще в прошлом году. Тогда он сказал: «Оливия, детка, дневник — одно из вместилищ, где люди хранят то, что боятся забыть. Было бы хорошо, если бы ты начала записывать в него все то, что тебя волнует или радует». Но дневник так и остался лежать в шкафу, пока ты случайно не наткнулась на него. Ты еще не решила, для чего он может понадобиться девочке четырнадцати лет. Может, ради забавы или чтобы оставить после себя след? В конце концов, он мог бы скрасить одиночество. А что, очень неплохая затея — записывать на линованных страницах свои мысли — хорошие и плохие (жаль только, что последние приходят значительно чаще)! И пусть лежит потом в бельевом шкафу, оберегая твои воспоминания и ожидая своего часа, когда много лет спустя ты осмелишься заглянуть в эти письма из детства, адресованные самой себе, повзрослевшей, чтобы вернуться назад в свое прошлое, к омытым слезами горестям.

Ну, а если в старости одолеет слабоумие, твои воспоминания в виде обрывков мыслей и чувств помогут отпугнуть болезнь. О боже, что может быть страшнее потери памяти? Наверное, только конец света.

А сможешь ли ты вести записи регулярно, Оливия? В этом ты не уверена. Но это и не страшно. В конце концов, дневник — не домашний питомец, вроде английского бульдога, которого необходимо выгуливать утром и вечером. Можно писать время от времени, когда почувствуешь в этом потребность. В любом случае — дневник заменит собеседника или подругу, которой у тебя нет.

Итак, решено: ты и дневник — вы заключили выгодную сделку двух одиночеств, согласно которой ты доверяешь ему все, чего не расскажешь никому, ведь твои секреты предназначены единственному читателю — себе самой. А что? Перенос мыслей на бумагу — освобождение, отличная возможность для самовыражения. Чем-то даже похоже на отцовскую психотерапию. Дневник будет со стороны наблюдать за твоими взлетами и падениями, дарить аплодисменты или укоризненно молчать, стоит тебе потерпеть фиаско. И воздержится от советов. Да, грустно. Но зато он умеет слушать и, по-видимому, способен понять, а это как раз то, чего тебе так не хватает. Удачи, Оливия Уилсон!

7 сентября 2015 года.

Прощай навеки, Мидл-Скул. Завтра ты пойдешь в старшую школу в Гринвич-Виллидже, где проведешь первый день новой жизни вдали от ненавистного места, которое превратило твое существование в сущий ад. Ты готова начать все с чистого листа: встретить новых друзей и, возможно, даже свою любовь... И точно знаешь, что в этой школе тебе будет легче: никто не знает твою историю, так что представляйся кем хочешь и изображай из себя кого угодно.

Видишь, ты даже зажмурилась от охватившего тебя экстаза! Ведь здесь точно не будет тех противных, ехидных лиц, которые ты видела каждый раз, когда переступала порог прежней школы, где у тебя не было друзей и где ты постоянно думала, что с тобой не так, и тихо ревела, запершись в кабинке школьного туалета.

Happy Birthday to you, Olivia!

P. S. Если тебе повезет, сможешь встретить Джулианну Мур или Уму Турман, ведь в Гринвич-Виллидж находятся их дома. Интересно, выходят ли они хоть изредка погулять в Вашингтон-сквере?

19 сентября 2015 года.

Ты бродишь по школьным коридорам, вглядываешься в лица. Осмотревшись, приходишь к выводу: новая школа оказалась полным отстоем, ничем не лучше парка Юрского периода! Здешняя атмосфера возвращает тебя в темные уголки памяти, от которых ты напрасно пыталась бежать. Прошлое никуда не делось. Оно всегда где-то рядом.

На сердце опять паршиво и одиноко от разочарования. Если ты не относишься к школьной элите: не спортсмен, вызывающе одетая девчонка или богатенький хулиган, то ты — никто! Ты это ощущаешь сразу, как только открываешь новенькие стеклянные двери, — твоя жизнь превращается в череду болезненных стычек.

Класс переполнен. Говорят, это происходит потому, что школе не хватает ассигнований. Мальчишки здесь грубые и неотесанные. Большинство не знает, что написали Толкиен или Эдгар Аллан По. Их специально усадили рядом с девочками, чтобы они поменьше болтали. Учителя всегда говорят «болтать» вместо «разговаривать». Это, однако, не мешает спортсменам громко обсуждать бейсбольные команды New York Yankees и San Francisco Giants или последние серии «Игры престолов», а популярным девочкам — разбирать новые тренды в моде и музыке («Новая песня Холзи очень крутая!» или «Новый альбом Бейонсе убил всех»), ну а хулиганам — перебрасываться сальными шуточками в адрес лузеров, в число которых входишь и ты. Голоса учителя почти не слышно из-за болтовни одноклассников:

— Ты видел эту рекламу с Super Bowl? — слышишь ты. — Абсолютно крышесносная.

— Сто пудов, бро. Это жесть, — отвечает другой и сползает со стула так, что голова упирается в спинку.

За твоей спиной происходит другой разговор:

— Гулянка у Джейн была огонь!

— Ха-ха, прикинь, грудастая тигрица была так пьяна, что не могла ноги передвигать.

— К тому же у нее отключились тормоза и она перецеловала кучу парней...

— Помнишь ее дурацкие слова: «Я должна поцеловать много жаб, прежде чем найти красивого принца»?

— Особенно подфартило Гарри. Как это ему удается на всех вечеринках быть любимчиком у девчонок?

— Все просто, чувак. У него талант. Ты разбираешься в «Звездных войнах», а он — в девушках. Каждому свое.

— А ты видел, как Джейн потом блевала в ведро? Скажи, покруче любого ужастика...

— Да, отпадное зрелище!

А геймеры перекидываются своими шифрованными фразами:

— Эй, нуб, тебя опять грохнули. Лучше используй снайперку, чем этот помповый дробовик.

— Заткнись, чувак, я знаю, что делаю! — И изображает рукой неприличный жест.

Джейкоб — один из дебоширов, напоминающий тебе гангстера или даже убийцу из фильма ужасов. С этим амбалом точно что-то не так. Ты в этом уверена, потому что он сидит рядом с тобой, постоянно жует жвачку, ерзает на стуле и трясет жирными паклями волос. Тебе точно не удастся поладить с ним. Более того, тебе кажется, он псих. Он постоянно стучит своими грязными большущими ботинками по полу (ты заметила, что в каблуках он прячет травку). Сегодня он распространяет вокруг себя запах пота, острый, как бритва (интересно, как у него дела с личной гигиеной?), вечно вторгается в твое личное пространство, намекая на то, что хочет забить косячок. И требует, чтобы ты облегчила его муки, подтвердив перед учителем, что у него якобы желудочная колика. Не получив желаемого ответа, этот кретин пихает тебя локтем и обзывает толстой сиськой. Или фотографирует твою грудь своим айфоном. Потом кладет его на стол экраном вниз, накрывает ладонью, задумчиво отодвигает от себя, словно только что выполнил удачный ход в шахматах, медленно потягивается до хруста костей и снова возвращается к монотонному акту жевания. Придурок! Фу, до чего же он тебе противен! И не просто противен — ты его ненавидишь! Ненавидишь его надменный взгляд, его имя и даже его дурацкие серебряные кольца, звякающую на шее цепь и витые браслеты.

Девчонки здесь тоже сплошная муть: помешаны на тряпках и внешности. На переменах они разбиваются на стайки и сплетничают о ком-то из школы, с уверенностью светских львиц разбирают, есть ли среди них тайная фанатка Бибера и кто тащится от Коачеллы. В общем, болтают на темы, совсем тебе не интересные: рэп, тряпки, макияж, мальчики. Обсуждают их татуировки, украшения, травмы, полученные в драках или на футболе. Но больше всего им нравится делиться планами на ближайшую вечеринку или уик-энд: какие блокбастеры они собираются посмотреть с бойфрендами, в какие клубы попытаются проникнуть, как причешутся, какую сумку купят в тон джинсам (Да, Оливия, ты единственная в этой школе, у кого нет бойфренда! И, похоже, никогда не будет!). Они немного ссорятся из-за причесок и шоу «Семейство Кардашьян». Но, заметив тебя, растерянно стоящую в сторонке, забывают о мелких спорах, начинают пялиться с выражением брезгливости, указывают пальцем и открыто насмехаются, называя дебилкой. Ничего удивительного: они инстинктивно считают тебя низкоранговым членом стаи. А все потому, что твое тело неосознанно подает им сигнал: «Я чувствую себя слабой». И они прочитывают его.

Потом одна из них подзывает тебя, ты подходишь, и тебя пристально разглядывают:

— Черт возьми, жирная цыпочка! Прикольненько смотришься! Твоей ретроблузочке больше лет, чем всем нам вместе взятым. Ха-ха-ха! Ты непременно дашь нам координаты того секонд-хенда...

И тебе нечего возразить. Ты не знаешь, как себя вести в такой ситуации. Может, надо просто улыбнуться, сделать веселое лицо, и они отстанут, потеряют к тебе интерес? Ты несколько раз уже применяла эту тактику. Но безрезультатно. И от этого становится жутко, хочется забиться в угол, спрятаться ото всех, чтобы остаться незамеченной. Или провалиться сквозь землю...

Ты терпеть не можешь своих одноклассников, всех до единого. Стройных, модных, атлетически сложенных... Они не имеют никакого отношения к твоему миру. Но в одном они правы: ты заурядная, блеклая девчонка с детской челкой и прямыми светлыми волосами. У тебя круглое лицо, невыразительные карие глаза под темными, отчетливо выпирающими бровями, ненавистный нос и противные губы, которые, как ни крась, привлекательнее не становятся. Да ты и не красишься, потому что точно знаешь: макияж вреден для кожи.

Признайся, что ты толстуха, Оливия! Неловкая и сутулая. Но ничего с этим не можешь поделать. Не помогают сбалансированные диеты, полный отказ от жареной пищи и перекусов. Твои изгибы, словно назло, выпирают наружу не там, где надо. Ноги у тебя — никакие, при ходьбе трутся ляжки, на животе — намек на складки, его не скрывают даже джинсы-скинни, которые ты купила в Walmart, как и другую повседневную одежду: простые блузки, джемперы и юбки, неуклюжие туфли с пряжками. Твои модные одноклассницы считают его магазином для среднего класса. Но тебе все равно, ты не раб своих вещей! Ты всегда все покупаешь в Walmart, будто в Нью-Йорке нет других торговых центров, например Target, Best Buy и Home Depot. Может быть, потому в тебе и укоренилась привычка небрежно относиться к любой приличной девчачьей одежде.

А еще ты не носишь украшений, всяких там сережек, цепочек, браслетов и колец, как это делают другие. Тебе не нравится бижутерия — она только мешает, к тому же ты боишься ее где-то посеять.

Зато ты носишь очки. По двум причинам: скорректировать миопию и скрыть прыщавое лицо с большими порами (никаким кубикам льда не под силу их сузить). А выдавливать прыщи нельзя ни в коем случае — от этого могут остаться рубцы. И вдобавок ко всему у тебя брекеты. Дантист говорит, что без них не выровнять зубного ряда.

По правде говоря, только ты в классе ходишь в жуткой одежде, и только у тебя такая большая грудь. «Смотри, какие буфера!» — кричали мальчишки из предыдущей школы год назад, когда ты снимала в раздевалке куртку, чтобы оставить ее в своем шкафчике. Ты уже тогда выглядела нелепо. С тех пор твоя грудь выросла и стала такой большой, что даже если бы ты по-другому оделась и не горбилась, она все равно смотрелась бы уродливо.

И кому ты такая нужна?!

Конечно, тебе хочется нравиться окружающим, быть популярной и модной, чтобы на тебя обращали внимание. Хочется быть своей в компании друзей, ходить на свидания, и чтобы хотя бы один парень увидел в тебе самую сногсшибательную девушку во всем Нью-Йорке. Ведь любви достоин каждый!

Но где-то внутри тебя живут противоречия.

Тебе понравился один парень. Его зовут Джош. Он очень симпатичный и ужасно умный — все время что-то читает. У него широкие плечи и крепкие руки. Хочется, чтобы он обнял тебя, а ты положила голову ему на плечо. И весь мир в ту минуту станет таким маленьким, а проблемы незначительными. Но потом ты думаешь, что он, наверное, помешан на своей красоте. Ну тогда он просто плейбой или нарцисс.

И так у тебя во всем: в одежде, вкусах, любви.

Ты вынуждена проводить за математикой больше времени, чем перед зеркалом, потому что совсем не понимаешь ее. Весь вечер тупо зубришь символы и уравнения, грызя морковную палочку, чтобы получить хотя бы средние баллы. Говорят, морковка улучшает работу мозга. И в ней мало калорий. Хотя, зубри не зубри, эти ненужные знания выветриваются из головы спустя несколько дней.

А вообще, у тебя есть любимый предмет. Это английская литература. Тебе нравится читать, и воспоминания о прочитанных книгах намного ярче, чем воспоминания о себе самой. Ты можешь незаметно проглотить полкниги, забываясь в чтении и убегая от реальности, когда жизнь становится невыносимой. Что ни говори, а книги твои верные друзья, чего не скажешь о людях...

25 сентября 2015 года.

Бедные, бедные учителя... Смотришь на них и размышляешь, что их тут держит? Любят ли они свою работу? А учеников? И насколько они были умными в твоем возрасте?

Каждый урок — какое-то безумие: треть присутствующих борется с зевотой, кто-то галдит, прикалывается над лузерами, а кто-то устроил турнир, плюясь через трубочки скатанными бумажными шариками. Мишень — рот парня, уснувшего за соседней партой. Он храпит, разинув рот и раскинув, как осьминог, в разные стороны руки и ноги. Кто-то приклеил скотчем к его рубашке листок с надписью «Я — сурок», сделанной красным маркером. Листок на его спине поднимается и опускается в такт дыханию.

— Продул, мазила! — слышишь ты и замечаешь, что шарик угодил спящему парню в волосы. — Теперь мой черед. Смотри!

Выстрел второго стрелка оказывается успешным, он попадает шариком в рот спящему. Тот, захрипев, просыпается и, шевеля желваками, выплевывает бумажку, не понимая, что происходит...

Остальная часть класса сидит, апатично уткнувшись в планшеты и новенькие смартфоны: девайсы выдают заунывные мелодии, писки и щелчки. Ты понимаешь, что их хозяева сейчас путешествуют где-то между реальным миром и виртуальной вселенной покемонов. И ясно представляешь, как они истерят дома по поводу того, что старики подарили им на день рождения черный айфон, а не белый.

Нет, тебе, конечно, нравится айфон, но если ты не умеешь радоваться и любить жизнь просто за то, что она у тебя есть, никакие богатства мира не сделают тебя счастливым, а только временно заполнят пустоту внутри.

30 сентября 2015 года.

В одной журнальной статье ты прочла, что отношение к учителям зависит от трех ступеней жизни: детства, юности и взрослости. Дети ищут себе родителя, который смог бы направить и защитить их, с которого можно брать пример.

У тебя было то же самое в начальной школе: ты помнишь, твоя первая учительница была рада выступать в роли родителя. Спустя всего несколько лет, превратившись в подростка, ты отрицаешь авторитет взрослых и скептически относишься к большинству учителей. Ну, а став взрослым, человек прилагает большие усилия, чтобы научиться всему, чему можно научиться: у глупцов и мудрецов, друзей и врагов, младенцев и стариков. Твой класс подтверждает эту теорию: здесь отношение учеников ко многим учителям как к пустому месту...

Сегодня после звонка в класс заглянула молодая учительница на замену по физике, мисс Тейлор. «Друзья, начинаем урок. Успокойтесь, пожалуйста, тише...» Твой сосед по парте, Джейкоб, увидев ее, привстал и сочно присвистнул. Затем, строя из себя крутого парня, засунул большие пальцы под ремень своих брюк, подошел к ней развязной походкой, нагло, с хитрой ухмылкой на лице, осмотрел с головы до ног и громко воскликнул, недоверчиво сощурив глаза: «Вы что, правда мисс Тейлор? А у меня записано, что должен быть мистер Тейлор». И тут же прикрыл рот рукой. Этот жест сопровождался общим хохотом. Смущенно изучая его коренастую фигуру, шокированная дремучим беспорядком на голове, учительница — ты это заметила — сбилась с мысли, и единственными ее словами были:

— Будьте добры, сядьте на свое место.

Один долговязый придурок, с причесанными на косой пробор волосами и застегнутой на верхнюю пуговицу рубашкой, отчего выглядел как официант из «Чикфилея», выкрикнул: «Фигня эта ваша физика!» Другой — с задней парты, с каштановой прической афро, добавил: «Да вы смеетесь? Зачем нам, бедным детям, нужна физика, если мы не собираемся заниматься этим после школы?!» Третий, с ногами колесом, как у ковбоя, ныл: «А на дом вы много задаете? Значит, придется Ньютона законы долбить?»

«Я постараюсь объяснить связь между этой наукой и повседневной жизнью... — голос учительницы отчаянно старался пробиться сквозь гул в классе. — Представьте себе свой обычный день. Вот вы встали с кровати, потянулись и посмотрели в зеркало. И законы физики заработали с началом вашего дня!»

«Эй, тихо вы, училка что-то говорит про кровать! Ха-ха!» Девчонки глупо захихикали: «Что? Мы что-то пропустили? Хи-хи! Становится горячее! Да, мы не прочь поваляться в кроватке», «Ну, прям так и заработали ваши законы, мисс?».

Рич, самый большой олух в классе, до этого момента не издал ни звука, только пялился в окно, а теперь тоже захотел блеснуть эрудицией и спросил у учительницы, правду ли говорят, что физик Эйнштейн и доктор Франкенштейн — кузены. А потом громко рассмеялся. И все дружно пялились на него, пока он не смолк. Тебе тоже было смешно, потому что невозможно представить, что творится у него в голове.

«Отражение в зеркале, движение, гравитация, которая заставляет вас идти по земле, а воду — течь в раковину, а не вам в лицо, сила, которая требуется для того, чтобы поднять сумку или открыть дверь, — всё это физика!»

«Сила, чтобы открыть дверь, не в физике, а здесь», — произнес высокий, ростом под шесть с половиной футов, качок-латиноамериканец со стрижкой в стиле милитари, который сидит наискосок от тебя. Как его зовут? Кажется, Матео. Он медленно отрывает руки от поверхности стола и поднимает вверх кулаки. Ты давно заметила этого огромного темноволосого парня, должно быть, баскетболиста или регбиста: у него крепкие, как у бодибилдера, мускулы, они играют под одеждой. Из-за этого он пользуется авторитетом в классе, и девчонки выстраиваются в очередь, чтобы он их заметил, а некоторые из мальчишек изо всех сил стараются подружиться с ним.

«Или лифт, легко и быстро поднимающий вас на нужный этаж, автомобиль, компьютеры, планшеты и телефоны. Без физики все это никуда бы не поехало, не включилось и не заработало. Я охотно расскажу вам, отчего это происходит...»

По классу вновь прокатился разочарованный возглас: всем хотелось услышать чего-то другого.

И вдруг Бьянка, модница со второй парты, драматически закатив глаза и зевнув на весь класс, произнесла, перебив изумленную учительницу: «Кто-нибудь мне скажет, какой у нас сейчас урок?» Она выглядела очень изысканно в своем пышном платье. Этот наряд — твоя мечта! Кстати, про нее говорят, что она тайком встречается с сыном какого-то банкира, который дарит ей дорогие подарки: айфон, сумки от Prada, D&G... Да уж, нюх на мужчин у нее не отнимешь...

Потом в класс вошла Молли, закадычная подружка Бьянки. Она в своем репертуаре — вечно опаздывает на уроки. На ней были узкие рваные джинсы и белая футболка с оголенным плечом, такая короткая, что из-под нее виднелась полоска загорелого живота. На пупке торчала серьга, хотя по школьным правилам серьги везде, кроме ушей, строго запрещены: считается, что это может провоцировать бандитизм. В ушах у Молли сверкали наушники, а на поясе — плеер. Вроде бы она была здесь, но на самом деле нет: хэви-метал унес ее в мир грез, она время от времени отрешенно трясла головой, словно спаниель, которому в уши попала вода.

Кстати, ты ведь тоже любишь музыку, но другую, спокойную, со звуками скрипки, фортепиано или флейты. Барбара, твоя одноклассница по старой школе, говорила, что такая музыка навевает ей мысли о природе, густых лесах, высоких горах, бурных водопадах. Или о первом луче солнца, робко заглянувшем на рассвете в окошко. Что-то типа того. А ты не будешь рассказывать, о чем думаешь, когда слушаешь музыку. Должны же быть у тебя секреты...

Судя по всему, Молли считает себя глубокой, значительной личностью. Сделав несколько уверенных шагов лунной походкой, она внезапно остановилась как вкопанная. Округлившимися от удивления глазами посмотрела на мисс Тейлор и звучно произнесла:

— Вы что, наша новая училка? Ха, прикольно! Салют, тусовка!

— Прошу не опаздывать на мои уроки, — сказала мисс Тейлор и бросила взгляд на часы. — Вы не слышали звонка?

— Что? — Очевидно, Молли потребовалось несколько секунд, чтобы вопрос дошел до ее мозга. — Это вы мне? — Она засунула руки в карманы и снова заговорила: — Я была в туалете. Ну, понимаете, по неотложным делам. Наверное, в китайском ресторане вместо свинины подсунули кошатину в кисло-сладком соусе. Вам этого достаточно или интересно услышать в подробностях, чем конкретно я была занята? Как вас там, мисс Тернер?

— Меня зовут мисс Тейлор. И я призываю вас к порядку. Ваш вид нарушает дресс-код школы сразу по нескольким пунктам!

— Может быть, вы наденете на нас блейзеры и галстуки, мисс?

— Я бы надела, будь моя воля. Школьная форма уравнивает учеников.

— Ой, ребята, держитесь! Училка явно не в духе!

В это время Саймон, противный чувак с темными волосами, всегда зачесанными на лоб, пнул твой стул. Это он наступил сегодня на твой шнурок в коридоре, и ты чуть не ткнулась носом в пол.

Удар. Еще удар.

В самом начале урока, когда у тебя случайно упал карандаш, Саймон отфутболил его в дальний конец класса, прежде чем ты успела поднять его. После чего откинулся на спинку стула и посмотрел на тебя, словно хотел спросить:

«Ну, и что теперь?» Потом он несколько раз комкал куски бумаги и кидал их тебе в затылок. Это не страшно. Ведь он не прожег дыру в твоем рюкзаке. Ты не реагировала. Не стоит обращать внимание на идиотов. Закончится школа, и они исчезнут из твоей жизни навсегда. Однако в этом классе нужно постоянно следить за тем, что происходит у тебя за спиной. Для твоей же безопасности.

Бац! Опять удар ногой о твой стул!

И ты, не выдержав, обернулась, чтобы наконец посмотреть в глаза этому засранцу в надежде найти в них хоть немного человечности. Он выпрямился и убрал длинные ноги в проход. Ага, значит, сработало! Но только ты успокоилась, как он продолжил докапываться до тебя. По крайней мере, до твоего рюкзака: он задел его ногой, и все содержимое вывалилось к чертям...

Какой-то умник-философ сказал, что наш мир прекрасен. Неужели он был слеп? Или созерцал мир с воздушного шара? Потому что, когда ты каждый день видишь его изнанку, красота исчезает.

— Мисс, а ваша физика знает, сколько весят сиськи нашей цыпочки, отдельно от ее тела? — раздался громкий голос Джейкоба.

Треть класса стала ржать, кое-кто даже повалился на пол от смеха.

Мисс Тейлор смотрела на всех так, словно они одна огромная атомная бомба, которая вот-вот взорвется. Подойдя к своему столу, она наблюдала за происходящим, пытаясь извлечь из памяти ценные педагогические советы по работе с трудными подростками. В конечном счете, признав свое профессиональное бессилие, она перевела взгляд в сторону окна и, глубоко вздыхая, изможденно потерла большим и указательным пальцами переносицу. Пожалуй, это единственное, что ей оставалось делать.

В глазах щипало. Ты мгновенно побагровела, ведь этот урод Джейкоб болтал о тебе. Но не реагировала, только закрыла уши ладонями и спрятала лицо, боясь посмотреть в другую сторону: там — слева от тебя через три парты и на ряд впереди — сидит Джош.

А вдруг он видел твое унижение?

Нет, по счастью, не видел! Потому что с серьезным видом уткнулся в книгу, дочитывая пьесу Уильямса «Трамвай „Желание"», а его уши были заткнуты миниатюрными наушниками. Он всегда читает. И не только о Гарри Поттере. Все дело в том, что учеба не стоит ему ни малейших усилий. Ему нет необходимости листать учебники. Он и без того знает все на свете!

Как хорошо, что он ничего не видел! Хоть раз тебе повезло!

Ты всеми силами держала себя в руках, чтобы случайно не зареветь. И чувствовала, как у тебя под мышками расползаются отвратительные пятна пота.

Прозвенел звонок.

Все дружно вскочили с мест.

Отовсюду донесся скрип отодвигаемых стульев.

Ты была спасена. Мисс Тейлор надрывалась: «Мы не успели... Нам еще надо... Пожалуйста, оставайтесь на своих... Я бы хотела... Эх... ну как с вами разговаривать?»

20 октября 2015 года.

Ты не можешь дышать.

Чья-то рука зажала тебе рот, другая стиснула плечо, вырывая из тяжелого сна. За один удар сердца в голове промелькнули десятки мыслей.

Началось!

Худший из твоих ночных кошмаров становится явью. Снова они. Чудовища! Они пришли за тобой! Они зовут тебя: «Оливия! Оливия!»

Из твоего горла рвется громкий стон. Ты вздрагиваешь и открываешь глаза. Вокруг тебя полумрак и смутные тени.

«Оливия!»

Ты моргаешь, дико оглядывая темную комнату, пока взгляд не останавливается на лице отца. Ты совершенно сбита с толку. Отец отпускает тебя и, отступив на шаг, обеспокоенно смотрит.

— Папа? Это ты? — Ты садишься в постели, сердце колотится.

— Детка! Что случилось, милая? Все хорошо? Это сон, просто дурной сон...

Он присаживается рядом и обнимает, крепко прижимает к себе, погружая в знакомые запахи: аромат его одеколона, сигарет и еще чего-то терпкого, похожего на коньяк или, быть может, виски. Он целует тебя. И отпускает со словами: «Спи спокойно, детка. Папа с тобой. Тебе не о чем волноваться. Я оставлю включенным торшер в коридоре...» Он бережно поправляет одеяло, говорит: «Спокойной ночи, любимая» — и направляется к двери. А ты обдумываешь слова, которые он произнес, чтобы успокоить тебя: «Ты ведь уже большая девочка и знаешь, что чудовищ не существует». И приходишь к выводу, что звучит это неубедительно. Было бы честнее, если бы он сказал, что чудовища живут не под кроватью. Высказывание, что все пройдет, прозвучало так, будто твои проблемы — это болезнь наподобие ветрянки. Взрослые вспоминают о своей юности как о досадной неприятности, но совершенно забывают, насколько болезненно переживали это время. Но ты любишь отца всей душой, потому что он лучший из всех на свете!

К сожалению, его искренняя забота не делает твою жизнь легче. Уже давно она представляется тебе комнатой без окон и дверей, и самое страшное — ты не знаешь, как из нее выбраться. Ты чувствуешь, что запуталась, потому что не понимаешь главного — своего предназначения.

Кто ты, Оливия?

Неужели та, кем тебе совсем не хочется быть? Нужна ли ты кому-нибудь, кроме собственных страхов? Они обладают острым нюхом и опасными зубами. Лишь они интересуются тобой, контролируя и кормясь твоей энергией — это делает их сильнее. И никуда от них не деться!

Вот и сегодня утром ты осознала, что боишься жить, и поняла, что дальше так продолжаться не может. Каждую ночь ты просыпаешься от собственного крика, чувствуя слезы на щеках и потную подушку. Тебе хочется в туалет, но ты боишься темноты и поэтому терпишь до утра. И так ночь за ночью, как бы ты ни старалась убедить себя, что в комнате, где ты проспала четырнадцать лет, в месте, которое тебе знакомо лучше, чем любое другое, не может случиться ничего непредсказуемого.

Однажды в полнолуние, когда больше не могла терпеть, ты встала и, вооружившись для самообороны маникюрными ножницами, отправилась в туалет, бросив взгляд на окно, за которым бушевал ветер. В лунном свете полумрак разбежался по углам и там замер. Но казалось, вокруг все качается и плывет. Ты ввалилась в туалет, плюхнулась на стульчак и тут же ощутила необычно холодное прикосновение к телу.

Крышка унитаза оказалась поднятой.

Кто мог это сделать?

Ведь ты — единственная, кто заходит сюда.

Ты с ужасом представила, что в эту секунду нечто, притаившееся внутри дренажной трубы, готовится прыгнуть тебе на спину. Отогнать от себя этот страшный образ не удалось, и ты уже начала волноваться, не притаился ли кто за дверью.

Спустя четверть часа, помыв руки и рискнув покинуть туалет, ты вдруг заметила, что рядом неслышно мелькнул размытый силуэт человека.

— Кто здесь? — шепотом произнесла ты и испугалась собственного голоса, смешавшегося с завыванием ветра за окном. От леденящего душу звука волосы встали дыбом. Сердце бешено заколотилось. Раньше ты любила читать на ночь страшилки о призраках, пугающие и душещипательные истории — плод чьего-то воображения. Большинство из них начинались именно так. И хотя ты стараешься не верить в призраков, тебе не удалось подавить страх, сковавший грудь. Ты в панике резко взмахнула рукой, съежилась и тут же выпрямилась, хватая ртом воздух... Ослепительная вспышка молнии на мгновение озарила комнату, и ты увидела лишь собственную тень.

Значит, показалось... Господи, какое же надо иметь воображение! Трусиха!

Ты обычно встречаешь рассвет, сидя на кровати и вглядываясь в окно, в тени ночи, вслушиваясь в тишину, и ощущаешь, как по телу бегают неприятные мурашки. Тишина оглушает и давит на перепонки так сильно, что ты даже не обращаешь внимания на мурашки. Ты привыкла к ним. Но ты не можешь заснуть, не в силах отвести взгляд от окна в ожидании красного отблеска зари на шторе, и испытываешь облегчение, когда тусклый утренний свет начинает медленно разливаться по комнате. С его появлением ночной страх отступает. И ты начинаешь тихо плакать. Просто потому, что очень устала.

Умные книжки из кабинета отца объясняют страхи переходным возрастом. Подросток быстро растет, его сердце не успевает качать кровь, мозгу не хватает кислорода, и он, голодая, создает кошмары. Неужели это правда? И виной всему сердце? Это из-за него ты боишься высоты, волосатых пауков и летающих жуков, странных людей, городского шума, резких автомобильных сигналов.

Ты вздрагиваешь от звонков на перемену. Но они неизбежны. Но особенно невыносим длинный перерыв — он наступает после четвертого урока: томительные тридцать пять минут тянутся как вечность. В это время школа превращается в растревоженный улей: поднимается невообразимый шум — крики, визги, вой. Успевшие проголодаться ученики кидаются в школьный кафетерий.

Ты больше не ходишь туда после одного случая. В тот злополучный день, который запомнится надолго, ты собралась тихо пообедать. Дозатор вылил тебе в руки санитайзер, ты растерла его в ладонях с надеждой, что уничтожила всех зловредных микробов. Потом встала в очередь и, неторопливо проходя вдоль витрины с едой, выбрала картофельное пюре с куриными наггетсами и приправой, яблоко и молоко. Расплатившись, ты остановилась посреди кафетерия, ища свободное место.

Людей здесь обычно много, они постоянно входят и выходят. Столик, который был ближе всех к кассе, заняли четыре парня. Перед тем как приступить к еде, они возносят безмолвную молитву высшему разуму: сложили вместе ладони, прикрыли глаза и шепчут себе под нос благодарственные слова. На них никто не обращает внимания, продолжая заниматься своими делами.

Ты замечаешь троих одноклассников — Меган, Лауру и Джейкоба — они расположились возле дальнего окна, и одно место за их столиком оставалось свободным. Они видели тебя, стоявшую с полным подносом в руках, Лаура даже указала на тебя грязной вилкой, но они не позвали, продолжили есть и болтать. Так как других мест не было, ты после мучительных раздумий неторопливо пошла к ним. Нужно же когда-нибудь начать поддерживать отношения с людьми? Ведь говорят, что подростку нужна социализация, необходимо общаться со сверстниками. В конце концов, ты имеешь право сесть там, где захочешь: здесь свободная страна! Твои ладони взмокли, сердце стучало где-то в горле, и ты тяжело сглотнула. Давай, Оливия, смелее! Все будет хорошо! И ты, высоко подняв голову, зашагала вперед, твердя про себя: «Голову — поднять, живот — втянуть».

Подойдя к компании и спросив разрешения присоединиться: «Надеюсь, я не помешаю вашей беседе, если присяду? Вы же не будете против? Просто здесь нет других мест», — ты устроилась рядом, открутила крышку молочной бутылки и вылила ее содержимое в прозрачный стакан. Ты невольно взглянула на Джейкоба. Он только что расправился с ланчем — рисом с курицей под острым соусом карри, — и его тарелка сияла, будто ее вылизала голодная собака. Он глядел на тебя исподлобья, словно наблюдал за чем-то неприятным. Неожиданно его грязная рука схватила солонку и спустя доли секунды он со словами: «Эй, остолопка, от жирного молочка твои сиськи станут еще толще» — стал сыпать соль в твой стакан...

Тебя чуть не стошнило...

Черт, что он вытворяет? Ты ненавидишь его так сильно, что жаждешь расплаты. В голову пришла мысль, что если бы у Джейкоба была аллергия, ты бы смогла придумать, как спровоцировать обострение, чтобы его раздуло, как шар. Тогда бы ты посмеялась! Но, скорее всего, у этого отморозка и в помине нет никакой аллергии. Это у тебя аллергия... на него!

Со школьным кафетерием покончено навсегда: ты туда больше ни ногой. Теперь тайком от всех ты вынимаешь из школьного рюкзака пластиковый ланч-бокс в виде сердечка, на крышке которого изображен заяц, и бежишь из класса. Ты несешься по коридору, кишащему орущими школьниками, которые норовят толкнуть или сбить с ног, и повторяешь про себя: «Голову — поднять, живот — втянуть».

Этот упитанный заяц на крышке ланч-бокса — ТЫ! В какой-то детской книжке ты вычитала, что заяц — самое трусливое животное на планете, но, когда ему грозит опасность и надо скрыться от врагов, он становится очень сообразительным и умело запутывает следы! Прижав к груди коробочку с капустным салатом, сэндвичем с куриной грудкой и морковными палочками, ты врываешься в библиотеку, или, как ее еще называют, аквариум.

Такое прозвище библиотека получила из-за трех стеклянных стен, отделяющих ее от других помещений школы. Сейчас в просторном читальном зале с длинными столами, на которых стоят лампы с зелеными абажурами, сидят три школьника, погруженных в чтение. А на книжных полках стоят сокровища европейской литературы: полное собрание сочинений Шекспира, «Война и мир», «Мадам Бовари», «Преступление и наказание», «Гордость и предубеждение», «Дон Кихот», «Оливер Твист», «Отверженные». Потом идут книги по искусству — огромные иллюстрированные альбомы по Ренессансу, импрессионистам, модернизму. На другом стеллаже разместились биографии великих композиторов и художников. Вот они все, боги искусства, литературы и музыки, собравшиеся в одном месте! Но, видя сейчас эти аккуратные книжные ряды, ты впервые вместо восхищения испытываешь ненависть. Нет, даже не ненависть, а отвращение. Потому что все это — один большой обман. Литература не имеет ничего общего с реальностью. В жизни нет места красивым романам, божественным пейзажам, гармонии музыки. Реальная жизнь — это хаос и жестокость! А культура дает людям право притворяться, что человек — благородное создание, давно распрощавшееся со своим животным прошлым и перевоплотившееся в нечто более совершенное. Но люди вовсе не изменились, они все те же варвары. Ты с детства впитывала «высокую культуру» и всегда воспринимала книги как лекарство, убежище от невзгод и источник всего хорошего на земле, пока не случилось то, что смогло переубедить тебя. Чего ты добилась своим чтением? Книги сделали тебя слабой и беспомощной, не способной защититься от зверей в человеческом обличье.

Пролетев мимо библиотекаря, пышноволосой миссис Браун, которая недоуменно переводит взгляд с пыльной картотеки на неизвестно откуда взявшуюся чудачку, ты выныриваешь из библиотеки через другую дверь и стремглав мчишься по широкому коридору — как заяц в спасительную норку — в туалет, где у тебя уже есть любимая кабинка.

Туалет — помещение из двух больших комнат: в одной умывальники и зеркала, в другой семь кабинок, двери которых не доходят до пола, как в кинотеатре или торговом центре. Торопливо задвинув дверную защелку, ты замираешь и опираешься о стену, чтобы перевести дух. Здесь твое убежище — место, где ты прячешься от всех. Даже от самой себя. Прячешься — и ни о чем не думаешь. И только твои зубы, зажатые ненавистными скобами, быстро и бесшумно, чтобы морковный хруст не услышали «охотники», разжевывают обед.

Господи, почему в жизни все устроено не по справедливости? Природа держится на пищевой цепочке, где все друг друга жрут: волки едят косуль, кошки ловят мышей, орлы охотятся за зайцами. Человек ест животных. Люди убивают друг друга ради богатства и материальных ценностей. Настоящая мясорубка! Еще Шекспир говорил: «Ад пуст — все бесы среди нас!» Так почему бы не обустроить мир иначе? Ведь если Бог — это любовь, сострадание и доброта, то что же тогда происходит вокруг? Где она — истина? Тебе вспоминаются прочитанные где-то слова: «Истина никогда не спустится к тебе — ты сам должен до нее подняться».

7 февраля 2016 года.

В детстве ты изучала палеонтологию по книжке — это был папин подарок на день рождения. Из нее ты любила срисовывать динозавров. Ты помнишь, как однажды спросила его, почему вымерли те гигантские ящеры. «Не смогли приспособиться к этому миру», — ответил он.

Временами тебе кажется, что и ты не можешь.

Нет ничего ужаснее, когда ты подросток. И никогда, наверное, твоя душа не будет столь беззащитной, как сейчас, когда на тебя всей тяжестью наваливается этот сложный и непонятный мир, и ты должна, нет, обязана выстоять, если хочешь жить. Выстоять в одиночку.

Почему ты пишешь об этом?

Хочешь рассказать, как прошел сегодняшний день. Все началось с того, что на перемене к тебе подкатил придурок Рич. Ты сразу поняла, что не с лучшими намерениями. Он спросил: «Можно тебя на два слова?» — посмотрел многозначительно и самоуверенно, будто желая сказать что-то большее. Ты видела однажды ухаживания индюка в передаче «Все как у зверей», помнишь, как индюк надувается, раскрывает хвост и то чертит крыльями землю, то становится в такую величественную стойку, будто Земля вертится ради него. Рич вцепился в твой рукав и крепко держал, не отпуская, пока не выпалил торопливо, что ты классная девушка и нравишься ему даже больше, чем бургеры с беконом, яйцом и жареными маринованными огурчиками. А их он любит очень сильно.

— Да ладно тебе, Оливка, я хороший, честно, — сказал он и приподнял твое лицо за подбородок. Фу! Ты могла поспорить на что угодно, что он от рождения не чистил зубов. — Думаю, мы с тобой подружимся.

— Спасибо, не надо. — Ты опустила взгляд.

Но он подвинулся ближе — к самому твоему носу — и спросил, сощурив глаза:

— Чего это ты ломаешься, а? Мы с тобой точно поладим. Вот увидишь...

— Не уверена...

Короче, этот грязнуля предложил тебе «быть с ним». И добавил, что перед тем, как начать встречаться, хорошо бы поцеловаться по-взрослому:

— Ты не трусь, Оливка, я умею клево целоваться. Научу, если что...

Поначалу ты оторопела, но внезапно что-то перевернулось в твоем сознании и ты, взглянув на него сквозь свои нелепые очки, выпалила, что вам обоим еще слишком мало лет для таких разговоров, и чтобы целоваться, должна быть любовь. В ответ он присвистнул и начал громко смеяться еще раньше, чем ты закончила говорить. Ты отвела взгляд, чувствуя, как горит лицо — щеки от такого унижения, наверное, стали вишневыми.

А Рич сердито сказал:

— Хочешь сказать, «ой, нет, я не такая»? Что будешь терпеть до замужества? Готов поспорить на пять баксов, ты еще в Санта-Клауса веришь и с игрушками спишь.

Откуда ему известно, что у тебя есть потрепанный плюшевый медвежонок, у которого остался один глаз, мех истерся, а одна лапа безвольно свисает, потому что из нее высыпался наполнитель, но с которым ты по-прежнему обнимаешься ночью?

— Запомни, детка, секс для мужчин равен любви. Если он есть, значит, есть и любовь, — заявил Рич и опять засмеялся. — Не могу, чуваки! Держите меня! Нашей Оливке захотелось настоящей любви! Ну ты даешь! А знаешь что? Хочешь, я скажу, почему все считают тебя идиоткой? Потому что ты идиотка и есть!

Тебе было больно, а еще ты чувствовала дикую безысходность, которая разрывала сердце. Но ты держала себя в руках, помня слова отца: «Что бы ни случилось, Оливия, на людях ты должна выглядеть спокойной и невозмутимой, даже если на душе скребут тигры».

А через минуту выяснилось, этот урод Рич так прикалывался. Еще и на телефон твой голос записал, чтобы потом поржать над твоей наивностью в компании таких же недоумков. Ты видела, как он брал с них деньги — на тебя поспорили...

15 марта 2016 года.

На уроке физры все девушки из нашего класса, в шортах, майках и кроссовках, первые пятнадцать минут ходят по периметру спортзала, машут руками и топают ногами, прыгают и приседают, а потом, разбившись на пятерки, играют в баскетбол. Ты в это время, как правило, сидишь на скамье запасных, традиционно сославшись на непонятную боль в ноге. Для большей убедительности массируешь голень, изображая страдальческую гримасу на лице. На самом деле у тебя ничего не болит. Просто ты не умеешь играть! А значит, ты абсолютно никчемный игрок. И если выйдешь на площадку, то над тобой тут же начнут издеваться все кому не лень — ведь у тебя точно ничего не получится. Да и как вообще можно играть в баскетбол, если ты панически боишься мяча? Ты не смогла бы его поймать, даже если бы тебе его кинули, как в замедленной съемке. Приходится изображать интерес и грустными глазами провожать оранжевый мяч, наблюдать за перехватами, блокшотами, бросками по кольцу и терпеть оглушительные окрики преподавателя физкультуры миссис Коллинз. Требовательная женщина с железным характером и скрипучими белыми кроссовками торопливо расхаживала по игровой зоне и в сотый раз объясняла технику ведения мяча: «Кто выигрывает щит — тот выигрывает матч!», «Не сдаемся!», «Живей!», «Сражаемся до победного конца!» Она делала свою работу с таким усердием, словно верила, что ее ученики непременно станут олимпийскими чемпионами или будут участвовать в международных соревнованиях в Мэдисон-сквер-гарден. Если существует реинкарнация, то, по всей вероятности, в прошлой жизни миссис Коллинз была мужчиной и командовала римскими гладиаторами, которые на засыпанной песком арене амфитеатра завоевывали славу ценой своих кровоточащих ран и боли. Может быть, именно из-за своей требовательности она никогда не пользовалась особой любовью среди школьников, но все уважали ее и подчинялись без возражений, что ее вполне устраивало.

После игры раскаленная от стоп площадка пустеет и затихает — все отправляются в раздевалку, бурно обсуждая промахи и заброшенные в корзины мячи. Ты обычно ошиваешься у двери и входишь только тогда, когда все переоденутся и раздевалка опустеет. Но на этот раз тебя замечает миссис Коллинз и, скрестив руки на груди, сурово произносит: «Поторапливайся, Оливия. Скоро раздевалку займет другой класс! Да, и не забудь показать ногу доктору. Поняла?»

Ты нехотя входишь в раздевалку и с облегчением замечаешь, что здесь осталось немного девчонок: кто-то быстро натягивал куртку на спортивную форму и убегал. А кто-то задержался перед зеркалом, пытаясь уложить волосы, или копошился со своими шмотками. Таких было несколько — Молли, Бьянка, Аманда и еще несколько человек. Молли и Бьянка только закончили мыться в закрытых матовыми панелями душевых кабинках, разложив на внутренней полке баночки с шампунями, гели на травах, какие-то модные кремы и скрабы. Аманда неторопливо растиралась пушистым розовым полотенцем. С ее волос капало на пол.

Молли, Бьянка и Аманда составляют неразлучную троицу. Чирлидерши-гимнастки, они очень популярны в школе: входят в команду группы поддержки, заучивают безумные хореографические движения и кричалки. А на репетициях под музыку дергаются так, будто их поджаривают на костре инквизиции.

Молли — красавица от природы — своей манерой одеваться бросает вызов школьному дресс-коду: сегодня она нацепила зеленые бутсы Dr. Martens, низкие джинсы и откровенный топик, выставляющий напоказ ее длинную талию. Поговаривают, что вот уже год внимания Молли добиваются взрослые парни. А она вздыхает по Джошу.

Бьянка отрастила волосы, расчесывает их на прямой пробор. И носит серебряную серьгу в брови, хотя директор уже дважды приглашал ее в свой кабинет, запрещая являться в школу в таком виде. Ей все равно.

Сейчас ты тайком разглядываешь их. У Бьянки начали расти волосы под мышками. Ты заметила это, когда она, сняв полотенце, стала мазаться кремом. Обычно девочки обматывали полотенце вокруг талии или под мышками. А Бьянка невозмутимо стояла перед большим, в человеческий рост зеркалом совершенно нагая, расчесывая волосы. Тебя смутило, как она это делала: она стояла близко к зеркалу, внимательно разглядывая свою грудь, маленькую и острую. Ее левая рука висела неподвижно, а правой она ритмично проводила по влажным темным волосам, чем-то напомнив тебе картину «Купание Дианы» французского художника Камиля Коро. Ты восхищаешься ее нижним бельем из атласной ткани —

оно дымчато-розовое, с пышными кружевами. И пытаешься представить, что она чувствует, надевая его.

У тебя свой способ переодевания. Ты никогда не раздеваешься полностью, и если снимаешь вещь, то тут же надеваешь другую, потому что не хочешь, чтобы тебя видели в нижнем белье.

Ты стыдишься своего тела.

Усевшись в дальний угол раздевалки, ты вся сжимаешься, пытаясь сделаться как можно меньше, чтобы не выглядеть крупной мишенью. И аккуратно снимаешь шорты, оставшись в панталонах. Они утягивают живот, но когда их резинка опускается ниже, наружу вываливается слой жира. Если натянуть их слишком высоко — режет так, что хочется взять ножницы и удалить все лишнее.

Вдруг ты слышишь у себя за спиной презрительный возглас. Оборачиваешься и видишь, как на тебя уставилась Бьянка.

— Эй, Оливия! — кричит она. — Поворачиваюсь и вижу твою жирную задницу у себя перед носом! Не знаю, что ты думаешь, но смотреть на это мне совсем не нравится!

Ты краснеешь, как панцирь вареного лобстера, и готова провалиться сквозь землю.

— Кстати, ты когда-нибудь моешься? Никогда не видела тебя в душе.

— Я? Да... Конечно... — тихо бормочешь ты.

— Что-что? Не слышу! — не отстает Бьянка. — Не будь грубиянкой. Ты сейчас создаешь проблему. Повтори громче!

Брезгливо зажав нос, она подходит к тебе.

— Моюсь... дома.

— Фу-у-у! — Бьянка негромко присвистнула. — Тебе самой не противно не мыться после спорта? Стопудово, что ты в этой же вонючей одежде завтра придешь в класс.

Это было несправедливо. Ведь ты никогда ничем не воняла. От тебя всегда пахло шампунем и свежевыстиранной одеждой. И ты не моешься после физры, потому что не бегаешь, как дикая лошадь, а значит, не потеешь.

— А ты случайно не боишься воды, а? — рявкнула Бьянка, когда в раздевалке вас осталось четверо.

— Ничего я не боюсь.

— А вот мы сейчас проверим...

Предчувствие неизбежной катастрофы волной двинулось от желудка, опустившись до пальцев ног. Прежде чем ты смогла сообразить, что делать дальше, они втроем — Аманда, Бьянка и Молли — хватают тебя под руки, силой стягивают майку и шорты, едва не разорвав их по швам, и, оставив в одних панталонах, затаскивают в душевую кабину. Ты понимаешь, что должна сопротивляться, но вместо этого с испуганной покорностью ждешь, что эти садистки опомнятся и остановятся. Ведь если ты терпишь и не плачешь, они должны от тебя отстать, но стоит только заплакать, и от тебя уже никогда не отвяжутся...

«Это ночной кошмар, — приходит тебе в голову. — Я просто еще не проснулась. Это страшный сон».

Но это не сон. И троица не думает останавливаться — им нравится причинять боль другим. Повернув кран, девчонки, хохоча, обливают тебя с головы до ног. Едва теплая вода льется по твоему лицу и телу. Волосы липнут к щекам.

Ты дрожишь от бессилия и просишь их прекратить. Но тебя никто не слышит, наверное, потому что тебя нет. Разве может кто-нибудь слышать голос утопленницы?

Ты не знаешь, как долго это продолжается. Не исключено, что прошла целая вечность или, быть может, только минута. Это уже не важно. Ты желаешь одного — выбраться из этой преисподней любой ценой, мечтаешь, чтобы сработала пожарная сигнализация из-за упавшего на землю астероида, ты согласна на землетрясение или даже извержение вулкана...

В конце концов Молли командует:

— Хватит с нее!

Аманда выключила воду и процедила сквозь зубы:

— Попробуй пожалуйся кому-нибудь. И увидишь, что будет... Сечешь?

Через минуту хлопнула входная дверь и ты услышала гнусный смех и топот ног в коридоре...

Тишина.

Наконец-то тишина.

Ты промокла насквозь. В туфлях хлюпала вода, струйки стекали по волосам на спину и лицо.

Безумно холодно!

Тебя начала бить крупная дрожь, и ты обхватила себя руками в надежде хоть как-то согреться. Не решилась пошевелиться и выждала, чтобы убедиться, что в раздевалке действительно никого не осталось. А потом всхлипнула и внезапно безудержно разревелась, осев на плиточный пол.

Ты не знала, что тебе делать. Тебе хотелось уснуть на сотню лет или вовсе не существовать. Либо не знать, что ты существуешь.

Рассказать все отцу? Нет, это не выход. Он сразу пойдет к директору и устроит драму. Девчонкам вынесут предупреждение, а тебе за то, что нажаловалась, потом будет только хуже.

К тому же ты не имеешь права расстраивать отца. Ему и так нелегко. Вчера вечером, услышав странные звуки, ты заглянула в его комнату. Оказалось, он смотрит старое видео, на котором они вдвоем с мамой, такие молодые и влюбленные, взявшись за руки, гуляют по улочкам Парижа. Когда ты решила присоединиться к нему и села рядом, он крепко обнял тебя. Но ты заметила, что он всеми силами пытался скрыть слезу: отводил лицо, делая вид, что роется во внутреннем кармане, а сам при этом часто моргал...

11 апреля 2016 года.

Сегодня понедельник. Опять в школу. Ты натягиваешь до подбородка одеяло, окунаешься в собственное тепло, растворяешься в предутренней темноте и замираешь на мгновение, прежде чем встать.

Дотащившись до школьного двора, ты присоединяешься к потоку учеников, стараясь держаться от каждого на расстоянии вытянутой руки. Мало ли что у них в голове.

Но вдруг останавливаешься как вкопанная и осознаешь, что не можешь идти дальше. Просто не можешь, и все. Что-то екнуло внутри, сжалось и замерло. За спиной осталась большая и уютная квартира с еще не остывшим кофейником и мягкой кроватью у окна, стопка новеньких книг на столе, дожидающаяся летних каникул, и коробка с овсяным печеньем, а впереди — озлобленные лица, при мысли о которых тебя колотит.

Раньше ты думала, что стоит человеку один раз пропустить школу, и весь Нью-Йорк тут же узнает об этом. Прогульщика заклеймят позором и заставят прилюдно раскаиваться. Ты была уверена, что вечером того же дня телефон будет разрываться от звонков: куратор класса или даже директор — все станут выяснять причину твоего отсутствия на уроках. А еще в этот день обязательно пройдут все возможные тесты и экзамены, пересдать которые уже никогда в жизни не получится. И еще много чего ужасного произойдет из-за одного прогула.

Но... вопреки всем ожиданиям, ничего страшного не случилось. Из школы никто не позвонил: за весь вечер телефон не издал ни звука. Значит, никому до тебя нет дела.

20 апреля 2016 года.

Сегодня, спрятавшись в туалетной кабинке, ты невольно подслушала разговор Молли, Бьянки и Аманды. Сквозь узкую щель в двери ты видела, как они вертятся перед зеркалом, поправляют макияж и делают селфи, чтобы собрать побольше лайков в «Инстаграме».

— Как уже достало все! Предки бесят: тусить не дают, считают своей собственностью, — раздраженно делится Аманда. — Представляешь, раскопали мои ники в «Твиттере» и мессенджере, чтобы контролировать каждый шаг! Лезут в мою жизнь с дурацкими расспросами: как дела? где была? куда идешь? когда придешь? Умничают, аж наизнанку выворачиваются, долбают поучениями: «Каждый родитель хочет иметь успешного ребенка с хорошим дипломом и высокой зарплатой». Заколебали уже, хоть головой об стену.

— У меня та же хрень, — поддакивает ей Бьянка.— «Иди обедать, кому говорят?», «прибери свою конуру», «думаешь только о себе», «вставай, опоздаешь в школу», «почисти зубы», «не шляйся допоздна», «опять разукрасилась, как на бразильский карнавал». Неужели им совершенно нечего сказать своей дочери, кроме упреков? Кажется, они никогда меня не любили! Все! Хватит! Как-нибудь дотяну до следующего года, а там съеду от них, поживу отдельно...

— Да! Кто об этом не мечтает! Знаешь, чего я не понимаю? Почему родители не понимают, что молодость быстро проходит? Что надо все успеть!

— Жизнь уже закончилась, вот они и бесятся! Нам их не переделать, так что придется побыть жертвой еще какое-то время. Ладно, хватит о грустном, проехали. Жизнь не такая паршивая, как кажется...

— А что такого? Давай, выкладывай!

— Ну, есть одна новость. Послезавтра мои уматывают в Канзас до конца месяца. Устроим у меня вечеринку.

Она сделала паузу, ожидая, когда подруга придет в себя от восторга.

— Вау! Это будет супер! — От радости Аманда захлопала в ладоши. — Только не приглашай дебилов вроде Рича. Помнишь, в тот раз он пришел в костюме Супермена с накачанным прессом и бицепсами, будто это утренник в детском саду? И не зови эту кейпопершу Синди, ладно? Если только не хочешь, чтобы она вырядилась в то черное платье с блестками, в котором напоминает колбасу, и танцевала, напялив наушники. Где она их только раскопала? — неодобрительно покачала головой Аманда.

— Все в порядке. Будут только нормальные ребята. Если хочешь, можешь привести своего бойфренда.

— Кого?

— Как кого? — подняла брови Молли. — Не верю, что у тебя нет нескольких парней, готовых на что угодно, чтобы пойти с тобой на вечеринку. Бери кого хочешь. Оторвемся.

Ты видишь, как она демонстративно встряхивает длинными роскошными волосами, перекидывая их на одно плечо.

— Если захочу, Джош будет есть с моих рук и ползать передо мной на коленях, — продолжает Молли.

— А как же Матео? Ведь он на весь класс заявил, что ты станешь его девушкой...

— Думаю, его увлекает один бейсбол, ради него он сидит на стероидах. Знаешь, говоря по правде, Матео мне не слишком интересен, — протягивает Молли, размышляя вслух. — Хотя было бы любопытно, куда он сводил бы меня?

— Ты самая бесстыдная сучка в школе! Ведь говорила, что не ходишь на свидания с теми, кто тебе не нравится?

— Ну да, говорила. И Матео мне не нравится. Но он играет за сборную школы. У него сотня фолловеров. И он красив в плавках. Но бывает чертовски нудным... Разумеется, я могу сходить с ним на пару свиданий. А потом вежливо отошью. Так девочки и приобретают популярность. Учитесь!

— Я вижу, кто-то слишком много на себя берет, — говорит Аманда. — Он давно на тебя запал! Вспомни, о ком мы говорили до этого. Кто отшил мисс Америку? Помнишь, какие у нее были буфера? Как у этой нашей тихони Оливии. Но ты закрути роман с Джошем. Ты ведь вроде влюблена. Все сохнешь по нему, по своему великолепному Джошу?

— Влюблена? — фыркнула Молли. — У меня что, такой глупый вид?

— Вот только не надо сочинять. Мы тебя слишком хорошо знаем!

— Ни один парень не достоин того, чтобы бегать за ним, тем более какой-то там школьник.

— Во-первых, не «какой-то»! А во-вторых, еще как сохнешь! Все это знают! Видела бы ты свои глаза, когда пялишься на него.

— Ладно, не спорю, Джош и раньше был классным, а теперь просто улет! — Она взглянула на подруг. — Но...

— А его обалденный парфюм! — вставила Бьянка и закатила глаза. — Это же Dior Homme... Eau for Men, нежный грейпфрут, бергамот, пряный кориандр. Тащусь от этого аромата...

— Но Джош — не то, что мне сейчас нужно... — заявила Молли с твердостью в голосе. — Сейчас меня больше волнует не он...

— Кто бы сомневался? Ты вечно в поиске своего идеала: только добилась чьего-то внимания, начинаешь высматривать другого...

— Аманда, закрой рот! Место королевы вакантно...

— А, так ты об этом?

— Естественно! Кто, как не я, должен занять трон? Но вы ведь понимаете, мне понадобится ваша поддержка...

— Молли, тебе не хватает двух кредитов, чтобы взобраться на пьедестал...

Что за «королева», «трон»? О чем это они?

Ты случайно роняешь на кафельный пол пустой ланч-бокс: пластиковые нож и вилка с шумом вылетают наружу из-под двери туалетной кабинки.

— Здесь кто-то есть! — орет Бьянка. — Эй, кто тут?

Ты молишься, чтобы тебя не обнаружили. Но раздаются удары ногами в двери кабинок. Ты холодеешь от страха и молчишь, затаив дыхание.

— Кто здесь? Открывай немедленно, мерзавка! Мы видим твои ноги...

Дверь твоего укрытия с громким скрипом распахивается, и девицы вваливаются внутрь. Тебя нашли...

Они улыбаются, и ты понимаешь, что вляпалась в серьезные неприятности.

— Оливия? Ну, здравствуй! — Ты видишь, как их лица темнеют, будто наливаясь кровью. — Может быть, объяснишь, что это значит? Что за дела, а? Плохая девчонка! — раздается зловещий шепот Бьянки. — Ты нас огорчила! Тебе нечего сказать? Оглохла, что ли? Объясняю: ты совершила большую ошибку, толстуха чертова. И за это огребешь по самое не хочу.

— Что вам от меня нужно? — говоришь ты еле слышно, от страха у тебя свело живот.

— Да ты точно идиотка! Или притворяешься? — истошно орет Аманда. Ее руки, сжатые в кулаки, взметнулись вверх. — Ты хоть понимаешь, что сделала? Нет? Ты нас подслушивала! А может, ты никогда не была той простушкой, за которую себя выдавала, а?

— Простите, я не хотела... — шепчешь ты. — Мне так жаль... — твой голос затихает. Ты не знаешь, что сказать людям, у которых нет ни малейшего желания тебя слушать.

— Да она настоящая актриса! Смотрите, как подрагивают ее губы. Это Голливуд! Лгунья, мы видим тебя насквозь! Короче... ты накосячила, когда подслушивала наши разговоры. И тебе придется за это ответить, — в глазах Бьянки неприкрытая угроза.

— Ты заслуживаешь, чтобы тебе надрали задницу, дрянь! — Лицо Аманды оставалось непроницаемым. — Радуйся, что мы вегетарианки и не станем делать из тебя сочное барбекю с кровью.

Поначалу ты растерялась, потом стала краснеть от страха. И тут же поняла, что твое тело вновь подает сигнал: «Я чувствую себя слабой. Я боюсь». И они прочли его. Ты попыталась выскользнуть из их окружения, но у Аманды всегда была отличная реакция: она оттолкнула тебя к стене и засмеялась. Бьянка обозвала тебя толстухой и сорвала с головы заколки, выдрав заодно и несколько волос. Щелкнув у тебя перед носом зажигалкой, она угрожала опалить твое лицо. Затем эти трое стали обсуждать, как с тобой поступить.

— Размазать ее по стенке! Устроить ей головомойку: засунуть башкой в унитаз, нажать на слив, и пусть прохлаждается, — требовала Аманда.

Бьянка предложила сначала туда испражниться. Затем поступило убийственное предложение:

— Давай побреем ее налысо! И снимем скальп, как с мертвого индейца...

Ты видела подобные сцены в документальных фильмах об агрессивном поведении подростков. Не могут же они и в самом деле обрить тебя налысо. Или могут?

— Чересчур сентиментально, вам не кажется? У меня есть идейка получше. Когда я закончу с ней, она не вспомнит своего имени...

Ты неожиданно вспоминаешь, что хоть заяц и самое трусливое животное на планете, но и у него есть свой порог терпения: если охотнику удается его поймать, он отчаянно сопротивляется, кричит, вырывается, бьет сильными задними лапами и пускает в ход острые зубы. Если же на зайца нападет орел, он отбивается от него когтями задних лап, лежа на спине, распарывая хищнику живот и разрывая грудь.

Но как быть тебе? Что делать? Сдаться? Отдать себя на растерзание? Или пора действовать?

Сейчас или никогда.

Ты, сжав кулаки, внезапно набрасываешься на них, без особого труда отпихнув Молли к стене, а Бьянку и Аманду — в сторону. Но они сильнее, чем Молли. Ты чувствуешь чье-то тяжелое, как у зверя, дыхание возле шеи. Ты толкаешь кого-то изо всех сил, слышишь гневное сопение и, судорожно сглатывая слюну, выскакиваешь в дверь и мчишься со всех ног.

Они кидаются за тобой...

Спустя несколько мгновений ты снова окружена.

— Теперь ты точно никуда не денешься!

Вот и все.

Наступила звенящая тишина, только слышалось прерывистое дыхание девиц, ощущался запах пота и солоноватый вкус крови на губах. Эта гадина Бьянка заехала по твоим зубам. Хорошо еще, что своими наманикюренными коготками в глаз не попала!

— Далеко собралась, красотка? — в голосе Аманды слышалась открытая угроза.

— Отпустите меня! — хрипела ты. — Что я вам плохого сделала? — Ты бы крикнула, если бы не боялась, что кто-нибудь в коридоре услышит.

— Хорошего тоже ничего... — произнесла Бьянка. Она подняла подбородок и из-под ресниц высокомерно смотрела на тебя, стиснув челюсть. Ее грудь часто вздымалась, а руки дрожали от гнева.

— А ты дерзкая, Оливия...

— Чего вы хотите? — внезапно вскрикиваешь ты, удивляясь своей неожиданной храбрости. Ты смотришь им в глаза, выпрямив спину, на лице — не боязливая улыбка, а яростный оскал...

А дальше произошло что-то невероятное. Можно даже сказать — волшебное. Видимо, это впечатлило их, потому что Молли сказала:

— Ладно. Не будем создавать друг другу ненужных сложностей. Мы предлагаем тебе зарыть топор войны и выкурить с нами трубку мира. Сечешь? Я о перемирии.

— О перемирии на наших условиях, — вставила Бьянка и хлопнула тебя по плечу. — Вот. Бери пончик, подкрепись!

Двумя пальцами она вынула из промасленного пакетика розовый пончик и протянула тебе. Ты не двигалась и молчала, крепко сжав губы.

— Бери, пока дают! Пахнет офигительно! — торопливо вмешалась Аманда. — Не хочешь?

— Это она типа обиделась, да? — прокомментировала Бьянка, выразительно посмотрев на подруг, и начала смеяться, но смех у нее был невеселый. — Говорят, молчание — признак согласия. Получается, что хочешь.

Она вновь протянула тебе пончик. Но только ты попыталась его взять и сказать спасибо, как Бьянка разжала пальцы, и он упал на пол.

— Хочешь — бери, — проговорила она с издевкой.

Ты не сдвинулась с места, не опустилась на колени.

— Ну-ну, да ты и правда упертая, не из робкого десятка... — произнесла Молли, присев на край умывальника. Так она стала ниже на полголовы и смотрела на тебя снизу вверх, скривив лицо в некоем подобии улыбки. — А из этого следует, что у нас с тобой есть кое-что общее. Похоже, из нее выйдет толк, а? Что скажете? А ты, Оливия, не боишься быть с нами заодно?

— Молли, не забывай, она в теме. Она слышала наш разговор. — Бьянка озабоченно наморщила лоб и гневно кусала губу. — Надо что-то делать.

— Я знаю. И сейчас думаю, стоит ли дать ей шанс? — Молли скрестила руки на груди, демонстрируя нетерпение. — Эй, скажи-ка, ты ведь хочешь получить шанс?

— Что я должна делать? — спросила ты, понимая, что дело приобретает другой оборот и появилась вероятность что-то изменить в твоей жизни. Впервые ты решилась дать отпор обидчикам. И вот оно, вознаграждение за мужество!

— Для начала — пройдешь через серьезные испытания, — заявила Молли, скрестив руки на груди. — Но знай — мы не шутим! О'кей? Чем быстрее согласишься, тем лучше для тебя. Это мое последнее слово. Потому что будет или так, или никак. Точка!

— Какие еще испытания? — спросила ты, вздернув подбородок и чувствуя, как что-то в тебе вновь взбунтовалось, заставило выпрямить спину и смело встретить взгляд Молли. — А что будет, если откажусь? Убьете? — Ты сама не понимаешь, откуда такое могло прийти тебе в голову.

— Не мели ерунды. Итак, повторяю еще раз условия нашей сделки. Первое — ты забудешь обо всем, что между нами было. Второе — пройдешь проверку. Будешь делать все, что тебе скажут. Третье — сдашь экзамен и получишь свое первое боевое крещение... Ну, ты готова? Время на раздумья истекает, — ледяным тоном завершила Молли.

У тебя нет выбора, и ты киваешь. Потому что согласна делать все, что от тебя потребуется. Что угодно, лишь бы не быть больше жертвой. Всегда лучше быть охотником...

Глава 2. Клуб «12 сестер»

21 апреля 2016 года.

Сегодня, Оливия, ты была посвящена в великую тайну, известную очень немногим. Теперь ты знаешь, что в школе действует закрытый женский клуб под названием «12 сестер».

«Почему двенадцать?» — поинтересовалась ты. И получила ответ, что десять — слишком мало для всей старшей школы, четырнадцать — уже много. А одиннадцать — нельзя. В это число в сентябре террористы на самолете с номером рейса одиннадцать атаковали Нью-Йорк, одиннадцатый штат США.

Число тринадцать — мрачное и зловещее. Иуда был тринадцатым гостем на последней трапезе Иисуса. И предал его. А еще этот ужастик «Пятница, тринадцатое»!

А вот с числом двенадцать связаны хорошие ассоциации: двенадцать апостолов, двенадцать знаков зодиака, столько же месяцев в году...

Короче, вчера тебе предложили вступить в этот клуб посвященных, когда в нем появится свободное место, года через два-три. «Это особый статус, выше которого подняться невозможно. Потому здесь каждое место на вес золота! — говорили девчонки. — Имей в виду, наша иерархия — это то, на чем держится школа! Мы не берем бесполезный балласт!»

Чтобы попасть сюда, новичку нужно отвечать строгим требованиям: быть крутой, элитарной, лучше всех, в общем — самой-самой альфа-девочкой, о которой мечтают лучшие парни Гринвич-Виллиджа — красивые, с большими деньгами и крутой тачкой. И пройти через нелегкие испытания: например, подговорить весь класс объявить забастовку нелюбимому учителю, пройти по Бродвею через весь Манхэттен в костюме хот-дога или, что еще хуже, трансвестита. Ну, или публично оскорбить прохожего. Молли говорит, что первая проверка уже очень скоро, и тогда сестры смогут понять, на что ты готова, чтобы вступить в клуб. А еще она сказала, что это почетно и круто, поскольку ты будешь обладать особенными знаниями и привилегиями, недоступными простым смертным. Намекнула, что среди членов подобных клубов, или братств, было много знаменитостей: писатель Марк Твен, первый в мире миллиардер Джон Рокфеллер, Нил Армстронг, ступивший на Луну, многие президенты, губернаторы, сенаторы и конгрессмены США и даже какой-то там нобелевский лауреат!

Ты знаешь лозунг клуба — «За сестру порву любого!». Хм, больше напоминает боевой клич, чем лозунг.

Успешно пройдя испытания, ты получишь боевое крещение и будешь связана клятвой, что даже перед лицом смерти не раскроешь тайн клуба.

Между членами «12 сестер» не существует различий. Когда они одни, называют друг друга не по имени, а только «сестра». Сестры должны совершать «деяния»: за каждое они получают по одному кредиту. У них есть своя Королева, она избирается на один год из числа тех сестер, кто смог набрать сто кредитов. Молли осталась самая малость: всего два кредита — и она окажется на троне! И тогда, достигнув вершины мира, ей будет не с кем себя сравнить и потолком для нее будет только небо.

27 апреля 2016 года.

Сегодня начало твоей новой жизни в ином статусе — ты стоишь у самого подножия иерархической лестницы. И готова, что тебя будут круглосуточно шестерить. Но иного пути у тебя нет; ты обязана иметь при себе пачку сигарет, зажигалку, жвачку и пятьдесят долларов — для нужд членов клуба. В этот набор включен также кирпич, самый настоящий кирпич — весом в восемь с половиной фунтов. Чтобы жизнь не казалась медом. Куда бы ты ни шла — тусоваться или учиться, — ты должна нести с собой этот боекомплект.

Ты должна быть доступной двадцать четыре часа в сутки и, как говорят сестры: «Готовой тащить себя и свою задницу туда, куда укажут. А если задница отвалится, положи ее в мешок, но притащи все равно! И прибавь-ка ходу! Не будь улиткой, опаздывающей на рождественский ужин!»

Буквально это выглядит так: если кто-нибудь из сестер позвонит и скажет: «Оливия, привези мне пиццу с колбасой и шесть банок кока-колы. Деньги я отдам. Когда явишься, помоешь заодно мои теннисные шузы», — ты должна бежать.

Таковы правила, которые нельзя нарушать...

3 мая 2016 года.

Ты не успела ответить на поздний звонок по сотовому и поэтому опоздала на очередное задание. Но впопыхах забыла про кирпич, за что была подвергнута унизительному наказанию.

Тебя поставили на стул, вокруг него насыпали бутылочные осколки, а тебе завязали глаза. И задавали вопросы про клуб. После каждого ответа ты должна была повторять фразу, что ты «скорее умрешь, чем раскроешь тайны клуба».

На седьмой или восьмой вопрос ты ответила неверно, и тебе стали кричать: «Прыгай!» Ты в ужасе прыгнула. И услышала хруст... Почувствовала, как что-то острое впивается тебе в ступни.

Потом под общий хохот сестер оказалось, что стекло было заранее убрано, а вместо него на полу рассыпаны чипсы. А тебе было совсем не до смеха...

12 мая 2016 года.

Ты снова проштрафилась: назвала сестрой одну из членов клуба, чего не имела права делать, поскольку еще не вступила в него: никакая она тебе еще не сестра! За эту провинность ты вызвана в дом Бьянки, где поначалу в ожидании остальных тебя заперли в ее комнате. Боже, там царил полный кавардак: постель не прибрана, вещи разбросаны. На стене возле кровати висела огромная черно-белая фотография парня с голым торсом и блестящими выпуклыми мускулами. Рядом с ней — зеркало с подсветкой, наверное, чтобы разглядеть мельчайший прыщик и умирать по этому поводу целую неделю.

На кровати валялся ноутбук. Чуть поодаль разместился девчачий столик, на нем розовый чехол для телефона и маленькая копия Эйфелевой башни. Бьянка мечтает побывать в Париже, это ее идея фикс!

В стене слева — встроенный шкаф для одежды. По правую руку от него деревянные полки, небрежно забитые всякой всячиной: модными журналами, бижутерией, сувенирами, коробкой с гигиеническими салфетками, наушниками, чтобы слушать музыку и не доставать родителей. Одна полка отведена для самого главного — косметики. Здесь ты обнаружила пудру, лосьоны для лица, три губные помады, несколько разновидностей лака для ногтей (прозрачный, белый, красный и черный), основу для лака, пилочку, средство для очищения кожи, пуховку для пудры, тушь и карандаш для глаз... И отдельно лежали два косметических набора. Зачем это Бьянке? Накрасившись, она становится похожей на проститутку Нью-Йорка, которая, виляя бедрами, подходит к машине, стоящей в пробке, и заигрывает с водителем... Тебе становится смешно.

...В присутствии сестер ты подвергнута наказанию: тебе надо съесть четыре сырые луковицы. Твои глаза горят, по лицу текут слезы, в груди жжет, трудно дышать... Но ты смиренно принимаешь эту кару.

16 мая 2016 года.

Тебя бросило в дрожь, как только ты узнала, в чем заключается следующее испытание: тебе предстоит спрыгнуть с крыши одноэтажного здания, в котором располагается школьная мастерская. Тебе страшно: ты уверена — этот полет неизбежно закончится для тебя переломанными ногами, руками и ребрами. Но отступать нельзя.

Вместе с тремя сестрами ты взбираешься на крышу. Несколько раз подходишь к самому краю, смотришь вниз на такую близкую, но страшно далекую горку песка и отступаешь назад. Ты никак не можешь понять, почему им так весело, а тебе одной страшно. Ведь на самом деле не слишком высоко. К тому же недавно ты видела, как отсюда спрыгивали несколько парней из твоего класса, крича от кипящего адреналина. И хохотали потом, делясь впечатлениями: «Видели, как я!» А ты все никак не можешь решиться, нервничаешь, собираясь с силами. Девицы, которые сначала подбадривали: «Прыгай! Не дрейфь!» — теперь презрительно шипят: «Трусиха».

Ты, зажмурившись, делаешь осторожный шаг вперед, к самой кромке. За ней — бездна... Ты знаешь, что твоя нога может соскользнуть, или край крыши подломится под твоим весом. Как же отчаянно колотится сердце! В лицо дует прохладный ветер. Ты жадно глотаешь этот майский воздух и, наконец, начинаешь чувствовать свои ноги, ощущаешь, как напружинились ступни. Затем разводишь руки в стороны, собираясь взлететь. Но твоя паника не желает сдавать позиций, и ты отскакиваешь назад, подальше от края, будто тебя отдернул кто-то невидимый. И уже знаешь, что не прыгнешь ни за какие коврижки. Никогда! Потому что убеждена: если упадешь туда — это будет конец.

«Давай! — слышишь ты повелительные голоса сестер. — Кому говорят! Оглохла?» И понимаешь, что не можешь ослушаться.

Мир завертелся вокруг тебя, пульс зачастил, сердце гулко билось о ребра. В ушах шумела кровь. Было тяжело дышать. Главное — не упасть, ты должна остаться на ногах. Чтобы не свалиться вниз, ты обеими руками вцепилась в перекладину, так сильно, что даже косточки побелели.

«Прыгай!»

Тебя не отпускает панический страх, и ты закрываешь глаза. Ты всегда так делаешь, если видишь что-то плохое, — крепко сжимаешь веки и говоришь себе, что этого нет и, когда ты откроешь глаза, все пропадет.

Это не сработало.

Ты по-прежнему стоишь на краю бездны.

Но почему никто не вмешивается? Не останавливает это безумие? Не подскакивает к тебе сзади, чтобы обхватить покрепче и быстро оттащить от края?

Твое воображение рисует сказочного принца, почему-то напоминающего Джоша Паркера. Как он оказался здесь, на крыше? Молниеносно очутившись рядом, он хватает тебя за локти и пятится назад, увлекая за собой.

— Не пугайся! — говорит он мягко. — Ты же могла упасть!

— Прости, я не подумала об этом, — произносишь ты растерянно и ощущаешь, как задрожали твои губы, когда ты встретилась с ним взглядом.

— Все будет хорошо... — повторяет твой прекрасный принц. — Не думай ни о чем. Опасности больше нет. Пойдем отсюда, я отвезу тебя... куда тебя отвезти?

Господи! Неужели ты нашла своего принца? Он не сводит с тебя взгляда, и ты чувствуешь внутри приятное тепло, ощущаешь, что связана с ним каждой клеточкой тела. Он берет тебя под руку, и ты вдыхаешь его запах. Улыбнувшись, ты внезапно чувствуешь, что губы у тебя трясутся. Рукавом смахиваешь с лица слезы, хотя и не осознавала, что плачешь.

Ты грезишь о его поцелуях, отчего тебе становится трудно дышать. Ведь он наверняка обнимет за талию, запрокинет тебе голову и... Ты пытаешься представить, каково ему — целоваться с девушкой, которая носит брекеты. Наверное, ужасно противно! Ты пробегаешь языком по неровному металлическому обручу во рту. А вдруг ты поцарапаешь ему десны? А еще ты опасаешься, что его руки нащупают твои ужасные складки на животе и бедрах. Ты готова умереть от стыда, но гонишь прочь тревожные мысли, потому что тебе так сильно, до безумия, хочется прикоснуться к нему...

А потом, потом ты чувствуешь, как тебя, словно пушинку, подняли над землей. Это твой принц бережно несет тебя на руках подальше от этого ада. Вот его пламенное дыхание касается твоего лба, и ты можешь вдохнуть его аромат — смесь чистоты и пряного мужского запаха, ноток бергамота, кориандра и ириса... Странно, ведь именно таким одеколоном пользуется Джош Паркер. Бьянка как-то упоминала его название, кажется Dior Homme Eau for Men. Лишь в этот момент ты с ужасом понимаешь, что еще не сказала ему спасибо.

Его алый рот так близко от тебя.

Боже, что он делает?

Он приближает к тебе свое лицо, ты закрываешь глаза, и ваши губы соприкасаются. Его губы, горячие и жесткие, прижаты к твоим: вот они дрогнули, он крепче прижался к твоим губам, чтобы унять дрожь, потом его губы раздвинулись, поцелуй ожил, стал более уверенным и властным...

...Сестры что-то горланят тебе. Ты видишь, как шевелятся их губы, но ничего не можешь разобрать, словно отгорожена от них звуконепроницаемым стеклом. Только догадываешься, что они орут: «Прыгай немедленно!»

Ты опять подступаешь к краю крыши. Страх давит тебе на грудь, не пуская дальше. Но настойчивый крик подталкивает, он оказывается сильнее.

«Папа, прости меня, — проносится в голове. — Прости, если сможешь».

Не проронив ни звука, ты делаешь шаг вперед и камнем летишь вниз...

20 мая 2016 года.

Новое задание обещало быть несложным. Тебе требовалось проникнуть в комнату администрации и выкрасть ключ от школьных шкафчиков. Обычно он сиротливо висит на крючке, и о нем редко когда вспоминают.

Ты спряталась в туалете, а после того как прозвенел звонок, означавший, что у тебя начинается урок европейской истории, оставила свое убежище и прошмыгнула мимо нескольких кабинетов. В холле, примыкавшем к главному вестибюлю, вдоль стен, покрытых красочными фресками, стояли большие стеклянные шкафы, заполненные наградами и кубками, которые школа получила за участие в спортивных, музыкальных, художественных состязаниях и конкурсах. Кое-где висели фотографии команд-победительниц с вдохновляющими цитатами. Дальше по коридору располагался локеррум. Камер наблюдения здесь не было. Ты прислушивалась к каждому шороху, ожидая, что на тебя нападут со спины. Тебе повезло — здесь ни души!

«Будешь действовать тихо как мышь! — вспоминаешь ты наставления Бьянки. — И чтобы единственным шумом, исходящим от тебя, был звук падающих капель пота! И еще, помни о главном: если поймают, стой на своем, даже если тебя поведут на электрический стул, тверди: «Ничего не видела! Ничего не знаю!» Усекла?»

У каждого ученика в школе — свой железный локер, запертый на ключ. В них, обклеенных изнутри картинками, сердечками и другой ерундой, хранятся одежда и вещи.

За пятнадцать минут ты в одиночку проделываешь всю работу: бесшумно, чтобы не привлекать лишнего внимания, отпираешь ключом шкафчики и смешиваешь вещи, перекладывая из одного локера в другие. Теперь шарфы, рюкзаки, ланч-боксы, спортивная одежда, а также учебники и тетради, магниты, коврики и сердечки поменяли своих хозяев. Ты понимаешь, что совершаешь что-то ужасное, но у тебя нет выбора.

Дело сделано.

Ты покидаешь локеррум, проникаешь в комнату школьной администрации, предварительно заглянув и убедившись, что там никого нет, прикрываешь за собой дверь, возвращаешь ключ на место и... в этот самый момент слышишь звуки, напоминающие шаги в коридоре. Ты поспешно прячешься за шторами и замираешь, боясь шелохнуться.

Кто это там?

Дверь медленно открывается, и кто-то входит. Ты видишь пару мужских итальянских туфель и край темно-серых отутюженных брюк, а также кремовые женские туфли на высоком каблуке.

— А что за методика, мисс Коллинз? — раздается голос директора школы, мистера Моуди. Конечно, это он. Ты не могла ошибиться, этот голос с оттенками хрипловатого баска ты узнаешь из тысячи. Нос щекотало — ты вспомнила о своей аллергии. Чертова пыльная штора! Тебе неудержимо захотелось чихнуть, и ты зажала рот и нос рукой так сильно, что заложило в ушах, и замерла в ожидании...

— Очень хороший тест, мистер Моуди. Простой, но достаточно эффективный, — этот голос принадлежал Деборе Коллинз — школьному психологу.

— Ну же... — торопил директор. — Расскажите подробнее...

— Я предложила ученикам представить, что у них день рождения, а родители разрешили пригласить только одного одноклассника. Только одного.

— Стало быть, только одного...

— Именно! — упорствовала психолог. — Так вот, кого больше всех пригласят — тот и есть лидер класса. А кого не выберет никто — аутсайдер. Видите, как все просто!

— Что ж, интересно. Ваше изобретение, мисс Коллинз?

— Не совсем мое, — скромничала она, — но и без моих познаний в психологии здесь не обошлось.

— И что же показал ваш тест? — спросил директор. — Какие результаты?

— Позвольте мне заглянуть в записи, мистер Моуди, если вам интересны детали...

Ты отчетливо помнишь этот тест. В начале мая у вас проходила неделя психологии, каждый день были разнообразные тестирования. Ты что-то помечала в узких клеточках и скучала, посматривая в окно, где солнечные лучи весело скользили по ветвям деревьев и молодой листве, а в небе стремительно носились ласточки. Но про день рождения ты запомнила. Потому что совсем не колебалась с ответом, только на секунду перевела взгляд. Он там — склонился над тестом. Рядом книга, которую он читает в перерывах.

«Убить пересмешника» Харпер Ли.

Ты прожигала взглядом его макушку и мысленно умоляла поднять глаза. Не дождавшись, ты аккуратно, с любовью вывела его имя — ДЖОШ ПАРКЕР. И тут же представила себе день рождения, о котором давно мечтала. Если бы это было возможно, ты бы пригласила его одного.

И он бы пришел.

Наверное, с цветами.

Розами, к примеру. Или хризантемами. А может, с букетиком белых лилий, чтобы все было понятно. Ты знаешь, что он купит их на деньги, честно заработанные на стрижке газонов и выгуливании двух черных терьеров. Ты бы распахнула перед ним дверь, и целую минуту вы стояли бы в просторном холле твоей квартиры, он держал бы тебя за кончики пальцев и смотрел в глаза... Чутко и нежно. За его спиной — свернутый в рулон спальный мешок. Он все предусмотрел, ведь вечеринка непременно закончится ночевкой, и ты наверняка уложишь его спать на полу в гостиной... Дурачок! У вас же есть вечно пустующая гостевая комната, в которой когда-то жила твоя заботливая старая няня...

— Ну вот, нашла. Смотрите, мистер Моуди. Победителем голосования стал Джош Паркер, набрав более восьмидесяти процентов голосов. Из чего можно заключить, что он и есть несомненный лидер класса. Интеллектуал с тонкой душевной организацией, чрезвычайно чувствительный и ранимый, и в то же время спортсмен, гордость школы.

— Иначе и быть не могло, мисс Коллинз, — произнес самодовольно директор. — Надо полагать, ваши тесты не врут. Ну, а что насчет анти-лидера?

— Аутсайдера, — тактично поправила психолог. — Как правило, это отвергнутые дети, изолированные, не нужные никому... Вот на кого необходимо обратить внимание, мистер Моуди.

— Вам удалось определить их, мисс Коллинз?

— Да, я выявила его, то есть ее. Это девочка, не набравшая ни одного голоса.

— Девочка? Кто же это?

Ты слегка раздвинула шторы и увидела, что женщина застыла на месте и напряглась, пытаясь отвести взгляд.

— Дело в том, сэр, что результаты теста не разглашаются, — упрямилась она. — Это как врачебная тайна. Нам следует проявлять исключительный такт, деликатность в работе с такими детьми. А координатору класса в таких случаях я даю рекомендации по сплочению коллектива...

— Но я — директор школы, мисс Коллинз. Я должен быть осведомлен обо всем, что творится в пределах этих стен... Кроме того, чтобы, как вы говорите, «обратить внимание», надо знать на кого... И к тому же мы сейчас беседуем не в моем кабинете.

— Ну хорошо, сэр... Хорошо... — согласилась она, видя, что так просто от него не отделается. — Это Оливия Уилсон... Девочка отличается от всех: слишком начитанна, на редкость прилежна, но замкнута, живет в своем мире. Типичный интроверт. Похоже, ей комфортно дома, под теплым одеялом, за умной книжкой, с чашечкой хорошего чая... Только позвольте еще раз напомнить, мистер Моуди, что это строго конфиденциально...

...Несколько минут спустя ты стоишь в туалетной кабине, согнувшись и тупо разглядывая свое жалкое отражение в зеркале. Твой подбородок трясется от холода, в горле застрял комок отчаяния, а в глазах — глубокий испуг.

Ну вот, Оливия, теперь ты официальный аутсайдер!

За тебя никто не отдал своего голоса.

Ни одна живая душа! Ни одна!

Даже Джош Паркер!

21 мая 2016 года.

Это же надо было навести такой кавардак в локерруме!

Ты не спала всю ночь, задавая себе один и тот же вопрос: «Как ты могла такое сделать, Оливия?» Унылые черные кошки скребли на душе и шипели, предрекая, что ты — аутсайдер — влипла в одну из худших переделок. Конечно, ты горько каешься, но уже слишком поздно. Сделанного не воротишь. Успокаивает одно: ты веришь, что можно совершить плохой поступок, но при этом остаться хорошим человеком.

Школьники подняли шум, когда обнаружили в своих шкафчиках пропажу вещей, на месте которых оказалось чужое барахло.

Отовсюду раздавалось:

— Где мой плеер?

— А мой рюкзак?

— Что за хрень тут лежит? Это мой локер?

— Куда делись мои новые кроссовки? А учебники?

— Как сюда попал этот чертов коврик? И грязный ланч-бокс?

— Вот именно — как?

— Эй, чуваки, у кого мой планшет и наушники?

Все злились.

В локеррум вошел директор со своим черным кожаным портфелем и термокружкой из нержавеющей стали.

— Что здесь происходит? Всем успокоиться! Мы назначим комиссию по расследованию этого безобразия.

Урок английской литературы тянулся бесконечно. После него — урок физики, за ней — математика. Скорей бы закончился этот сумасшедший день!

Ты была как на иголках и старалась не смотреть на сестер. Впрочем, когда ты ненароком бросала на них взгляд, по их невозмутимым лицам нельзя было ничего определить.

На перемене они вышли из класса первыми. Сначала о чем-то шушукались. Было заметно, что Молли явно чем-то расстроена, или, скорее, раздражена. Она то и дело смотрела по сторонам. Потом к ним присоединилась Соня, девочка не из клуба, блондинка с лучистыми глазами, она мечтала стать доктором и бредила медициной. Словно ожидая ее появления, Молли, вся красная от негодования, вытащила из своего розового рюкзачка толстую тетрадь для записей и стала что-то читать — громко и выразительно.

Когда ты подошла, то все поняла: из-за твоей выходки дневник Джоша Паркера попал в локер Молли. Надо же было ему очутиться именно там. И вот сейчас она, вне себя от гнева, оглашала его содержимое:

«Каждый раз, когда я встречаю привлекательную девушку, делаю вид, что не замечаю ее. Я убеждаю себя, что поступаю так из уважения, чтобы не побеспокоить ее. Но подозреваю, что дело в моей застенчивости. Кроме того, похоже, я чересчур разборчив и придирчив, когда дело касается девушек. Часто, еще до встречи с ними, я их отвергаю, считая слишком высокомерными, слишком неискренними или даже слишком привлекательными для меня. Может быть, я просто боюсь их?»

«...Какое-то время я встречался с одноклассницей Молли. Она сама добивалась моего внимания, послав подальше этого кретина Матео из спортивного клуба. Но после трех свиданий мне стало ясно, что она не в моем вкусе, и я дал ей понять, что не хотел бы ее видеть рядом с собой. Надеялся, что она оставит меня в покое, но она делает вид, что не понимает. Надо отметить, у нее есть задатки начинающей актрисы с очень неплохими данными. Но при этом она спесивая, горделивая и надменная, считающая себя центром мироздания...»

«...Последнее время мне стала нравиться Соня. Она не такая кривляка и знает, чего хочет от жизни. А вообще, я не уделяю должного внимания отношениям, чтобы не так сильно страдать в случае, если привяжусь к девушке, а она бросит меня ради какого-нибудь олуха. Не знаю, быть может, это страх берет надо мной верх?»

Так вот ты каков на самом деле, красавчик Джош! С такой внешностью, как у тебя, даже будь ты круглым идиотом, отбоя от девочек бы не было: от одного твоего взгляда теряют голову. Ты улыбаешься — и перед тобой открываются все двери. Но, похоже, не только учеба, спорт и театр занимают твой ум и сердце!

Ты представила, как в минуты тоски, устремив вдаль свой задумчивый взор, Джош предается меланхолическим размышлениям. В его словах чувствовалось напряжение. Он, должно быть, действительно сильно терзался, когда писал эти откровенные строки.

Ожидание ссоры уже витало в школьном коридоре. Молли уставилась на Соню. Они стояли почти нос к носу. Вокруг столпилось полшколы, все притихли и с любопытством наблюдали за происходящим. В этот момент в коридоре появился сам Джош. Все головы сразу повернулись к нему. Удивленный взгляд Молли обвел высокую атлетичную фигуру парня, а после встретился с его непроницаемым взглядом. Он уже все знал. Его бездонные синие глаза смотрели с наигранным равнодушием, но Молли понимала — он ее презирает. Ее щеки запылали, она обиженно хмыкнула. Сжав губы, он подошел к ней, отобрал свой дневник, потом повернулся и быстрыми шагами покинул школу. Говорить он не собирался.

— Ну что, Соня, получается, ты запала на моего парня? — начала кричать Молли, пойдя в атаку. — Закрутила перед ним хвостом. А я, дура, приглашала тебя на вечеринки, доверяла свои секреты!

— У тебя неверные сведения. Зачем он мне нужен? — маленький ротик Сони невольно скривился. Но через мгновение самообладание к ней вернулось. Единственное, что ее выдавало, — это глаза, в них отражалась ложь. — Я уже сказала, что не знаю, зачем он так написал обо мне.

— Врешь!

— Кто бы говорил!

— Делаешь вид, что дружишь, а за спиной устраиваешь всякую фигню.

— Я ничего не устраиваю, — возразила Соня, но голос ее звучал уже не так уверенно. Она даже подняла руки в знак капитуляции.

— Еще как устраиваешь, — вопила Молли, — и врешь. Хочешь, чтобы я сейчас рассказала всем, кто твоя сестра?

Соня подскочила на месте. Никогда ты не видела ее в такой ярости. Подлетев к Молли, она вцепилась ей в волосы.

— Что?! — заорала она сорвавшимся от напряжения голосом. — Что ты собираешься сделать? Только посмей! — Ее руки сжались в кулаки.

— Ну давай, — злобно прошептала Молли. — Рискни! Ударь меня, если хочешь вылететь из школы.

Что бы там ни решила Соня, Молли была гораздо сильнее. Она схватила соперницу за руки и держала, не отпуская. Внезапно она рывком отпустила их, и та упала. А Молли, повернувшись, пошла прочь с высоко поднятой головой. Круг расступился, пропуская ее, как крутого загорелого ковбоя из классических вестернов, раскидавшего напившихся завсегдатаев салуна в захудалом городишке. Да, никому не следует путаться у нее под ногами.

— Проваливай отсюда, бешеная корова! — крикнула ей вслед Соня, поднимаясь и отряхиваясь. — Тоже мне, принцесса! Строишь парней, собираешь их как трофеи!

— Подлая уродина! — ответила Молли, обернувшись и обведя Соню гневным взглядом.

Да, им было за кого сражаться! Джош великолепен, красив и умен. Мало того, он еще и настоящий джентльмен! Недавно на школьном балу он подарил танец каждой девочке, которая приглашала его. Правда, странно, что у него нет постоянной девушки.

22 мая 2016 года.

Сегодня на перемене ты обратила внимание, что Бьянка листает глянцевый журнал. И обалдела, увидев на развороте крупный заголовок: «Что нравится мужчинам», а ниже — про ноги и попу. И, конечно, про грудь. Она почувствовала твой взгляд и быстро закрыла журнал, показав тебе язык.

На уроке литературы важная тема: «Зачем мы изучаем мифы и «Одиссею»». Но вместо голоса учителя ты слышишь болтовню Молли и Бьянки — они сидят перед тобой:

— Я верну Джоша, чего бы мне это ни стоило.

— Молли, а как же Соня? И его откровения в дневнике?

— Соня? Она меня не колышет. Какая она мне соперница? Она не из тех девушек, которые могут серьезно интересовать Джоша. Он слишком себя уважает. А Соня? Ты представляешь, о чем будут беседовать Джош с Соней? Я — нет!

— Я об этом не подумала, — призналась Бьянка. — Но ведь Джош сам...

— А что Джош? Да, он немного чудаковатый. Но я поговорю с ним с глазу на глаз. И могу поспорить, очень скоро, может, даже сегодня он будет принадлежать мне! — Для большей убедительности она стукнула кулаком по столу, поймав на себе недоуменный взгляд учителя.

Большинство девчонок испытывают сомнения относительно успеха Молли в попытке вернуть Джоша. Но с интересом наблюдают за развитием событий. Сегодня Молли выглядит идеально, сразу видно, что вышла на охоту. Лезет из кожи вон, стараясь привлечь внимание парня. На ней короткая юбка, обнажающая точеные ноги, майка с ремнем, которая при каждом движении поднимается так, что видны кубики пресса на крепком загорелом животе...

О том, что произошло дальше, тебе рассказала рыжеволосая Сара, глаза и уши класса, для которой нет ничего важнее, чем сплетни. Вообще, стоит Саре найти благодарного слушателя, она уже не может затормозить. Придвинувшись вплотную, она начала выбалтывать тебе то, что слышала и видела, о чем недоговаривают и даже то, что не видела и не слышала, но придумала.

В коридоре школы стоит Джош. Все знают — он всячески избегает встречи с назойливой Молли. Разумеется, ей сообщили, что он там.

При виде Молли выражение лица парня медленно сменилось на высокомерное.

— Привет, Джош! — с милой улыбкой произнесла она. — Можно взять твои записи по математике?

Он окинул ее взглядом, значение которого можно было растолковать как: «Отвали от меня поскорее!»

— Ну прости меня, Джош. Каюсь, я не должна была читать твои записи... — Если честно, на Молли было жалко смотреть. Ее грудь вздымалась от тяжелого дыхания, губы были нервно искусаны, а колени слегка дрожали. — Может, встретимся как-нибудь? Ты ведь знаешь, я не могу без тебя...

— Не прокатило, — ответил Джош сухо через мгновение. Красавчик, сейчас он был самоуверен как никогда и ощущал себя полным хозяином положения. Со скучающим выражением лица он повернул голову к окну и, похоже, в эту секунду сосредоточенно рассматривал широкий стриженый газон в школьном дворе.

— Ты невыносим, Джош!

— Мне это уже говорили...

— Может, ты хотя бы снова зафрендишь меня в сети?

Он покачал головой, и Молли стала терять терпение. Было видно, как по ее лицу прошла легкая судорога.

— Мне кажется, чувак, я понимаю, почему ты не обращаешь на меня внимания. — Услышав эти слова, его брови едва заметно поднялись. — Ты гей!

Улыбка легла на его губы.

— Я не гей. Просто в твоей эгоистичной головке не укладывается тот факт, что ты действительно можешь кому-то не нравиться.

Молли от неожиданности с трудом сглотнула. Джош наклонился чуть ближе.

— Прости, ты правда не в моем вкусе, Молли, — медленно проговорил он.

И наклонился еще ближе, так, что между их лицами оставалась пара дюймов. Девушка задержала дыхание и закрыла глаза, представляя, как его губы касаются ее губ, подведенных любимым блеском со вкусом банана, но вместо этого услышала:

— Bye Felicia!

В этот момент Молли выглядела так, словно ее с головой окунули в ледяную воду. Она выбежала из школы, похоже, ненавидя этого парня... Его атлетическую фигуру, мелькавшую в толпе учеников, его бездонные синие глаза и волосы! Ненавидя его имя, постоянно упоминаемое восторженными учителями, толпу преданных фанаток, верной свитой сопровождавших его на каждом шагу. Ненавидя всех парней, пытающихся походить на своего кумира: кольца, как у Джоша, теперь носил каждый в школе, а модная мужская укладка с зачесанными назад волосами, собранными в пучок на затылке, обрела название «а-ля Джош» и стала популярной даже среди немногих преподавателей-мужчин.

Но больше всего Молли ненавидела собственные сны. Сплетничают, что в каждом ей являлся он, ее Джош...

Глава 3. Красавчик Джош

5 сентября 2016 года.

Уроки закончены, но ты на полтора часа задержалась в школьной библиотеке, двери в которую считала воротами в параллельный мир. Всегда обожала здешнюю особую атмосферу: любила побродить по лабиринту стеллажей с разноцветными томиками, где легкое дуновение волшебства давало тебе предвкушение чуда. Ты любила здесь бывать, прячась от жестокости реального мира и помогая хозяйке этого царства — библиотекарше миссис Браун. Она уникальная женщина. Потому что принимала всех изгоев с распростертыми объятиями и разговаривала с нами, как со взрослыми, достойными ее внимания, — многие так часто были этого лишены.

Сегодня ты разбиралась с тематическими картотеками. И с восторгом наблюдала за миссис Браун. Видела, как она умиротворенно проходит по книгохранилищу, нежно проводя ладонью по корешкам книг, и, наверное, думает: «Как же мне повезло с работой!»

Одна деталь, давно замеченная тобой, снова бросилась в глаза: библиотекарь водила по строкам указательным пальцем левой руки, той же рукой поправляла очки на переносице и делала записи в большом разлинованном блокноте.

Получается, она левша? Ты где-то вычитала: исследователи леворукости заявляли, что среди левшей чаще встречаются творчески одаренные личности.

На пару минут женщина исчезла из поля твоего зрения, зайдя за угол в своем кабинете. Там, за выступом, находился мини-холодильник, на котором всегда стояли поднос с электрочайником и элегантными чашками, коробки с чаем, кофе, сахар и синий китайский чайник с ситечком для заваривания чайных смесей.

Вернувшись, она произнесла:

— Угощайся, Оливия! — И перед тобой оказался большущий кусок душистой шарлотки с черникой и яблоками, посыпанный сахарной пудрой. — Тебе кофе или чаю?

— Спасибо, миссис Браун, но я не голодна.

— Никаких диет, детка! Отказываться нельзя. Я сама пекла. Ешь на здоровье! Ты ведь знаешь, что наш мозг питается сладким?

— О-о, как вкусно, миссис Браун!

— Так тебе кофе или чаю? — Ее добрые глаза заботливо смотрели на тебя поверх очков, которые съехали к самому кончику носа.

— Кофе, если можно.

— С молоком и сахаром?

Ты кивнула в знак согласия.

Через несколько минут на столике рядом с тобой дымился ароматный кофе в чашке на блюдце.

— Люблю красивую посуду. Особенно фарфор, — сообщила миссис Браун и отпила кофе из своей чашки. — Ты не смотри, что он такой легкий, он на удивление крепкий. Между прочим, я ведь не хожу в наш кафетерий. И знаешь почему? Придешь туда — а буфетчица выставляет перед тобой отвратительный кофе в пластиковом стаканчике. От него во рту такой жуткий привкус. Я никого не осуждаю, но как такое вообще возможно? Горячий напиток в пластиковом стаканчике! Грустно! Разве мы не цивилизованные люди? Или Штаты вернулись во времена Великой депрессии? В общем, я тогда долго ждала, что мне предложат хотя бы подставку: не хотелось оставлять на столе пятна от горячего кофе. Не дождалась...

Удерживая хрупкую чашечку обеими руками (крепко, чтобы не выронить, и в то же время нежно, чтобы не раздавить), ты мелкими глотками пьешь бодрящий напиток, наслаждаясь его ароматом. Сегодня ты узнала, что миссис Браун не только заведует школьной библиотекой, но и варит необыкновенно вкусный кофе, который подает с шарлоткой, выпеченной по особому рецепту.

Библиотекарша вернулась к своим делам: то шелестела страницами, то ее сосредоточенный взгляд скользил от тетради с записями к тарелке с шарлоткой и обратно, и ты заметила, что она приступила уже к третьему куску. Ты попыталась сдержать улыбку, но у тебя ничего не получилось. Хорошо, что миссис Браун не заметила...

Женщина подняла голову, окинула взглядом стеллажи с книгами, посмотрела на тебя и одарила улыбкой, а затем, сняв очки, устало потерла переносицу и сказала:

— Знаешь, Оливия, мне повезло в жизни: с детства мечтала рыться в книгах. В них мое утешение и мудрость! Мне было десять, когда скончалась бабушка, оставив в наследство свою библиотеку — более двух тысяч книг. С тех пор я и пристрастилась к чтению, помня, что человек создан из книг, которые читает. Смотрю на тебя — и вижу себя в этом возрасте. Ведь и у тебя не слишком много друзей в школе, не так ли? Их место в твоей жизни заняли книги. Ты — другая, Оливия, не такая, как большинство. — Она кивнула в сторону коридора. — Ты видишь мир иначе, подмечая хорошее и плохое, зная, что жизнь полна несправедливости, но при этом в ней много и добрых людей. И пусть болваны за пределами аквариума считают тебя странноватой. Не обращай на них внимания... Ой, пока не забыла, хочу тебе что-то зачитать. Послушай, это интересно... — Порывшись в ящике стола, она вытянула оттуда слегка помятый лист бумаги и стала выразительно декламировать: — «Нынешняя молодежь привыкла к роскоши, она отличается дурными манерами, презирает авторитеты, не уважает старших, дети спорят со взрослыми, изводят учителей». — Ты знаешь, что это? — спросила она.

Ты мотаешь головой. Не говорить же, что эти слова могли быть частью доклада директора школы, с которым он выступал перед попечительским советом.

— Как ни странно, Оливия, так писал Сократ в V веке до нашей эры. А проблем с того времени не только не убавилось, их стало больше. И разрыв между родителями и детьми увеличивается с каждым годом. Я это знаю на собственном опыте...

Выйдя за порог школы, ты остановилась на верху лестницы. Небо над парком было затянуто грозовыми тучами. Неужели хлынет ливень? Надо поторопиться...

На середине лестницы ты встретила шизанутую Джессику в нелепой лиловой майке. Как же она округлилась за лето, стала пышногрудой, так что теперь сойдет за восемнадцатилетнюю. Она перекрасилась в жгучую брюнетку, расставшись со своей роскошной гривой, подстриглась под панка, выбрив виски и оставив на макушке гребень волос. И в тон покрыла ногти черным лаком. Интересно, влияет ли новая внешность Джессики на ее личность? А может, личность определяет, как она выглядит? Зачем ей этот боевой раскрас? Чтобы показать свою жесткость? Или чтобы махнуть рукой на учебу: прогуливать уроки, постоянно конфликтовать с учителями? Какие бы наказания ей ни придумывала школьная администрация, вплоть до временного отстранения от учебы, ее это не волновало.

Джессика стояла, прислонившись к перилам и сняв туфли, отчего каждый мог видеть ее идеальный педикюр и кольца на пальцах ног. Какое-то время она испытывала к тебе полное безразличие, но с недавних пор не выносит тебя. Она недовольно наморщила губы, будто ты ей задолжала десять баксов. Выражение ее лица еще долго будет стоять у тебя перед глазами.

Дело в том, что за летние каникулы ты сильно изменилась. Еще в начале весны у тебя было десять лишних фунтов веса, ты страдала из-за нулевого рейтинга среди парней и с твоего лица не исчезали прыщи. Когда тебе пятнадцать и одноклассницы наперебой хвастаются своими друзьями — это не просто обидно. Это жутко обидно! Ты видишь, как они ходят в обнимку, небрежно засунув руки в задние карманы джинсов друг друга, как целуются при всех, хихикая и томно закатывая глаза, а потом ведут тупые разговоры, от которых тошнит! Казалось, ты обречена быть вечным зрителем в этом чужом театре. Каждый день ты сожалела, как несправедливо устроен мир. Парни, как последние идиоты, носились за дурами, в головах которых слышался звон, а тебя в упор не замечали. А те, кто случайно замечал, не видели в тебе девушку — обращались, как с существом непонятного рода. А ведь тебе хотеть нравиться другим — совершенно естественное желание, разве не так?

Кроме того, в твоей жизни по-прежнему оставался клуб «12 сестер»: этот небольшой, но тесно спаянный клуб посвященных, большая часть которых ненавидела друг друга до зубовного скрежета, но вынуждена была терпеть, оберегая общие третьесортные тайны. Хорошо, что сестры позволили тебе больше не таскать с собой тяжеленный кирпич. Но все остальное оставалось прежним, и тебе до чертиков надоели их задания: «Оливия, сгоняй туда! Сфоткай нас вдвоем. Передай моему парню это». Ведь ты не представляла для них опасности: на тебя их бойфренды никогда не западут. Никто из них ни разу не вспомнил, что ты человек, что тебе тоже хочется нравиться. Ты, конечно, не красивее их, но точно не глупее.

Но теперь, к счастью, все это позади. У тебя все хорошо. Правда. Ты стала другим человеком, и твоя жизнь разделилась на «до» и «после», на прошлое и будущее. Ты уже не та блеклая девчонка, неловкая и сутулая, с прямыми волосами. Если раньше изгибы твоего тела, как назло, выпирали наружу не там, где надо, то теперь твоя фигура приобрела привлекательность. Все потому, что ты сидела на строгой диете и привыкла игнорировать голодное урчание в животе, не притрагиваясь к еде в перерывах между приемами пищи, и совсем не ела сладкого. Не удивительно, что твой желудок уменьшился в несколько раз.

Твое лицо очистилось от прыщей и стало гладким: его черты теперь не детски миловидные, а соблазнительно-изящные. Брекеты, которые ты носила долгие месяцы, были сняты, обнажив ровный ряд белых зубов. Очки, выглядевшие, как иллюминаторы «Боинга 777», были выброшены, их заменили линзы. Все лето ты неустанно крутила педали велосипеда, научившись сохранять равновесие и увеличивать обороты, и нарезала круги в плавательном бассейне, с радостью ощущая работу мышц, очнувшихся от многолетней спячки под слоями жира.

Следуя советам из популярной книги «Как быть красивой», ты стала носить бижутерию и пользоваться легкой косметикой. Ты в корне сменила имидж.

Похоже, перемены никого не оставили равнодушным, и очень скоро ты заметила, что твоя новая одежда — модные юбки в сочетании с облегающими кофтами — действует на парней магнетическим образом, зато на большинство девчонок — раздражающе. Они смотрят с нескрываемой завистью, а ты переводишь их эмоции в слова: «Ух, ты! Классный прикид!», «Похудела, похорошела. Интересно, как это у нее получилось?».

Вот тебе и урок, Оливия. За красоту надо расплачиваться, как и за то, кто мы и что из себя представляем. Мы получаем от общества одно из трех: знаки благосклонности, равнодушия или откровенной неприязни. Что ж, придется и это пережить. У тебя ведь всегда была мечта, чтобы настало время, когда ты будешь нравиться окружающим, станешь популярной и супермодной, чтобы на тебя обращали внимание? Да, тебе хотелось быть душой компании, ходить на свидания, и чтобы хотя бы один парень считал тебя самой сногсшибательной девушкой во всем Нью-Йорке. Эти сокровенные желания погружали тебя в воображаемый мир, и ты терялась в нем. Ты так надеялась, что когда-нибудь, в один прекрасный день, они все-таки осуществятся. Но иногда ты относилась к ним с недоверием, убеждая себя, что мечты — это средство сбежать от реальности. Теперь ты поняла, что на самом деле мечты позволяют приблизиться к действительности. Ведь желаниям свойственно исполняться! Не прячь своих желаний. Люби свои мечты. И верь в себя!

Тебе по-прежнему симпатичен Джош Паркер... Как же он стал похож на молодого Брэда Питта, когда тот был влюблен в Гвинет Пэлтроу: они словно братья-близнецы! Правда, если не обращать внимание на его глаза. В остальном — полное сходство: такое же чувственное лицо, сильные плечи и крепкие руки. Как представишь, что он обнимает тебя, а ты кладешь голову ему на плечо, весь мир становится вдруг таким крохотным, а проблемы такими незначительными, что хочется оставаться в этих объятиях всю жизнь...

Короче, теперь ты совсем другой человек. Походкой манекенщицы проходя по школьным коридорам, ты видишь, *как* на тебя пялятся. Как на симпатичную девушку. Но самая большая перемена в том, как смотришь на людей ТЫ. Ты больше не боишься их. И впервые в жизни чувствуешь себя спокойной в стенах школы.

Джессика, которая стоит на ступенях лестницы, и ей подобные теперь бессильны перед твоей красотой, и все, что они могут делать, это вымещать свою злобу в шуточках типа «ого, детка, туфли у тебя отпад!» и мелких пакостях. Но ты понемногу учишься с этим жить, пропуская колкости мимо ушей и одаривая обидчиц равнодушным взглядом.

В тот момент, когда, сбегая по лестнице, поравнялась с Джессикой, ты оступилась. Ты тщетно пыталась ухватиться за поручни. Набитый книгами рюкзак раскачивался в руке, таща тебя за собой. Не в силах удержаться, ты потеряла равновесие и, взмахнув, как птица, руками, пролетела несколько ступеней. Время замерло на миг. До земли — всего ничего, но в голове пронеслись тысячи мыслей, главной из которых была — «сейчас будет больно, очень больно»...

Ты тяжело упала на бок у основания лестницы. Острая боль заставила стиснуть зубы, а на глаза навернулись слезы и потекли по вискам к ушам.

Черт, ты все-таки упала!

Хорошо, не ударилась головой, зато хорошо приложилась коленом, и завтра на нем будет синяк.

— Что с тобой, Оливия? — услышала ты мужской голос.

Ты повернула голову.

Боже, это Джош Паркер!

Кажется, он впервые назвал тебя по имени... впервые заметил...

Ты неторопливо, дюйм за дюймом, рассматривала его, скользя взглядом снизу вверх, ты видела его новые кроссовки, модные джинсы, рубашку, поверх которой была надета байкерская куртка с пряжками и ремнями, на голове — бандану и солнцезащитные очки. А потом ваши глаза встретились. Ты ощутила, как быстро бьется твой пульс.

— Ты цела? Может, не стоит носить каблуки, если не умеешь? — шутливо спросил он, изогнув бровь.

— Я в порядке, Джош, — произнесла ты с благодарной улыбкой и облизнула губы, внезапно ощутив их сухость.

И вдруг с удивлением заметила, что он смотрит на тебя другими глазами. Еще бы! Все, кто мог видеть тебя со стороны, подтвердили бы, что в этот момент ты была особенно очаровательна: на щеках легкий румянец, в глазах сверкают слезы, а плотно сжатые губы выдают неуверенность.

Его синие глаза смотрели на тебя очень внимательно. В них — интерес! Его взгляд не безразличный, как всегда, а странный, можно сказать, изучающий, точно он тебя видел впервые.

О чем он думал в эту минуту?

— Наверное, больно, — сказал он, снимая черные очки и указывая на твое колено.

Ты только сейчас увидела, что на колене свежая ссадина — розовато-красная и болезненная.

— Нацепила каблучки и корчит из себя... — послышался сверху голос Джессики. — Под ноги смотреть надо, когда ходишь!

Ты уверена, что это она устроила тебе подножку. Ну и черт с ней, с Джессикой! Главное, что все обошлось. Только вот синяк — наверняка будет лиловым, такого же цвета, что и майка этой дурынды.

— Если бы я не стал свидетелем твоего полета с лестницы, то решил бы, что ты полдня провела на дереве в Центральном парке, уснула там и грохнулась вниз!

Вы оба прыснули от смеха.

— Рану хорошо бы промыть в проточной воде, — продолжил он уже серьезно. — Смотри, проступает фиолетовая синева.

Ты сидела на полу — ты была еще слишком слаба, чтобы подняться, поэтому перекатилась на другой бок, собираясь с силами, — и замотала головой. У тебя в рюкзаке были влажные салфетки. Ты достала их.

— Позволь мне.

Он взял салфетку, развернул ее и прижал к припухлости на колене. В этот момент ты залюбовалась его длинными, загорелыми руками. Темноволосая голова наклонилась, прядь из-под банданы задела тебе щеку, когда он сосредоточенно обрабатывал ссадину. От его фигуры волнами исходили энергия и сила. Он был так близко, что наверняка мог услышать, как сильно стучит у тебя сердце, почувствовать твое частое дыхание и увидеть, как ты покраснела.

— Жаль, что я опоздал на пару минут, — произносит он. — Твое колено не пострадало бы, появись я тут раньше.

— Спасибо... — промямлила ты и заправила волосы за ухо.

Он помог тебе встать, но ноги тебя не слушались: ты неловко покачнулась.

— Тише, тише! — его голос прозвучал у твоего уха, и крепкая, теплая рука сомкнулась на твоем запястье. Тебя это взволновало: кожу обожгло, жар стал растекаться по телу, устремляясь в самую чувствительную точку где-то внутри тебя. Подобные ощущения ты никогда раньше не испытывала. Такие внезапные, ошеломляющие...

Наконец, справившись с волнением, ты выпрямилась и посмотрела ему в глаза.

— Большое спасибо, Джош. Думаю, этого достаточно... — Ты хотела отстраниться, потрясенная собственной реакцией на его прикосновения, но в то же время ждала их.

— Да, по-моему, все в порядке. — смущенно сказал он, комкая салфетку.

А ты неожиданно заметила, что на его щеках и подбородке пробивается щетина. Наверное, у него слишком много тестостерона.

— Ты можешь идти? Пойдем, я отвезу тебя... куда тебя отвезти?

Ты почувствовала, как тебя подняли над землей. Джош бережно понес тебя на руках. Его дыхание касалось твоего лба, и ты вдыхала его аромат — смесь чистоты, пряного мужского запаха и цитрусовых ноток какого-то дорогого средства, созданного, наверное, исключительно чтобы привлекать девушек. Боже, его парфюм стоил каждого потраченного на него доллара!

Ты увидела его спортивный красный байк.

— Познакомься — моя рабочая лошадка, — сказал Джош и с любовью похлопал по бензобаку. — Когда-нибудь куплю себе покруче, а пока катаюсь на этом. Он хоть и не новый, зато проедет где угодно.

— Симпатичный, — согласилась ты.

— Ты тоже ему нравишься! — пошутил он и протянул второй шлем. — Надевай! Безопасность прежде всего.

Ты ни разу в жизни не ездила на байке — тебя всегда страшила скорость! Удивительно, но сейчас ты как ни в чем не бывало перекинула ногу, сев на кожаное сиденье позади парня, одной рукой ухватившись за ручку для пассажира, другой — за Джоша.

Рев мотора, и на глазах всей школы вы понеслись вперед, виляя между рядами машин. «Быстрее! Еще быстрее!» Ой, ты едва успела подавить крик страха, а байк уже проскочил между «Кадиллаком» и грузовиком, а потом помчался по шоссе со скоростью, миль на двадцать превышающей дозволенную.

— Можешь не волноваться, — уверенно закричал Джош, слегка повернув голову, — я хорошо вожу, — и снова вдавил газ. Ты зажмурила глаза и постаралась проглотить комок, подкативший к горлу.

Потом ты привыкла к полету и смогла расслабиться, чтобы открыть глаза. Дождь прошел стороной. Нью Йорк, придавленный жарой, мчался навстречу, кренясь на поворотах, и ты начинала узнавать его. Фасад здания, мимо которого вы мчались, сверкал под лучами вечернего солнца. В домах зажигались огни, создавая на небе северное сияние огромного мегаполиса. Жизнь кипела: яркие витрины роскошных магазинов и рекламные щиты, стеклобетонные небоскребы с банками и ресторанами, фастфудами, деловыми офисами. И люди, всегда удивляющие тебя своим однообразием и в то же время непохожестью. Все куда-то неслись: лавины машин, мотороллеров, скутеров и мопедов сигналили и моргали фарами, из раскрытых окон «Кадиллаков» вырывался громыхающий хип-хоп, желтые такси подрезали друг друга в борьбе за клиентов.

Ты ухватилась за плечо Джоша, почувствовав, как напряглись мышцы под его кожаной курткой. От нее пахло чем-то мужским, запах бензина и жженой резины смешивался с ароматом его одеколона, сухой травы, дерева. Эти запахи дразнили твои ноздри и кружили голову, вызывая желание прижаться к нему крепче. Ужасно захотелось протянуть руку и погладить Джоша по щеке, очертить пальцем линию его губ. Прилив жара обжег тебя, и ты испугалась, что упадешь...

— Спасибо, что довез до дома в целости и сохранности...

— До завтра... — проговорил он растерянным голосом. — Надеюсь, ты больше не грохнешься, Оливия Уилсон!

Ты улыбнулась ему и зашагала к дверям, растворившись в глубине ярко освещенного подъезда. Закрыв за собой дверь, ты закружилась по дому на цыпочках. А потом, случайно выглянув из окна, заметила, что Джош все еще сидит на байке, впав в глубокую задумчивость и уставившись невидящим взглядом в туманную даль вечернего Гудзона. Должно быть, именно в таком состоянии он находился, когда писал в своем дневнике:

«Каждый раз, когда я встречаю привлекательную девушку, делаю вид, что не замечаю ее. Я убеждаю себя, что поступаю так из уважения, чтобы не побеспокоить ее. Но подозреваю, что дело в моей застенчивости... Может быть, я просто боюсь их?»

Согласись, Оливия, что Джош необыкновенный парень. В школе он вдохновляет класс во всем: и в учебе, и в спорте. Все мальчишки, да и большинство девчонок подражают ему, копируют походку и манеру щуриться, пытаются говорить и одеваться, как он.

Но все ли они любят его? Этого ты не знаешь. Наверное, нет: когда кто-то безупречен, ему, как правило, завидуют. И еще — по-настоящему Джоша почти никто не знает. В столовой он сидит в полном одиночестве или в компании одного-двух парней, таких же неразговорчивых, как он сам. А после школы он вечно где-то пропадает, видимо, ездит на своем байке в одиночку. И никто не надеется, что Джош станет проводить с ним свободное время, потому что, по правде сказать, никому бы такое и в голову не пришло. Конечно, не только влюбленные девушки, но и парни хотели бы, чтобы он приоткрыл для них завесу, за которой скрывается его личная жизнь...

Но ты не хочешь об этом думать, ведь тебе повезло — на тебя обратил внимание самый крутой парень школы! И этому ты обязана своим новым туфлям на каблуках. Ведь еще Золушка доказала, что правильная пара туфель способна изменить жизнь девушки кардинальным образом, ха-ха.

Ступив в холл просторной квартиры, ты можешь наконец расслабиться. Ты скидываешь лодочки и изящным движением ноги подталкиваешь их в сторону гардеробной — на большее уже нет сил. Одежду ты повесишь в шкаф. А потом примешь ванну! Обязательно ванну, а не душ.

Заполнив джакузи водой, ты вливаешь туда эфирное масло розы и взбиваешь пену. Погрузившись в нее, откидываешься назад и закрываешь глаза, чувствуя, как расслабляется тело, а розовый аромат умиротворяет душу. Ты где-то читала, что еще тысячу лет назад Авиценна назвал это масло мощным афродизиаком, дающим женщинам веру в собственные силы и очарование.

Твои мысли плавно потекли, унося тебя на борт прогулочного катера на Гудзоне. Ты уверена, что Джош сейчас там, в компании друзей...

Еще мгновенье, и ты уже перед входом в Речной вокзал.

— Оливия!

Ты резко оборачиваешься. Его лицо лишь в нескольких дюймах от тебя. Стоит поднять голову, чуть приподнявшись на цыпочках, и можно коснуться его губ. Ты чувствуешь слабость в ногах, мысли заволокла туманная дымка, а сердце колотится так, словно готово вырваться из груди.

— Оливия, взгляни на меня...

Ты послушно поднимаешь голову, встретив его дурманящий взгляд. Спустя миг сильные уверенные руки обвивают твою талию и притягивают к себе, и тебе кажется, ты растворяешься — превращаешься в облачко пара. Господи, оказывается, до этого момента ты вообще не знала, что такое настоящее счастье. Ты чувствуешь себя любимой, и в твоем сознании серебристой лентой струится только одна мысль: ты счастливая, счастливая, счастливая... Губы Джоша смыкаются на твоих... Его поцелуй со вкусом кленового сиропа красноречивее любых слов о том, что он по уши в тебя влюблен.

Он нежно склоняется над тобой, а ты прижимаешься губами к жилке, которая исступленно бьется на его шее, и шепчешь: «Джош, мой милый, милый Джош». В эту минуту ты любишь его больше, чем саму себя, ты можешь отдать за него жизнь.

Ты смутно понимаешь, что *это* должно было случиться.

И вот вы уже упиваетесь друг другом под прохладной атласной простыней на широкой кровати...

6 сентября 2016 года.

Ты просыпаешься задолго до звонка будильника. Черный покров ночи отступает, и за окном уже маячит рассвет. Багряная волна медленно заливает еще спящий мегаполис, а розовые лучи солнца отражаются в миллионах застекленных рам. Ты долго не можешь прийти в себя — слишком правдоподобным было твое видение. Ты дотрагиваешься до своих губ, вспоминая вчерашние ощущения. Завораживающие ощущения — они оказались всего лишь романтическими грезами.

Приподняв тонкую простыню, ты видишь огромный, уже пожелтевший синяк на колене. Ты не чувствовала никакой боли, пока не прикоснулась к нему.

Оливия, в школу ты сегодня не пойдешь.

12 мая 2017 года.

В этом году тебе стукнет шестнадцать, и ты можешь похвастать, что вполне успешно завершаешь семестр, а это не может не придавать тебе самоуверенности. В последние месяцы ты не отрывалась от учебников. У тебя не нашлось времени (и, если честно, желания) присоединиться к команде чирлидерш, хотя такой вид внеклассных занятий по-прежнему считается наиболее подходящим для девушек: законы о равноправии полов не просачиваются сквозь железный занавес школьных стен.

И еще — теперь ты вправе заявить, что у тебя есть парень. Да, это Джош Паркер.

Благодаря ему ты нашла в себе смелость разорвать все связи с сестрами, чтобы больше не исполнять их прихоти. Назад ты не вернешься! И они проглотили твой уход, ведь никто не хочет связываться с Джошем! Самое странное, они даже общаются с тобой, улыбаются тебе.

А вы с Джошем — лучшие друзья.

Вы классно проводите время, все время куда-то ходите — на выставки, в музеи, клубы, кино, а иногда просто гуляете по Нью-Йорку с попкорном и ледяной кока-колой в руках. Ты с интересом наблюдаешь, как Джош, сосредоточившись, посыпает солью воздушную кукурузу, затем трясет коробку и снова подсыпает соли. Так вкусно!

Недавно после долгой прогулки, почувствовав голод, вы решили заглянуть в «Каса дель Соль».

— Давай возьмем один тако с мясом и овощами и одну энчиладу с курицей и чили, — предложила ты. — Съедим до половины, а потом поменяемся тарелками.

— Ну уж нет, котенок, — отреагировал Джош и улыбнулся своей обезоруживающе очаровательной улыбкой. Ты заметила, что он стал называть тебя котенком. — Я хочу съесть тако целиком. И потом, я ведь знаю, стоит тебе начать, ты уже не остановишься...

Это правда.

После «Каса дель Соль» вы пошли в парк и гуляли там часа два или три: дышали чистым воздухом, ароматом весны и цветов, слушали шепот листвы, кормили белок и птиц. А потом Джош расстелил на траве свою куртку, вы уселись на нее и... говорили, говорили, говорили. Позднее ты не могла вспомнить о чем. Кажется, обо всем и ни о чем одновременно.

Ты не знаешь, из каких фраз, из каких взглядов родилась твоя любовь. Но точно знаешь, что влюбилась в Джоша именно тогда в парке, хотя в тот день он не спасал тебя и вообще не совершал ничего героического. Хотя постой-ка! Ты хорошо помнишь, как на ладонь Джоша села огромная бабочка с оранжево-черными крыльями: они трепетали, а узор на них напоминал два раскрытых глаза. Ты заметила, как Джош замер, чтобы не спугнуть ее. Тогда что-то в тебе перевернулось, и ты твердо решила: с этой минуты и до конца жизни вы будете вместе — ты и Джош Паркер, твой ангел-хранитель.

А потом, посмотрев на часы, ты подумала, что ваша сегодняшняя встреча подошла к концу. Пора домой. И почувствовала грусть.

Вам хорошо вместе.

Во время ланча он играет с тобой в кикбол, вы пинаете большой резиновый мяч и радуетесь, как дети. А после уроков он, набравшись терпения, учит тебя ездить на байке. И ревниво охраняет от смазливых парней, наверное, чтобы ты не потеряла голову.

Только однажды он, улыбаясь, наблюдал, как аккуратный мальчик-ботаник с тихим голосом и вечно удивленным взглядом сквозь толстые очки робко пригласил тебя на танец на школьном балу. И, опасаясь коснуться твоей талии, неуклюже передвигал своими длинными ногами, словно изображал танец маленьких лебедей. При этом он старался не дышать в твою сторону (а когда дышал, ты могла наблюдать его нервно подергивающийся кадык) и большую часть танца буравил взглядом собственные начищенные до блеска ботинки. Медленный танец с ним казался мучением — тебе с трудом удалось сдержаться и не рассмеяться: ты просто молча любовалась россыпью веснушек на его носу и щеках.

14 июля 2017 года.

У тебя появилась новая страсть — фотография. Было бы удивительно не полюбить фотографировать, когда в руках у тебя новый зеркальный фотоаппарат Canon — подарок отца за успехи в учебе. Первым делом ты освоила базовый курс: тебе хотелось не просто наводить камеру и щелкать затвором, а научиться правильно фотографировать. Хотя бы для себя самой.

После первых достижений появилось желание стать фотожурналистом и даже посвятить этому жизнь. Ура! Кажется, ты нашла свое истинное предназначение!

Поэтому день за днем ты стремишься усовершенствовать свои навыки и изучить новые виды фотосъемки, в том числе пейзажную, чтобы не просто показать ландшафт, а передать внутреннее состояние души.

Именно пейзажи, дающие отдых и радость творчества, принесли тебе первые победы. Ладони чесались от желания сделать несколько удачных снимков и отправить их на конкурс. Так ты получила несколько призов благодаря «художественному вкусу» и «врожденному чувству композиции» за снимки тихого и немного дикого Форт-Триона с его музеем Клойстерс и парка Риверсайд с его буйством красок, где ты несколько раз замечала одинокого старого ястреба, и тебе захотелось запечатлеть его потухшие глаза!

Странно, но Джош не разделяет твоей любви к фотографии, точнее сказать, она его не особенно занимает. Он больше увлечен театральной студией, где, как он выражается, у него «захватывает дух». Не случайно ему отдали роль Ромео.

А в конце учебного года в школе состоялся спектакль, где он потрясающе сыграл главного героя — не хуже самого Леонардо ди Каприо. А роль его возлюбленной Джульетты исполняла Молли.

Ты была на том нашумевшем представлении и помнишь сцену, поразившую тебя: в толчее бала, среди случайных фраз, которыми обменивались хозяева дома, гости и слуги, взгляды Ромео и Джульетты впервые встретились, и, подобно молнии, их поразила любовь, преображая мир. Для Джоша, то есть Ромео, с этого мгновенья не существовало прошлых привязанностей:

Любил ли я хоть раз до этих пор?
О нет, то были ложные богини.
Я истинной красы не знал отныне...

«Моя любовь без дна, а доброта — как ширь морская», — пылко отвечала ему Молли. И пускала на него слюни.

«Святая ночь, святая ночь... Так непомерно счастье...», — вторил ей Джош.

Это была всего лишь театральная постановка, и она не должна превращаться в повод для ревности, но... стоило видеть, какими влюбленными глазами Джош и Молли смотрели друг на друга, как будто и не расставались никогда! И как замерли на сцене, срывая овации публики. Дебют принес Джошу такой успех, что судьба его оказалась решена почти мгновенно: с этого момента он — настоящая звезда и все главные мужские роли в школьных спектаклях принадлежат ему. Теперь он репетирует Орфея. А партия Эвридики, естественно, досталась Молли.

А что касается твоего увлечения, то Джош всегда делает вид, что с интересом рассматривает твои снимки. Ты понимаешь, что он старается не обидеть тебя, и от этого тебе чуточку досадно, но ты не сердишься. Главное, он заботлив и чуток. Постоянно спрашивает, как прошел день и что ты будешь делать завтра. И главное, в любую минуту готов протянуть руку. Ваши отношения спокойные и ни к чему не обязывающие.

Вы... вы еще никогда по-настоящему не были вместе! И это тебя немного смущает.

Глава 4. Случайная встреча

25 марта 2018 года.

Ты попросила Джоша заехать за тобой в 5:30 утра и отвезти за мост Джорджа Вашингтона к Базальтовым столбам. На его наивные вопросы: «Зачем тащиться туда ни свет ни заря, Оливия? Прости, но разве твои столбы куда-нибудь собираются уползать?» — ты ответила, что профессионалы всегда снимают один объект с разных углов в самое лучшее время суток, то есть на рассвете и закате. Свет в эти часы мягкий и красочный, как раз то, что тебе нужно. Ты не знаешь, понял ли это Джош, но он пообещал быть вовремя, хотя и напомнил, что это место уже тысячу раз снимали до тебя. На что ты ответила, что тогда тебе придется найти способ сделать такой кадр, который будет отличаться от всех предыдущих... Со словами: «Понял, котенок. Буду! До скорого!» — он вскинул два пальца ко лбу, шутливо отсалютовав тебе, а ты послала в ответ благодарную улыбку.

Ты надеешься, что сумеешь снять предрассветные облака. А если повезет попасть под грозовой фронт или появится радуга, ты получишь уникальные снимки. Впрочем, на хорошие силуэты рассчитывать при этом не придется — лучше всего они получаются при безоблачном небе.

У тебя перехватило дыхание, когда увидела Базальтовые столбы. Окутанные густой зеленью на высоте сотни метров над уровнем Гудзона, они тянулись на тридцать километров по берегам реки и производили сильное впечатление на пассажиров проплывающих мимо кораблей.

Итак, Оливия, ты на месте. Отпусти Джоша и поскорей приступай к работе.

Дураки те, кто считает, что фотографировать — это элементарно просто, любой идиот может делать это! Надо лишь найти красивое место, сделать несколько кадров и вернуться домой с произведением искусства в камере. Глупости! Даже знание законов композиции и особенностей света не гарантирует хорошего пейзажного снимка...

Уже весна — твое любимое время года, это первое, что ты увидела, появившись на свет в апреле. Воздух сделался мягче, теперь в нем новые запахи. А земля мягкая, будто толстый ковер под ногами. Щебетали птицы. Лес щеголял пышной листвой. Красота и покой! Утро выдалось дымчатым, и Столбы пришлось снимать против света, чтобы туман подсветился лучами восходящего солнца.

Провозившись весь день, ты нащелкала не менее сотни неплохих кадров, так что жалеть о потерянном времени не придется. И теперь, в ожидании заката, присела на набережной реки. Вода текла, образуя забавные водовороты, время от времени мимо проплывала гнилая ветка или мусор, вроде пластиковых бутылок. Вокруг все было безмятежно, почти неподвижно, если не считать перелетающих с ветки на ветку птиц и тихого шепота природы. Ты размякла, почувствовав умиротворенность и спокойствие, которые были нарушены появлением незнакомца.

Он подошел к тебе, высоко держа голову. Его правая рука была небрежно засунута в карман облегающих брюк, а левая придерживала за воротник легкую куртку, закинутую за плечо. На фоне клетчатой рубашки пастельных тонов, обрисовывающей точеную фигуру, висел дорогой фотоаппарат.

Тряхнув головой, незнакомец приветливо улыбнулся и спросил:

— Любите природу?

В его глазах появилась искра, но почти сразу исчезла.

— Да, именно поэтому я здесь, — ответила ты, вставая. Разумеется, тебя с детства учили быть благоразумной и никогда не разговаривать с незнакомыми людьми, потому что они могли начать приставать и все такое. Но этот человек обладал невероятным магнетизмом и шармом. Даже не шармом, а красотой, какая встречается среди джентльменов. Именно по этой причине твоя бдительность испарилась.

Он спросил разрешения сесть и, получив его, разместился на траве так, чтобы можно было смотреть как на тебя, так и на Столбы. Теперь и ты могла рассмотреть его получше.

На вид ему нельзя было дать больше сорока, его гладкое лицо с аристократичными чертами не имело признаков возраста. Ему могло быть как тридцать четыре, так и сорок три: тонкие, красиво изогнутые брови, прямой нос, изящный рисунок пухлых губ с нежным пушком над ними и умные, выразительные глаза, излучавшие невероятное обаяние. Его черные волосы отливали на солнце синевой.

От мужчины исходил аромат дорогого парфюма. На его запястье ты заметила золотой плетеный браслет, на другом сверкали часы Rolex, а на шее висела цепочка с небольшим кулоном в виде сердца.

Вся его фигура носила отпечаток женственности: тебя смутили округлости, что виднелись на его груди и бедрах, — таких обычно не бывает у мужчин. А адамово яблоко, кажется, отсутствовало вовсе. Но в целом его облик можно было считать безукоризненным.

— Я, должно быть, потревожила ваши мысли.

Как? Он сказал «потревожила»? Тебя словно сразила молния. Так это женщина? Как же обманчива бывает наружность! Ты подняла глаза и уставилась на нее. Она заметила твое изумление, но не показала виду, если не считать легкой усмешки.

— Мне так неловко, — продолжала незнакомка. — Я заметила, что вы одна, и подумала, что у вас нет компании. — Она прищурилась. — Хотя, думаю, вы пришли сюда не за компанией, не так ли?

«Она что, следит за мной? — подумала ты. — Что ей нужно?» Но вслух сказала:

— Нет-нет, мэм. Все в порядке. Просто я не каждый день вижу перед собой такую красоту...

— Да-да, разумеется...

Она с легкостью забросила одну ногу на другую, повернулась к тебе всем корпусом и сказала, не отводя проницательного взгляда:

— Я Жаклин. — И протянула руку для знакомства так, будто век знала тебя. А ее рукопожатие было куда крепче, чем ты ожидала.

— Очень приятно. Я Оливия.

— Красивое имя — Оливия. Только вот выглядите вы такой задумчивой. Наверное, переживаете, что расстались с бойфрендом? — Она провела рукой по волосам.

— Нет-нет, что вы? — поторопилась ответить ты, но она перебила:

— И что же тогда привело вас сюда?

— Мечта.

— Мечта... — задумчиво повторила она, бросив взгляд вдаль. — Мечта ведет нас по неизведанному пути, а он, к сожалению, не всегда оказывается верным... Хм... Вижу, вы любите фотографировать? — Она наклонилась ближе.

— Только пробую делать первые шаги... пытаюсь...

— Пытаетесь... — Она произнесла это слово с удовольствием, словно пробовала на вкус изысканное блюдо. — Ну что ж, это замечательно. Все мы в душе творцы, создатели собственной жизни: у одних это получается лучше, у других хуже. Но знаете, в чем главная загвоздка? Большинство из нас создает низкосортное искусство лишь по той причине, что не умеет правильно выбрать освещение, тень и краски. Мир кишит профанами и дилетантами. Но фотография несовместима с любительством, это такая же точная наука, как и математика. Вы согласны?

Она посмотрела на тебя, чтобы убедиться, что ее слова не пропали даром, и пару раз многозначительно кивнула. Затем молча полезла в карман и вытащила пачку тонких сигарет, предложив сначала тебе. Ты вежливо отказалась, поблагодарив, а она, пожав плечами, что могло означать «как вам будет угодно», не спеша закурила, распространяя вокруг аромат дорогого табака, и замолкла. Ее молчание казалось странным, и ты подумала, что эта женщина, должно быть, хранит тайну, которую хотела бы рассказать, но не может.

Солнце наполовину скрылось, а ветер с Гудзона стал заметно свежее. Похоже, надвигалась непогода. Почему до сих пор не видно Джоша? Ты вздрогнула, когда порыв холодного ветра обнял тебя за плечи.

— Вы продрогли, Оливия! — неожиданно произнесла женщина и вытащила серебряную фляжку. — Вот, берите! Глоток калифорнийского бренди поможет согреться.

Увидев, что ты отказалась, она сделала большой глоток, сморщившись, когда бренди обожгло ей горло. И накинула тебе на плечи свою куртку.

Последний солнечный луч осветил фиолетовое облако и исчез. Теперь во взгляде Жаклин ты видела ту искру, непостижимую и загадочную, которая не собиралась гаснуть.

— Послушай, Оливия. У меня своя фотостудия в Верхнем Ист-Сайде. Приходи завтра, поговорим. Захвати с собой снимки. — Незаметно перейдя на «ты», она вынула из мужского кожаного бумажника визитную карточку и протянула тебе. — Вот, держи. Только не смей говорить, что у тебя другие планы! — продолжала она, твердо взяв тебя за руку и показав взглядом, что не примет отказа.

Видимо, ты была напряжена от волнения, потому что она сказала:

— Когда-то очень давно у меня тоже было такое милое, но настороженное личико, будто от предчувствия, что жизнь собирается меня надуть.

Ты захлопала ресницами, но все же ответила, что будешь рада принять ее приглашение.

— Спасибо, Жаклин! Если можно, я подойду к трем часам, после занятий.

Она продолжала улыбаться и держать твою руку, затем резким движением притянула тебя к себе и прошептала:

— Ну, мне пора. Кстати, могла бы подвезти, я на машине.

— Нет-нет, спасибо, — произнесла ты, демонстрируя благодарность. — Я жду друга. Он вот-вот должен появиться.

— Ну что ж, тогда до скорой встречи! — Она неожиданно коснулась губами твоей щеки, оставив на ней аромат одеколона. — Надеюсь, мы увидимся...

Ты отпрянула от нее, услышав спасительное рычание байка.

Ну вот и Джош...

26 марта 2018 года.

Утром за завтраком ты вспомнила про очаровательную незнакомку и полезла в рюкзак. Где же ее визитная карточка? Вот она! Взглянув, ты чуть не подавилась горячим кофе. Надпись на карточке гласила: «Фотостудия Жаклин Лурье». Ниже шли адрес, телефон, электронная почта.

Не может быть! Неужели это та самая Жаклин Лурье, одна из самых признанных и востребованных американских фотографов, чьи работы публикуются в ведущих изданиях, а выставки собирают толпы? И не странно ли, что та встреча у Столбов была случайной? Тебе всегда казалось, что встреча с мечтой должна быть романтичной, но не случайной. А почему нет? Говорят же, что самые важные встречи происходят неожиданным образом и мы не готовы к ним. А то, к чему мы готовимся, часто ничего не стоит.

И все-таки, может, никуда не ходить? Лучше ничего ни от кого не ждать, и никогда не будешь разочарована.

А как же твое обещание, Оливия? К тому же эта встреча нужна тебе, а не ей! Раз ты решила посвятить жизнь фотографии, на тебя обратят внимание, если за тобой будет стоять Жаклин Лурье...

Следующие четыре урока мало чем отличались от первого. Ты уже не можешь дождаться их окончания, а они, как назло, длятся вечность. Возможно ли, чтобы школьные часы были устроены так, что оставшиеся десять минут последнего урока тянутся битый час?

Ты как на иголках. Неужели это и есть та самая судьбоносная встреча, которая приведет тебя в волшебный мир искусства, к популярности, а может быть, и к славе? И с этого дня начнется новая жизнь: твои работы будут пользоваться бешеным успехом. О тебе напишут журналы, будут говорить критики. Твой талант станет достоянием Нью-Йорка, свежим глотком воздуха для искушенной публики...

Ты видишь перед собой школьного учителя, но не слышишь его голоса. Он, конечно, славный малый, но сейчас его лицо напоминает тебе тыкву, которую забыли выбросить после Хэллоуина, и она дожила до весны. Ты не замечаешь одноклассников. Твои затуманенные глаза широко распахнуты, губы сжаты, лицо бледное. Руки покоятся на коленях, а пальцы сплетены в крепкий замок. Что с тобой происходит, черт возьми? Ты за всю свою жизнь так не волновалась!

А что, если Жаклин не понравятся твои работы? Если она, увидев их, назовет тебя бездарностью? Хотя... делай, что считаешь нужным, и будь что будет...

Ты снова пялишься на визитку, как на билет в новую жизнь, и несколько минут пытаешься поймать прыгающие перед глазами буквы: «Фотостудия Жаклин Лурье».

От школы до Верхнего Ист-Сайда ты добралась за двадцать минут. До 15:00 оставалась четверть часа. Ну, вот и она — прославленная студия с неброской вывеской...

Когда ты, сделав глубокий вдох и задержав дыхание, чтобы успокоить биение сердца, переступила порог, то увидела *ее*. Что-то похожее на облегчение охватило тебя. Жаклин, стоя к тебе спиной в другом конце зала, беседовала с кем-то. Молодой мужчина непримечательной внешности держал в руках полотно. Они что-то взволнованно обсуждали, или, скорее, о чем-то спорили.

— А это еще что? — говорила Жаклин. — Полное вырождение художественных форм! Нет, я отказываюсь что-то понимать, а уж тем более давать положительную рецензию.

— Я прошу вас, Жаклин...

— Если вы так настаиваете, я сумею выкроить несколько минут из своего забитого графика для написания сочувственной оценки. Вас это устроит?

— Но ведь это современное искусство, — доказывал он, разводя руками. — Тут не обязательно что-то понимать...

— Что вы сказали? Какое, к черту, современное искусство? Я еще не выжила из ума! Искусство должно вызывать эмоции. А здесь ничего не изображено — ровным счетом ничего! Идея не просматривается. Никчемная игра цветов и форм, воспевающая сам факт псевдохудожественного творения.

— Но ведь художник что-то хотел этим сказать?

— Если бы художник хотел что-то сказать, он мог бы и сказать!

— Мистер Макензи считает автора этой работы гениальным. Почти. Он сказал «почти гениальным».

— Ну да. Разумеется! Нужно быть действительно гениальным, чтобы заставить людей выкладывать за свою мазню астрономические суммы! Короче, если мистер Макензи считает эту пачкотню искусством, то пусть и вешает ее в своей галерее, рядом с фотографией серого унитаза. Я туда ни ногой! Так и передайте ему, чтобы не указывал мое имя на афише — вам не удастся заполучить Лурье на презентацию!

Кажется, Жаклин заметила тебя, но не подала виду, лишь бросила взгляд на наручные часы:

— А сейчас прошу меня извинить, молодой человек, я должна поздороваться кое с кем.

Она повернулась к тебе, помахала рукой и очаровательно улыбнулась, слегка приподняв брови. На нее было приятно смотреть, она, вероятно, была одной из немногих знакомых тебе женщин, кто с элегантностью носил любую одежду — сегодня это был деловой наряд. И ее яркая индивидуальность бросалась в глаза гораздо сильнее, чем строгий, идеально скроенный костюм.

— Прости, Оливия, — сказала она. — Ты, вероятно, все слышала. Порой забываю, что нужно быть вежливой. Никогда не знаешь, кто попадет в число двенадцати присяжных, не так ли? — Она сдержанно засмеялась над своей шуткой и взяла тебя под руку. — Перед тем как мы приступим к делу, я считаю нужным провести небольшую экскурсию по моим владениям.

Студия Жаклин оказалась довольно большой, имела несколько залов и была разделена на интерьерные зоны. Мягкий уличный свет падал через большие окна. Жаклин объяснила, что это позволяет фотографу воплотить практически любой замысел. Вот, например, зона для съемки еды, включающая кухонный реквизит, разнообразную посуду, антиквариат, скатерти и досочки. Здесь с помощью фотографии можно передать аромат свежесваренного кофе или сладость тающего на губах мороженого. В другой части тебя удивила необычная мебель различных цветов и форм, в интерьере преобладали кубические формы, над которыми возвышалась решетчатая конструкция. Похоже, эта зона предназначалась для стильной семейной фотосессии.

Жаклин была восхитительна в работе — прирожденный лидер и высококлассный профессионал. На нее работает целая команда: продюсеры, маркетологи, контент-менеджеры, стилисты. Здесь делают макияж для фотосессии, авторскую ретушь, кадрирование, цветокоррекцию и другую предпечатную обработку. По желанию клиент может арендовать нужную зону за две тысячи баксов в день. Дополнительная аренда реквизита будет стоить ему еще пятьсот баксов, не считая расходов за взятые здесь же напрокат платья разнообразных стилей и фасонов или костюмы, в том числе тематические, для любой фотосъемки, будь то фотосессия беременной, будуарная фотосессия или же просто стильные снимки.

Тебе всегда интересно смотреть, как работают другие фотографы, в особенности те, к работам которых ты относишься с большим уважением и которые вдохновляют тебя. Несомненно, Жаклин возглавляет этот небольшой список мастеров. Ведь у нее невероятный талант!

— Прости, Ливи. Дел невпроворот. Так на чем мы остановились? — спросила она, вернувшись в свой светлый и уютный овальный кабинет, в который сквозь желтые шторы проникал солнечный свет. — Кстати, ты не против, если я буду называть тебя Ливи?

— Нет, конечно, я не против, Жаклин. Вы начали рассматривать мои снимки, — ответила ты.

Откинувшись на высокую спинку кресла, хозяйка студии медленно смаковала мартини и с неподдельным интересом рассматривала отснятые тобой пейзажи.

— Они действительно все твои, Ливи? — не без удивления переспросила она, и взгляд ее загорелся. — Никогда бы не подумала... Они просто великолепны. Нет... Знаешь, правда. Отличная работа! Твоя техника, твой стиль, игра цветом и сочетание тонов — это божественно. У тебя, детка, врожденный талант, ты обладаешь художественным вкусом и видением окружающего мира.

В ее голосе ты слышишь умиление и смущенно улыбаешься.

— Однако, как считается в нашей гильдии, работа фотографа — это наполовину практика, а наполовину постоянное изучение чего-то нового. Тебе недостает знаний технических аспектов и общей теории, без чего ты навсегда останешься лишь любителем. Но если в тебе горят амбиции и желание стать профессионалом... — Она замолчала, словно размышляя о чем-то, а потом неожиданно заявила: — Послушай, Ливи, а что, если я предложу тебе помощь? Потому что это сложная и упорная работа, с которой не каждый может справиться самостоятельно. Понимаешь, я давно мечтаю найти ученицу, которая видит мир не глазами, а душой. И если это действительно твои снимки, тогда ты именно та, кого я искала. Ну, что скажешь?

Ты смотришь на Жаклин и не знаешь, что ответить. Твой язык прилип к гортани, а лицо запылало краской.

— Ну что ты, детка... — заботливо произнесла она, заметив твое волнение. — Я предлагаю тебе будущее. Считай, что я добрая волшебница, исполняющая твою заветную мечту. Так ты согласна?

— Да, — только и смогла выговорить ты. Тебе захотелось броситься ей на шею и расцеловать, но что-то тебя удерживало...

6 мая 2018 года.

Когда дело касается творчества, Жаклин взыскательна и педантична, не придирается к мелким ошибкам, но и не допускает поблажек:

— Не пытайся засунуть в кадр все, что есть! Он не резиновый! Вот, смотри, на этом снимке панорамный вид настолько масштабный, что уместить в один кадр его невозможно — разве что использовать широкоугольный объектив. Но тогда вся картинка будет уменьшена в размерах, как и величие всего пейзажа. Поняла?

— Да, Жаклин. Но что же в таком случае...

— В таком случае гораздо эффективнее использовать другой прием: сконцентрировать композицию вокруг одной из ключевых точек ландшафта, — медленно проговаривала она менторским тоном, глядя тебе в глаза, словно пыталась убедиться, что ее понимают. — Тогда зрители, с одной стороны, узнают местность и вид, а с другой — посмотрят на них под новым углом. Кстати, ты знаешь, почему так много фото изумительных памятников архитектуры выглядят одинаково, будто размножены копировальной техникой?

— Почему?

— Да потому, что снимают их с одних и тех же точек. Легко получить неплохой снимок с какой-нибудь популярной смотровой площадки. Беда в том, что с нее практически невозможно сделать уникальное изображение. Пробуй найти новый ракурс, детка! Поброди, чтобы найти интересную позицию. Я в твои годы ради удачного снимка была готова лезть к черту на рога: проникала на закрытую территорию, рисковала головой, но тебе, разумеется, не советую подставляться под пули...

Ты, широко раскрыв глаза, слушаешь ее советы, но внезапно ловишь себя на том, что любуешься ею, тем, как она сидит, медленно глотая мартини, как произносит слова, как жестикулирует.

— Стремись найти вдохновение, Ливи, чтобы фотографии были, как живопись, — продолжает Жаклин. — И используй окружение, пусть оно работает на тебя! Каждый дурак может сделать кадр горного хребта. Но как насчет того же хребта, снятого через ветви деревьев на переднем плане или со стороны реки, огибающей возвышенность? Любой пейзаж можно сфотографировать с разных точек, и наиболее очевидная — далеко не всегда самая лучшая. Побудь немного исследователем — поищи интересные передние планы, добавь индивидуальности изображению, прояви немного фантазии и — вуаля! — ты создала нечто поистине уникальное...

12 августа 2018 года.

С самого начала знакомства с Жаклин вы с ней практически не разлучались, разве что на короткое время. И так продолжалось все следующие полгода. Вы виделись почти каждый день, ты после уроков сломя голову бежала в студию, в которой проводила больше времени, чем в школе или дома. Ты либо болталась без дела, пока не освободится Жаклин, либо молча наблюдала за ее работой.

Ты узнала, что Жаклин достигает совершенства во всем, за что берется. И в этом ей помогает бурный темперамент. Обмануть или ввести ее в заблуждение нелегко: ее чутье никогда еще не подводило ее. Ты видела, как, с легкостью распознав подвох или фальшь, она сыпала искрами.

— Столько бездарности вокруг, детка, — устало жаловалась она после общения с очередной «серостью», вообразившей о себе невесть что и явившейся к ней в поисках славы, признания своих талантов или как минимум чтобы получить пару бесплатных советов и потом разнести по всему Нью-Йорку, что сама Жаклин Лурье является крестной матерью его дарования.

— Ежедневно встречаю разгильдяев! Послушай, Ливи, я бы поняла, если бы мы жили в беднейшей стране мира, в Конго или Бурунди, если бы у них не было рук или ног, одежды, еды или жилья. Но ведь они живут в Штатах, и у них есть все необходимое, кое-кто даже имеет счета в банке. Но лень — мать всех пороков. Они валяют дурака круглые сутки, только и умеют, что пускать пыль в глаза. Мнят о себе бог знает что, а на деле ничего собой не представляют... — Она неодобрительно поцокала языком. — Боже, какой же утомительной может быть их пустая болтовня! Недавно, ты знаешь, я была приглашена на выставку работ одной заурядности в Бронксе. И эта шельма Эндрю... Кстати, ты знаешь Эндрю Фостера? Это один из известнейших в городе агентов, представляющих интересы фотографов. Так вот, он подкрался ко мне, наклонил свою плешивую голову и шепнул на ушко, чтобы я перед камерами подтвердила, что «на шедеврах его дебютанта лежит печать гения». Ну, это уже было сверх моих сил! За кого они меня принимают? Я начала терять самообладание. Единственное, что меня останавливало, — дюжина репортеров. Я представила, как в завтрашних газетах вместо описания выставки появится броский заголовок: «Жаклин Лурье дала пощечину Эндрю Фостеру». И ты знаешь, как он мне ответил? Он сказал, а точнее, спросил: «Ты, случайно, не знаешь, почему некоторых творческих людей так трудно уломать, чтобы они приняли разумные решения? Ведь искусство не может ждать вечно, пока Жаклин Лурье соблаговолит сказать доброе слово!» Циник! Последний таксист Нью-Йорка знает, что меня невозможно уломать ни силой, ни деньгами, ни лаской...

Чем больше крепнет ваша дружба, тем свободней и откровенней она становится с тобой. Вот она входит в кабинет после очередной деловой встречи, отстегивает галстук, вешает на крючок пиджак, потом подходит к бару и готовит себе мартини.

— Угадай, Ливи, что общего между мной и Ричардом Никсоном?

Ты молчишь, недоуменно вытаращив глаза. Наверное, у тебя сейчас такой глупый вид, словно тебе задали вопрос с подвохом, типа: сколько времени потребуется, чтобы передвинуть гору Фудзи?

— Президент Никсон, как и я, детка, был без ума от мартини. Смешивал его в строгом соотношении семь к одному, то есть семь долей джина и одна доля сухого вермута. И выпивал его за три больших глотка. Впрочем, насколько я помню, те ребята хлестали ром и бренди. А мне больше по вкусу смаковать его, когда губы и язык дубеют ото льда...

От ее мартини пахнет деревом, травами, малиной и цитрусами. Жаклин прикуривает тонкую сигарету, пуская над головой кольца ароматного дыма, и становится говорливой, а ты стараешься не упустить ни слова. Так ты узнала немного о ее жизни.

Родом она была из Коннектикута, но ее дед, Гюстав Лурье, после Второй мировой эмигрировал в Штаты из Франции. Родители часто возили ее с собой, и она призналась, что «нетрудно было стать фотографом, если с раннего детства видишь мир уже в готовой рамке, через окно автомобиля». Впервые она взяла камеру в руки в двенадцать лет, сразу влюбилась в фотографию и быстро поняла, что должна посвятить ей свою жизнь. «С тех пор, — говорит она, — я ревностно служу искусству и предана ему по-собачьи». Окончив Университет Пенсильвании по специальности «живопись и история искусств», она занялась фотожурналистикой, работала фотографом на съемочных площадках, побывала на съемках более тридцати фильмов, параллельно сотрудничая с разными периодическими изданиями, такими как Sports Illustrated, Time, Newsweek, Fortune, The New Yorker,

BusinessWeek, Life, Men's Journal. Журнал American Photo назвал ее «пожалуй, наиболее разносторонним фотожурналистом современности» и включил в список «Ста самых важных людей в фотографии».

10 февраля 2019 года.

В студии тебе становится странно созерцать энергичную деятельность Жаклин после того, как она несколько минут назад в своем кабинете сосредоточенно и бережно рассматривала и комментировала твои свежие снимки, щедро делясь секретами профессии, вы разговаривали по душам, а порой просто сплетничали по поводу предстоящей выставки. Ее дорогие костюмы с шелковыми галстуками, стильные туфли, ее бархатный голос, уверенная, но в то же время слегка мужская походка, а главное — харизма и сдержанная улыбка, которая адресована — ты в этом убеждена на все сто процентов! — именно тебе, делали тебя причастной ко всему, что окружало твоего кумира. Господи, ты хотела быть, как Жаклин, такой же яркой и независимой, купающейся в лучах славы!

Да, приятно сознавать, что ты знаешь о ней больше, чем те, кто работает с ней долгое время! Ты научилась предугадывать ее ответы на деловые вопросы, ее реакцию на новые снимки. Ты знаешь, в каком ящике шкафа она хранит свой любимый мартини, какими духами пользуется по будням, а какими — по выходным, что у нее будет сегодня на ланч. И ты с уверенностью можешь предвидеть, где она проведет не только ближайший, но и последующий уик-энд.

Жаклин — единственный человек, к которому тебя ревнует Джош. И чем больше ты с ней общаешься, тем отчетливее становится эта ревность. Как он мог подумать, глупый, что ты отдаешь ей свое предпочтение, махнув на него рукой? Ты стараешься уделять время и ему, даже если приходится обделять вниманием Жаклин. Хотя и знаешь, что когда после короткого отсутствия вновь придешь в студию, то за самым дружеским приемом последуют упреки, что ты так давно ее не навещала...

Глава 5. Ночь после бала

7 апреля 2019 года.

Еще совсем чуть-чуть — и школе конец!

Джош вбил себе в голову, что после окончания уедет из Нью-Йорка. Его с детства манит Лос-Анджелес, и он давно мечтает учиться актерскому мастерству в самом центре Голливуда, в престижной Американской академии драмы. Говорит, все хотят учиться там: солнце и серфинг, шикарный отдых, киноиндустрия и звезды мировой величины. Он воспринимает свой план как нечто, чего ждет от него весь мир — из-за его таланта и внешности...

«Нет, ты только представь, котенок, какую перспективу дает эта академия. Просто чумовую перспективу! Ведь там учились Кирк Дуглас, Роберт Редфорд, Грейс Келли, Дэнни Де Вито, Энн Хэтэуэй, Эдриен Броуди, Ким Кэттролл и многие другие! Поехали вместе, малыш! Здесь, в Нью-Йорке, у меня нет будущего...»

Ты замечаешь, что вид у него сегодня растерянный: на нем поношенные джинсы, серая футболка видала лучшие дни и могла бы показаться бесформенной, если бы под ней не скрывалась его мускулистая грудь. Его лицо, немного встревоженное, как всегда, невозможно красивое. И любимое... С синими глазами, которые всегда смеются, приглашая разделить радость или шутку. Но теперь они были серьезны. Он крепко сжал твою ладонь и заглянул в глаза, показывая, как важно ему твое понимание и поддержка, ожидая услышать от тебя единственное: «Ладно, Джош! Я согласна поехать с тобой!»

— Нет! — Ты с вызовом вздернула подбородок. — Прости, меня, Джош! Я не могу.

Тебя намертво привязал Нью-Йорк. И Жаклин, ставшая властительницей твоих дум, в чем ты можешь признаться только самой себе. Это она настоятельно рекомендует поступить в Школу фотографии Нью-Йоркской академии киноискусства, где под руководством преподавателей мирового уровня ты познаешь фотожурналистику.

Джош неумолим. Он уверен, что все знает.

— Ты ведь не хуже меня понимаешь, котенок, что останови на дороге любого жителя Нью-Йорка, он тебе скажет, что мечтает однажды перебраться в Эл-Эй.

— Да неужели? — выпалила ты, а в глазах промелькнула искра, словно ты дразнишь его. — Все это брехня, Джош!

— Никакая не брехня! Там нет вечной спешки, как здесь. Там счастливые люди проводят время на свежем воздухе на берегу океана, среди пальм и пляжей Санта-Моники. Они не работают на износ, как какие-нибудь загнанные нью-йоркские банкиры. И погода... ты знаешь, какая там сказочная погода, детка? Просто зашибись! Когда в Нью-Йорке удушающая жара, в Лос-Анджелесе — умеренно тепло. Когда в Нью-Йорке мороз, там умеренно тепло!

— Тебе не дает покоя Голливуд, мистер Джош Паркер, — произнесла ты, пытаясь взять себя в руки.

— Пойми, котенок, это не просто город, это стиль жизни, легенда. И мой единственный серьезный шанс попасть в киноиндустрию!

— Я и не подозревала, что ты принимаешь за чистую монету сказки про то, что Эл-Эй — это земной рай. Что там почти нет бедных. Что все парни там с кубиками на прессе и белоснежной улыбкой, носятся на спортивных тачках, роковые блондинки пьют обезжиренный кофе, и все без исключения едят лишь органическую еду. Подумай, насколько настоящий Лос-Анджелес может отличаться от нарисованной сценаристами картинки? И вообще... ты подумал о нас, Джош? Как же мы с тобой? Мне будет больно расстаться с тобой, ты ведь знаешь...

— Так я же предлагаю ехать вместе! — повторил он, нахмурившись. — Ты всегда сможешь вернуться, если тебе что-то не поправится...

— И пропустить поступление в Академию? — ты покачала головой.

— Скажи, что ты пошутила, — попросил он. — Я не хочу, чтобы мы допустили ошибку.

— Я все делаю правильно, — ответила ты, с горечью осознавая, что у тебя не получается убедить его не уезжать. Но ты пыталась, черт возьми! Что еще ты могла сделать?

— Я люблю тебя, малыш, — сказал он глухим голосом. Его глаза похолодели. — Люблю тебя, потому... потому что ты... другая. Но поверь, наша жизнь была бы плачевной, если бы мы следовали желаниям, забыв о главной цели. Прошу тебя, не мешай мне строить карьеру, не удерживай меня. И прости!

Вот она, жестокая реальность...

— О чем ты думаешь? — спросил он, прервав молчание.

— Ничего. Просто... задумалась.

— Ты еще останешься или?..

Останешься ли ты сидеть с ним на этой дурацкой скамейке в парке? Нет. Тебе нужно ехать к Жаклин. Зная упрямство Джоша, оставшись здесь еще на какое-то время, ты все равно ничего не добьешься. Он просто уставится в одну точку и застынет. Но почему-то ты уверена, что все наладится, что

Джош передумает в самый последний момент, потому что... да потому что вы с ним заключили соглашение. Но об этом чуть позже...

20 мая 2019 года.

Вот и он, один из самых волнительных, самых долгожданных для тебя дней! Сегодня выпускной бал в честь окончания школы. Подготовка к нему началась около двух месяцев назад: комитет придумал тему бала, дав ей название «Лунная ночь». Давно напечатаны приглашения, арендован ресторан, нанят диджей, продуманы все декорации и развешаны украшения: праздничные ленты, серпантин, бумажные гирлянды и сверкающая мишура.

Как обычно, парни приглашают девушек, девушки — парней.

Но самое главное, у тебя уже есть роскошное платье, купленное в модном бутике за несколько сотен баксов. Его надо было немного подогнать, и каждый день в течение недели тебе приходилось бегать на примерки. Оно восхитительное: прямое, без рукавов, с низким вырезом, из воздушного материала мерцающего бледно-голубого цвета.

У тебя сложная прическа. Накрашенные ресницы подчеркивают прохладный оттенок глаз. Профессиональный маникюр украшает тонкие пальцы... Ты поворачиваешься к высокому зеркалу и смотришь в глаза своему отражению. Во взгляде тебе чудится намек на что-то новое и незнакомое, чему ты пока не можешь дать названия...

— Сейчас половина седьмого, котенок. Когда за тобой заехать? — спросил по телефону Джош. — Через полчаса?

Ты почти готова, но знаешь, что полчаса тебе хватит только на то, чтобы почистить зубы.

— Через час, Джош, не раньше. Я даже не одета.

— Через час? — удивился он. — Тебе действительно нужен целый час, чтобы одеться?

— Именно так, Джош, — ответила ты со всей серьезностью. — Сегодня я начинаю жизнь с чистого листа.

— Хорошо, через час! — И вместо того чтобы рассердиться, он вдруг поинтересовался, не сойдет ли с ума при виде твоих прелестей. — Ладно, котенок. Я буду, как обычно, за углом твоего дома. До встречи!

Он умница, этот Джош! Сказал, что арендовал роскошный белый лимузин, занимающий едва не полквартала. Тебе вдруг стало смешно: случайно представила, что вы с Джошем, в черных шипастых куртках поверх бальных нарядов и с мотошлемами на головах, прибыли на бал на его тарахтящем байке. Забавное зрелище.

Когда ты выходила из подъезда дома, то, посмотрев вокруг, заметила, что на тебя обратили внимание несколько мужчин. Подметил это и Джош. Он бросил на пялившихся суровый взгляд и, когда ты подошла, неторопливо поцеловал в щеку.

— Извини, что опоздала, — сказала ты, когда вы уселись на заднее сиденье роскошного лимузина.

Он пожал плечами:

— Ожидание того стоило, Оливия. Выглядишь на миллион долларов! Только посмотри на себя. Прическа, макияж, платье с декольте.

— Как ты думаешь, оно не слишком... откровенное? Тебе нравится? — улыбнулась ты, зная, что достойна не просто комплимента.

— Конечно, нравится.

— Спасибо! — ответила ты и ласково прижалась к его щеке своей.

— И половине здешних парней тоже нравится, судя по тому, как они на тебя сейчас пялились...

— Да? — Ты просияла и оглянулась. — Какие парни? В радиусе двух миль я вижу одного тебя.

Он тоже смотрелся обалденно — как принц на белом автомобиле! На нем черный таксидо с обшитыми шелком лацканами. Под ним — ослепительно белая рубашка с французскими манжетами, черный галстук-бабочка, черные туфли и пояс-камербанд...

— Почему ты смотришь на меня так, Джош? — спросила ты, заметив, что он не отрывает от тебя глаз.

— Ты выглядишь прекрасно! — ответил он. — Не хватает лишь одной детали, — с этими словами он прикрепил бутоньерку из мелких розочек к твоему платью. — Ну вот, сейчас другое дело!

— Спасибо, Джош! Хотя я думала, ты скажешь: сногсшибательно.

— Но ведь я именно это и сказал...

— Нет. Ты сказал — я выгляжу прекрасно. Прекрасно и сногсшибательно — не одно и то же...

Выпускной бал начинается ужином в одном из лучших ресторанов в Нижнем Манхэттене. У его входа стоял молодой фотограф, щелкая расфранченных парней и разодетых в пух и прах девушек. Рядом с ним директор школы. Несмотря на свои хорошо за сорок, он упорно не расстается с романтическим образом юноши, молодится, красит волосы и не перестает следить за модой. Он приветствовал каждого ученика, но все понимали: директор хочет лично удостовериться, что все трезвы. Пока трезвы. Потому что, хоть алкоголь и запрещен, но поговаривают, что спиртное на таких балах — или сразу после них — употребляют по самые уши.

Когда перед вами раздвинулись зеркальные двери ресторана и ты шагнула через порог, к вам подлетел официант и, словно не замечая твоего спутника, не отходил от тебя ни на шаг. Широко улыбаясь, он показал жестом, чтобы ты следовала за ним. И внезапно ты ощутила, что все взгляды устремлены на тебя. Ты даже незаметно одернула и пригладила платье, решив, что оно задралось. Но нет, все вроде было в порядке.

Ты заметила, что Соня сильно изменилась за выходные. Ее бледная кожа приобрела странный золотистый оттенок. «Она что, за пару дней успела смотаться на Багамы?» — подумала ты и уже хотела было озвучить это Джошу, но он опередил тебя, сказав, что это экспресс-загар из солярия. Неужели он научился читать твои мысли? И если да, то ты не уверена, хорошо это или плохо.

Первым, кто вызвал всеобщий фурор, был твой бывший сосед по парте, растрепанный, с немытыми волосами, школьный дебошир Джейкоб, постоянно жевавший на уроках и называвший тебя толстой сиськой. Но весь последний год он уделял внимание своему внешнему виду: был всегда аккуратно одет, причесан, правда, отрастил небольшую бородку, которая, как тебе кажется, не очень ему идет — без нее он был бы симпатичнее. Оказалось, что у Джейкоба есть бойфренд, которого он и пригласил на бал. Они были неразлучны, все время держались за руки и не отходили друг от друга ни на шаг. Вот так Джейкоб! Очевидно, он уже успел сделать свой каминг-аут? Как ты могла пропустить такое, Оливия? Смотри, похоже, администрация школы в этой ситуации предпочитает сохранять лояльность и не вмешиваться. Хотя ты замечаешь, как некоторые из преподавателей старшего поколения, особенно из консервативно настроенных, что-то недовольно брюзжат себе под нос, отводя глаза и стиснув зубы. А что им остается делать? Меняются времена — меняются нравы. К тому же, в прошлом году один из выпускников подал иск, обвинив школу в дискриминации.

Поначалу танцевать вышли одинокие волчицы, возглавляемые Бьянкой. Ее, как назло, перед самым торжеством бросил парень. Наверное, из-за этого скорбного события она и облачилась от макушки до пяток во все черное. А юбка ее платья была столь пышной, что создавалось впечатление, будто Бьянка пытается под ней кого-то спрятать. Или что-то, бутылки с какой-нибудь русской водкой.

Кстати, забыла сказать: незадолго до этого в клубе «12 сестер» произошел переворот, в результате которого Молли была низвержена с трона и теперь находилась в опале. Поэтому она стояла в стороне, перешептываясь с Амандой. Надо полагать, они обсуждали, кто как одет, кто с кем пришел и насколько отвратительно танцует Бьянка в своем черном наряде.

Джейкоб со своим другом танцевали щека к щеке медленный танец. Бьянка оказалась в середине зала вместе с Матео, одной рукой держа его за ладонь и положив другую ему на плечо.

Джош медленно кружил тебя в ритме венского вальса. Ты смущена — казалось, на тебя все смотрят. Но деваться было некуда, и тебе только и оставалось, что давать инструкции ногам «не заплетаться, а танцевать», рукам «обнять Джоша», туловищу «не быть бревном», а главное — мозгу: «Эй! Раскрепостись, почувствуй музыку!»

Временами ты чувствовала, как все больше сближаетесь вы с Джошем. Ты вдыхала его ставший родным запах и дума-

ла, что вы созданы друг для друга, как Ева создана Господом
для Адама...

Посмотрев поверх его плеча на танцующих, ты заметила
Молли. Ее взгляд был прикован к тебе, словно она увидела
Золушку, явившуюся на бал. И пусть! Ты думала о Джоше.
Он не похож ни на кого из тех, кого ты когда-либо знала:
настоящий мистер Совершенство! Постепенно ты расслаби-
лась и почувствовала себя комфортно в его объятиях, придя
в себя лишь тогда, когда он, продолжая двигаться в танце,
запел — почти зашептал тебе что-то на ухо... Он — мужчина
всей твоей жизни. Ты любишь его так сильно, что порой это
тебя пугает. Иногда тебе даже кажется...

Нет. Такое ты писать не станешь...

— Здесь найдется кто-нибудь, кто умеет по-человечески
переставлять ноги? — услышала ты самоуверенный голос
Молли, как только раздались первые звуки фламенко. Эта
дрянь подобралась к Джошу и потянула его за руку, отвесив
тебе насмешливый полупоклон и театрально показав спину.
Судя по выражению ее лица, нетрудно было догадаться, что
она признавала твое право на существование. И больше ничего. Ты поймала вопросительный взгляд Джоша — бедняга,
он не знал, как ему поступить, чтобы не расстроить тебя.

Он все-таки вышел вслед за Молли в центр зала и легким
кивком пригласил ее на танец. Она улыбнулась и повела его.
Ее бальное платье, сшитое из нежно-голубого шелка, отли-
чалось пышными короткими рукавами и смелым вырезом,
открывавшим ее плечи и грудь. И ты, наблюдая за ними,
не без ехидства отметила, что большинство движений бывшей
чирлидерши смахивали скорее на аэробику, чем на знаменитый испанский танец. Но ты не придирчивая злюка, Оливия!
Признайся: они отменно смотрелись вместе, хотя она, дрянь,
нежно касалась его в той части зала, где было потемнее. Казалось, музыка принадлежит лишь им обоим. Голова Джоша

качалась в такт, его челка летала вверх и вниз. Молли, отбивая чечетку, умудрялась о чем-то щебетать, находя при этом момент, когда можно было словно невзначай прижаться к Джошу. Пару раз ты уловила обрывки ее фраз, что-то типа: «...Я тебя хоть покормлю, смотри как исхудал! И почему это Оливия о тебе не заботится?» Ее движения. взгляд, голос и интонация зачаровывали тебя, словно медленный танец кобры: в них было что-то темное и непредсказуемое, что заставляло тебя сидеть как на иголках...

Рич, который все четыре года был самым отъявленным олухом в классе, устроил из выпускного балаган. Теперь он развлекал себя тем, что бегал вокруг танцующих, вилял задом и кидался попкорном. На голову Сони обрушился целый град из попкорна, и она страшно разозлилась: «Уберите отсюда этого придурка!» А Рич лишь хохотал. И как всегда, все неодобрительно пялились на него, пока он не угомонился.

За столиком Джош смотрел на тебя, вдыхая легкий аромат твоих духов, будто никогда не замечал, что ты всегда душилась... А догадавшись, что тот самый официант, который встретил вас у входа, тоже очарован тобой, стал сердито смотреть на него, пока тот не исчез...

И вот, наконец, мистер Моуди объявил короля и королеву школьного выпускного бала. Произошло невероятное — о, чудо! — он назвал ваши имена — Джош Паркер и Оливия Уилсон! Ты стала королевой бала! А Джош — королем! Он — бессменный лидер класса, и ты — бывшая аутсайдерша...

После бала кто-то отправился в отели, там они сняли комнаты для продолжения веселья, что давно уже стало традицией. Но ни для кого не тайна, что комнаты арендуют и для иных целей: для девушек ночь выпускного бала является особенно важной, многие из них именно в эту ночь решаются потерять невинность...

Ты догадываешься, что почти никто из вашего класса уже не был девственником, кроме вас двоих, Джоша и тебя. Все без исключения делали это, а потом хвастались перед друзьями. Все, кроме особо религиозных или странных субъектов вроде Рича.

Но вы оба — Джош и ты — из числа тех, кто до сих пор хранит свою невинность, не торопясь расставаться с ней, не рвется в сумасшедший взрослый мир. Говорят, что легче подавить первое желание, чем удовлетворять все последующие.

То, что было заложено в тебе природой, дает о себе знать в последнее время. Чаще это случается в те моменты, когда ты ложишься в свою холодную постель и долго не можешь уснуть, размышляя, вспоминая, томясь... Последнее время, будучи влюбленной в Джоша, ты предаешься мечтам и бурным фантазиям... А потом, в полной темноте, ты сбрасываешь покров застенчивости, который тушил твою страсть, и позволяешь ей разгореться, не задумываясь, хорошо или плохо то, что ты делаешь.

За последние четыре года из гадкого утенка, неуклюжего очкастого подростка, познавшего все отчаяние одиночества, из нескладной робкой девочки со складками на боках и с брекетами ты превратилась в лебедя. Королеву бала. И в тебя влюблен Джош, лучший парень школы! Он — твоя судьба, тот самый, по кому ты тоскуешь в своих сладких грезах.

Но за все время общения между вами, кроме двух невинных поцелуев, ничего большего не было. Джош был сдержан и более целомудрен, чем обычно бывают парни в его возрасте, и по-прежнему оставался твоим лучшим другом. Вы ни разу не говорили об этом. Возможно, он с радостью бы избежал этой темы, хотя вам неоднократно представлялся такой случай. Порой тебя даже охватывала легкая паника: вам нельзя этого делать, ведь ты еще недостаточно хорошо его знаешь. А иногда тебе казалось, что у вас ничего не может быть как раз потому, что ты знаешь его слишком хорошо.

И потом, разве можно заниматься сексом с другом?

Тебя обуревали сомнения. Но ты отложила их на потом: нужно было сосредоточиться на учебе, она всегда стояла на первом месте: вас заваливали домашними заданиями — даже рюкзак у тебя был таким огромным, что иногда казалось, спина вот-вот переломится. И потом — у вас с Джошем была цель, вам обоим хотелось одного: выбрать хорошую профессию и выучиться, путешествовать, прожить активную жизнь. И для ее достижения нужно было как минимум хорошо сдать экзамены.

Но все же мысль о том, чтобы остаться с ним наедине, приводила тебя в возбуждение. И хотя вы не спешили развивать отношения, ты соврала бы, если бы сказала, что не думала о том, чтобы перевести их на новый уровень.

Так случилось, что полгода назад вы заговорили об этом, и... пришли к решению расстаться...

Нет, не друг с другом...

Вы решили расстаться, наконец, с затянувшейся девственностью на выпускном балу. В конце концов, вам уже восемнадцать.

Вы оба облегченно вздохнули, поняв, что удалось сбежать с бала незамеченными: никто из бывших одноклассников или учителей не попался вам на пути — они все танцевали и веселились. И уговаривать вас вернуться было некому.

Вы, держась за руки, понеслись по вестибюлю ресторана к выходу. На ходу попрощались со швейцаром, удивленно посмотревшим вслед первой парочке, покинувшей праздник. Ты мельком взглянула на большие электронные часы и отметила — двенадцатый час!

Перед вами остановилось желтое такси, взвизгнув тормозами.

Вы, удобно расположившись на заднем сиденье, ехали по ночному Манхэттену. Джош говорил, что вас ждет чудесный номер в «фантастическом» отеле!

Ты нервно сглотнула, когда вы стали спускаться по устланной красной дорожкой лестнице, ведущей в бар. Оттуда навстречу вам вышла целующаяся парочка, чтобы подышать свежим воздухом. В баре царил полумрак, на сцене глубоким страстным голосом пела какая-то знаменитость, на танцполе было немноголюдно.

— Ты что будешь пить?

— Прости? — переспросила ты, развернувшись к Джошу. Тот внимательно изучал карточку меню. — Я взяла бы чего-нибудь покрепче, но...

Джош с удивлением посмотрел на тебя. Когда ты вообще пила в последний раз, Оливия? Бокал сухого мартини, предложенный Жаклин пару месяцев назад. С каким удовольствием ты бы напилась сегодня, чтобы успокоить нервы перед осуществлением вашего с Джошем замысла. Но в ближайшие три года никто не продаст вам спиртного. Вы — тинейджеры, и для вас есть великий сухой закон! Если вас задержат, вы проведете неприятную ночь в участке и заплатите штраф до двухсот пятидесяти баксов. Если совсем не повезет, дадут условный тюремный срок. Поэтому придется ограничиться фруктовыми соками. Почему Джош интересуется, что я буду пить? Неужели купил фейковое удостоверение личности?

У барной стойки с высокими табуретами он снял с себя таксидо, оставшись в рубашке с бабочкой. Ты не могла не заметить, с каким невозмутимым спокойствием он сейчас держался. Тебе же, в отличие от него, было неуютно в бальном платье, сделавшем тебя королевой. Казалось, удивленные взгляды посетителей были направлены только на тебя. И ты смущенно скрестила руки на груди.

Девушка-барменша не обладала красотой кинозвезды, но от нее исходили флюиды. Ее рыжие волосы были завязаны сзади, и струящийся с потолка свет превращал их в пылающий ореол вокруг ее миловидного лица. Ее бедра, обтянутые скромной черной юбкой, чувственно покачивались. Она негромко смеялась, непринужденно разговаривая с клиентами. Все в ней было интригующим. Ты знала, что эта профессиональная улыбка достается каждому посетителю. Но этот факт не делал ее менее обворожительной.

— Давай пересядем за столик, Джош, — попросила ты.

Вскоре появилась официантка и поставила перед вами с Джошем два высоких коллинза, наполненных мерцающей красно-оранжевой жидкостью:

— Ваш Agua fresca. Безалкогольный тропический коктейль со вкусом манго и гуавы!

Вдруг у Джоша в руках оказалась полная бутылка Jack Daniel's. Где он ее взял? Он, заговорщически подмигнув тебе, незаметно вскрыл ее и долил виски в бокалы. Ты взяла бокал и понюхала его содержимое. Однажды тайком от всех ты попробовала виски и запомнила его острый лекарственный вкус — он произвел на тебя неприятное впечатление. Удивительно, по какой причине он имеет столько поклонников? Но такого виски, как в этом коктейле, ты не знала, и этот сорт, смешанный с освежающей фруктовой мякотью, тебе определенно понравился.

В какой-то момент тебе показалось, что Джош заигрывает с официанткой. Но как ему удалось, сидя рядом с тобой, привлечь ее внимание? Удивленная, ты спросила:

— Ты с ней знаком, Джош?

— Что? — переспросил он с наивным выражением лица. — Нет, не знаком.

Тут ты вспомнила, что по дороге сюда Джош называл этот отель «фантастическим». Тебя подмывало спросить, когда и с кем он узнал, насколько он фантастический. И поэтому ты сказала:

— Только не говори, пожалуйста, что ты тут впервые...

И поняла, черт побери, что сболтнула лишнего. Он, недоумевающе посмотрев тебе в глаза, выпалил:

— Я впервые в этом отеле, Оливия.

Да, в ту минуту он сказал «Оливия», не «котенок». Потом поднял свой коллинз и звонко коснулся им твоего стакана, словно хотел поприветствовать тебя, и улыбнулся... Глоток, еще один — и ты задумчиво поставила опустевший бокал перед собой, вперив взор в Джоша. Этот лонгдринк не вызвал и намека на опьянение, а лишь добавил веселости. Ты почувствовала, как по телу разливается тепло и его наполняет легкость. Лицо озарилось улыбкой, а глаза наполнились внутренним светом. Тебе хотелось продолжения торжества...

В течение часа или двух вы перепробовали с десяток разных напитков, облагораживая их с помощью виски... Ты помнишь, как понемногу стал заплетаться твой язык, как дрожали и подкашивались ноги; и если бы не сильная рука Джоша, державшая тебя за плечо, ты бы непременно упала.

Вскоре вы оказались в роскошном номере отеля, оформленном в мягких тонах. Здесь висели два стильных пейзажа, мягко горели торшеры, их свет неровными бликами падал на живописное панно, выполненное в старинном стиле и занимающее полностью одну из стен. А под ним, в самом центре комнаты, стояла большая двуспальная кровать со столбиками — настоящее произведение искусства, в ее изголовье лежало множество ярких подушек с вышитыми птицами и цветами. По бокам от кровати стояли тумбочки, напротив, перед широким, во всю стену зеркалом — письменный стол, стул и два мягких кресла, а за стеклянной перегородкой находилась ванная комната.

Ты и не заметила, как все завертелось перед глазами. Губы Джоша тихо шевелились: он что-то говорил, но ты не разбирала слов, лишь чувствовала его горячее дыхание и желала, чтобы эти губы тебя целовали. Сердце молотом стучало в груди. Желание захлестнуло тебя, и ты мгновенно позабыла обо всем на свете...

Когда ты открыла глаза, то не сразу поняла, где находишься. Сквозь сиреневые шторы пробивался яркий свет. Приподнявшись в постели, ты отвела прядь волос от лица, потерла глаза и... нахмурилась, увидев на себе бальное платье, купленное за несколько сотен баксов и умело подогнанное швеей под твою фигуру. Оно было изрядно помято. Часы на прикроватном столике высвечивали 11:30.

Рядом — никого.

Что случилось?

Где Джош?

Ступив босыми ногами на мягкий ковер, ты огляделась по сторонам. В нескольких шагах от кровати, за ширмой, ты обнаружила Джоша. Он крепко спал, как ребенок, положив ладонь под щеку и свернувшись калачиком на двух приставленных друг к другу креслах.

Ты отвернулась, смущенная видом его обнаженной груди. Он поистине совершенен, словно ожившая из мрамора статуя Давида: крепкое телосложение, гордая голова с волной растрепанных волос, слегка нахмуренные брови и твердо сжатые губы.

— Джош? — ты с нежностью провела ладонью по его волосам и коснулась голого плеча.

Он дернулся, ударившись затылком о подлокотник кресла, и это вернуло его к действительности. Ты немного смущена, что рассматривала его так откровенно, что твоя потребность в нем так сильна...

— Что это было, Джош?

— Оливия? — Он распахнул глаза — самые прекрасные в мире глаза, — стараясь сфокусировать взгляд, и произнес заспанным голосом: — Доброе утро. Который час, котенок?

— Почти полдень.

— Лежебоки... Мы проспали почти весь день...

Странно, но ты заметила печаль на его лице: он пребывал в мрачном оцепенении.

— О чем ты спросила?

— Я спросила, что у нас с тобой было накануне? Я ничего не помню...

— Ничего не было...

— Ничего не было? — переспросила ты с ноткой сожаления в голосе. — Прости меня, Джош. Я, наверное, вела себя по-идиотски...

— Я видел, что ты напиваешься, и не остановил тебя, потому что знал, как ты нервничаешь, — признался он.

— Как ты это понял?

— Я волновался не меньше тебя.

Он протянул руку, и ты решила, что он сейчас дотронется до тебя, но Джош замер:

— У тебя ресничка на щеке...

Значит, вы с Джошем перебрали с алкоголем. Этого и следовало ожидать. Какой облом, черт возьми!

— Если мне еще раз взбредет в голову вытворить что-то такое, не разрешай мне, — сказала ты и подсела к нему, почти касаясь его щеки губами. Тебя стремительно охватывала приятная слабость. Он, приподняв голову, поцеловал тебя, и ты потеряла контроль над своим телом, зная, что теперь без остатка принадлежишь ему. Тебе показалось, что этот поцелуй растянулся на целую вечность, но когда он прервался, ты поняла, что длился он не дольше мгновения. И был не таким уж горячим.

Но ведь это не главное.

Зато теперь, когда он уложит тебя на чистые белые простыни и покроет поцелуями...

— Я очень давно хочу этого, Джош, — прошептала ты, уткнувшись лицом ему в шею.

— Я тоже хочу тебя так сильно, но...

— Что но, Джош? — спросила ты в смятении. — Давай, говори!

— Не могу позволить себе переспать с тобой, — тихо произнес он. — Потому что не хочу, чтобы все ограничилось лишь одной ночью.

— Как одной? Как ты можешь так говорить, Джош? — Ты смотрела на него. — Ты о чем вообще?

— Я мечтал, что мы вместе уедем в Эл-Эй, поступим в академию. Но ты давно все решила за нас обоих, — заметил он, не поднимая глаз. — Прости меня, Оливия, но нам не по пути. Я виноват перед тобой... Не знаю, сможешь ли ты когда-нибудь понять...

— Джош! Не надо... прошу тебя... — Ты была растеряна. И мир перевернулся с ног на голову.

— И еще, — он почесал в затылке и от смущения посмотрел в сторону, — я уезжаю... совсем скоро... Не хотел говорить вчера, чтобы не портить праздник. Смотри, что мне пришло. — Слегка приподнявшись на локте, он взял телефон, чтобы показать тебе сообщение. — Вот, приглашение на интервью из приемной комиссии. Они пишут, что впечатлены моим портфолио. Я сам не ожидал такого...

Ты не стала бы верить словам парня, разбуженного пару минут назад, если бы не знала Джоша так долго и он не прожужжал тебе уши о Голливуде. Самое ужасное — все это было правдой. Невыносимо! Это разорвало тебе сердце. Ты кипела. Тебе хотелось орать и плакать! Но ты всеми силами держала себя в руках.

— Понимаешь, Оливия, нам необязательно делать это. Ну, я о нашем замысле... Точнее, не уверен, что это было бы правильно. Не нужно все усложнять. Прости!

На его щеке дрогнула мышца, желваки заиграли на скулах, а бездонно-синие глаза потемнели от переполнявших его эмоций. Он виновато прикусил нижнюю губу и отвернулся к окну. Слабые лучи солнца с трудом пробивались сквозь сиреневые шторы, предвещая грозу на Манхэттене. И крах всех надежд.

Почему он решил, что именно сейчас пришло время начать этот разговор? Неужели надо было выбрать тот самый день, когда вы с ним задумали, наконец, осуществить свое намерение...

Твои силы растаяли, и терпение подошло к концу: дальше так продолжаться не могло. Ты больше не желала выслушивать его бесконечный треп о прелестях Калифорнии, потому что... да просто потому, что он вел себя по-детски. Кто дал ему право поступать с тобой так легкомысленно?

Хотя тебе пришлось бы позволить ему самому сделать выбор. Ты же не можешь удерживать его силой?

Джош полусидел и улыбался виноватой улыбкой, но временами она гасла, и во взгляде вспыхивал огонек растерянности, словно он сам нуждался в утешении.

У тебя защемило в груди и охватила паника, заставив дрожать все тело. Встав и подойдя к окну, ты ощутила, что ноги едва держат тебя. Он знал, что, когда в твоих глазах мелькают тени, тебя надо крепко обнять. И потому приблизился к тебе и попытался обнять за плечи, чтобы потом, взяв твою руку в свою, сплести пальцы. Но ты сжалась и смотрела в окно на снующие внизу машины.

— Котенок, я просто хочу...

Ты закрыла лицо ладонями.

— Пожалуйста, Джош...

— Прости меня!

— Не трогай меня, ладно? Отстань!

— Да погоди, Оливия! Не заводись. — Он беспомощно развел руками.

— Нет, не сейчас. Дай мне побыть одной...

Глава 6. Реквием по мечте

2 сентября 2019 года.

Начало осени принесло с собой хорошее известие — ты успешно прошла творческий конкурс (уроки Жаклин Лурье не пропали даром) и стала студенткой Школы фотографии Нью-Йоркской академии киноискусства, где будешь постигать профессию своей мечты. С первых же лекций тебе вдалбливают в голову, что работа фотожурналиста связана с риском, так как ты должен действовать и принимать решения в тех же условиях, что и участники событий, будь то война, пожар или уличные протесты. Сказать, что ты рада, — ничего не сказать. Ты на седьмом небе от счастья! Ты ликуешь, потому что цель достигнута, мечта стала явью. Жаклин гордится тобой. Она предсказывает, что когда-нибудь в объективе твоего фотоаппарата окажутся повстанцы и извержение вулкана, чудовищной силы наводнение и джунгли Африки. Тебе будут сопутствовать восторг и то волнительное состояние, когда в момент нажатия кнопки затвора чувствуешь — вот она, удача! О Господи, какое же это будет блестящее будущее!

3 сентября 2019 года.

Отличная новость от Джоша! Он тоже поступил, получив к тому же солидную стипендию. Готовится теперь к актерской карьере в Голливуде и стремится совершить нечто грандиозное. Он получил то, что искал. И ты, разумеется, крайне рада за него. Что ж, быть может, сама вселенная хотела, чтобы ты какое-то время побыла одна.

В ночь после отъезда Джоша тебе не спалось. Твоя душа тянулась к его душе. Провожая его, вы нежно поцеловались. Время без него будет тянуться мучительно долго.

И вот уже перед твоими глазами текст сообщения:

«Привет, Оливия!

Я уже на месте!

Солнце палит безжалостно. Представь, в тени сто шесть градусов. Здесь все так круто: океан, горячий песок на пляже, ракушки, волны, чайки, пальмы! Настоящая сказка!

Я позвоню, как только высплюсь. Вообразить не можешь, как скучаю по тебе.

Целую тебя, котенок,

твой Джош».

В книжном шкафу отцовского кабинета из-под стопки старых журналов ты достала аккуратно сложенную географическую карту Соединенных Штатов, и, вернувшись на цыпочках в свою комнату, разложила ее на полу. Красным маркером нарисовала на Нью-Йорке жирную точку, обозначая свой дом на Манхэттене, а синим (по цвету глаз Джоша) — пометила Лос-Анджелес, город, где он сейчас учится. Потом взяла линейку и соединила пунктиром точки, представив, что это мост между вашими сердцами. Затем, вооружившись компасом, осторожно вращала карту так, чтобы стрелка совпала с направлением севера на карте.

Ты вычислила, сколько миль от твоего дома в Нью-Йорке до дома в Калифорнии, где живет Джош: ровно две тысячи четыреста сорок семь миль по прямой линии! И теперь, зная его координаты, ты каждый вечер выходишь на балкон и посылаешь в его сторону воздушные поцелуи. Пусть они будят его по утрам! Если бы проводили конкурс на самую глупую мечтательницу, тебе бы точно присудили Гран-при.

Не так ты представляла себе этот период вашей жизни после окончания школы. И никогда не могла бы вообразить, насколько сильно все может пойти не так: как одно-единственное решение Джоша способно изменить все. Хорошо, что ты веришь в его возвращение. Это самое главное. Но пугает то, что ты никогда не знаешь, скучают по тебе или медленно, мало-помалу забывают...

Ты рухнула на кровать, чувствуя, каким непослушным стало твое тело. И закрыла голову подушкой...

Ты увидела Джоша. Он лежал на доске для серфинга и неторопливо греб руками, находясь на приличном расстоянии от изгибающейся полосы пляжа, где за рядом пальм стояли шикарные отели и виллы, многочисленные бунгало, утопающие в зелени и цветах, и модные бутики. Грудь Джоша беззвучно вздымалась, ладони шлепали по воде, мускулы напрягались и расслаблялись. Было что-то завораживающее в этом зрелище. Океан тянулся к далекому горизонту и сливался с небом, по которому улитками ползли облачные шапки. Горячие волны ловили утренние лучи, превращая их в мерцающие блики, скользящие по поверхности светло-синей воды, омывающей торс парня. Вот он приподнялся и сел на доске, опустив ноги в воду. Потом вытер ладонью лицо, отряхнул волосы и закрыл глаза, подставив лицо утреннему солнцу. Пурпурный диск медленно поднимался над горизонтом, окрашивая небо в золотисто-розовый цвет.

Что это было? Кто-то сейчас кричал? Так надрывно! Или тебе послышалось?

Нет, не послышалось, потому что и Джош мгновенно распахнул глаза. Он пробежался взглядом сначала по пляжу, а затем — по воде. Да, так и есть, там что-то плещется.

Скорее всего, это чайка.

Или, быть может, человек?

Он замер в ожидании и смотрел туда, откуда раздался тревожный звук. Что бы это могло быть? И вдруг он отчетливо увидел торчащую из воды руку. Это человек! Наверняка турист. Здесь их много: приезжают растрачивать свои деньги; надевают гавайскую рубашку и кубинские шорты, напиваются и — прямиком в воду, чтобы принять освежающую океаническую ванну.

Кто бы это ни был — медлить нельзя!

Джош отчаянно заработал руками, поднимая голову на каждой волне и всматриваясь в водную гладь.

А вот и он!

Еще несколько движений, и он выдернул утопающего из воды. Живой! Ты с облегчением вздыхаешь: Джош, я горжусь тобой!

Спасенной оказалась девушка. Кто она? И как оказалась здесь в такую рань? Пока незнакомка прерывисто дышала, Джош медленно изучал ее. Тебе показалось, он любовался ее русыми волосами и красивой кожей, пухлыми, приоткрытыми губами, стройными ногами и упругими бедрами, слегка прикрытыми серебристого цвета сеточкой. Что это с ним? Минута слабости?

— Черт, что ты творишь, Джош Паркер? — возмущаешься ты. — На что смотришь? Неужели эта мокрая курица в твоем вкусе? Передай ей лучше, чтобы в следующий раз барахталась в бассейне, там особенно не потонешь...

В какой-то момент ты с изумлением замечаешь их обоих на террасе белоснежного отеля с вывеской «Тропикана». Здесь обнаженный по пояс Джош обхаживает свою спутницу, называя ее Ундиной. Он с улыбкой протягивает девице половинку кокосового ореха, наполненную, должно быть, экзотическим карибским коктейлем «Пылкий фламинго». Та обольстительно мурлычет, прикрыв зеленые глаза ладонью от низкого солнца, ведь уже закат. А затем начинает петь и расчесывает свои длинные русые волосы. Ты удивлена, что совсем не слышишь ее голоса... все звуки доносятся издалека, будто ты плотно закрыла уши.

Что? Как он называл ее? Ундина?

Внезапно тебя пронзает острая мысль, что... — о боже, нет! этого не может быть! Но если твои догадки справедливы — песни сирен слышат только мужчины. Что же делать? Как предупредить Джоша? А он, ничего не подозревая, улыбается своей спутнице радостно и лучезарно.

Но ведь Джош не такой, он бы не позволил себе подобного легкомыслия... И предательства.

Ты не хочешь верить в происходящее, но это свершалось на самом деле, и от ужасающей реальности ты сходишь с ума, ведь парень этот был Джошем Паркером.

Твоим Джошем!

Ты вопишь: «Беги, Джош, беги! Тебе грозит опасность!» Это не девушка, а русалка, которая унесет его в свой перламутровый омут. Возлюбленные русалок никогда не живут долго. Таков закон.

«Спасайся, пока не поздно, Джош!»

Но он не слышит, тебе удается издавать лишь приглушенные стоны. Ты пытаешься отчаянно махать руками, чтобы привлечь его внимание, но ничего не получается. Ты не можешь пошевелиться и практически не дышишь.

Где ты, Оливия, во сне или наяву?

Резким движением перевернувшись на спину, ты смотришь в потолок широко распахнутыми глазами. Слабые лучи солнца заглядывают в окно. Значит, теперь ты не спишь. Господи, это был плохой сон и ничего больше. Тебе нечего волноваться.

Вздохнув полной грудью, ты встаешь. Невыносимо болит голова, но это не страшно. Ты только что проснулась.

4 сентября 2019 года.

Ты — сова. Ненавидишь рано ложиться. Часто по ночам сидишь в кровати, что-то читаешь или записываешь обрывки мыслей в этот дневник. А наутро тебе не хочется вставать — ты предаешься постельным нежностям с подушкой и одеялом, мысленно укоряя себя за безволие. Раз-два-три-четыре-пять — надо вставать! Потому что ты не откажешься от своих ежедневных пробежек по парку!

Но это роковое утро началось иначе, чем любое другое утро в твоей жизни. Ты всегда думала, что твой будильник законтачен с датчиком у тебя в мозгу, который посылает сигнал руке, та послушно высовывается из-под одеяла, приподнимается и передает команду указательному пальцу, и он выключает будильник за секунду до того, как он начнет трезвонить. И так каждое утро — не важно, в котором часу накануне ты добралась до постели.

А сегодня, похоже, что-то стряслось с мозговым датчиком, он не сработал, и мерзкий сигнал вырвал тебя из уютного мира сновидений, по которому ты так любила блуждать в предрассветный час. Подняв голову с подушки, ты открыла один глаз. И первое, что увидела, это ставшие уже ненавистными ядовито-красные цифры электронного табло 06:45:23, нет, уже 06:45:24, 06:45:25. Секунды безжалостно отстукивали мгновения твоей жизни. Не очень-то расслабляйся, Оливия. Раз, два, три, встали! Говорят тебе — встали. Марш на кухню. Кофеварка.

В тот самый момент твой айфон издал трель — уведомление о поступившем сообщении. Теперь ты открыла оба глаза. С неизвестного тебе номера пришел странный текст: «И все-таки ты овца! У тебя не хватило мозгов удержать его!»

Это что еще за?.. Ты не уверена, что сообщение адресовано тебе.

Следом за текстом последовали две фотографии. На первой, как бы это дико ни выглядело, ты увидела крупное лицо... Молли?!

В первый момент ты решила, что у тебя странное видение, протерла глаза и снова вгляделась в экран.

Молли оставалась там же, только обрела более четкий контур. Она, сияя, как праздничная люстра, победно позировала на фоне задумчивого Джоша, сосредоточенно склонившегося в аудитории над толстым учебником.

На другом снимке они, скрестив ноги, сидели на траве в самом центре зеленой лужайки кампуса, и его рука покоилась на ее полуоголенном плече! Оба жизнерадостные, как счастливые влюбленные. Джош улыбался Молли, глядя на нее своими сине-голубыми глазами, самыми восхитительными на свете. На его щеке ты заметила отчетливый след помады такого же сиреневого цвета, что и на губах Молли. Под фото была язвительная надпись: «Адонис и Афродита».

Ты оцепенела. Как это могло случиться? Почему Джош — единственный человек, которого ты по-настоящему полюбила, — не сказал тебе, что Молли едет вместе с ним? Неужели он об этом не знал? Возможно... хотя и маловероятно. Получается, он скрыл это. Умолчание — та же ложь, она постепенно проникает в отношения, подрывая доверие. Неважно, явная или скрытая, ложь губит любовь, разрушает ее до самого основания.

Ты в смятении. Лучше бы тебе вообще не просыпаться этим утром! Глаза запылали, как два костра, а щеки горели, словно тебе только что влепили пощечину. Ты чувствовала, что тобой овладевают смятение и тревога, и уговаривала себя сделать глубокий вдох.

Ну почему это должно было случиться с тобой? В чем таком ты провинилась? Что было не так между тобой и Джошем? Да все было так, как надо.

Ты испытываешь жгучий приступ ревности. Или если не ревности, то тоже чего-то неприятного. В тебе поселилось чудовище с зелеными глазами. Оно питается тем, что будоражит твои эмоции и задает неудобные вопросы.

А что это за дурацкая надпись была под вторым снимком: «Адонис и Афродита»? Что она значит?

Зеленоглазый монстр, поселившийся внутри, требует ответа. Школьные познания по древнегреческой мифологии говорят, что Афродита была богиней любви, а Адонис — надо полагать, тоже каким-то богом или, возможно, полубогом, и при этом очень красивым. Остальных деталей ты не помнишь, видимо, на уроке в тот день было слишком шумно. Пришлось уточнять в Википедии. Да, так и есть: Адонис — юноша поразительной красоты. И Афродита воспылала к нему страстной любовью. Узнав об этом, бог Арес из ревности решил погубить его. Богиня Артемида предупредила об этом

Афродиту, которая всеми силами старалась убедить своего любимого отказаться от охоты. Но все ее мольбы остались тщетными: тот отправился на охоту.

А потом, не дождавшись его возвращения, Афродита поспешила на поиски. Она искала его повсюду, пробираясь сквозь кустарники. Тернии рвали ее одежды и царапали лицо и руки до крови. И везде, куда падали капли ее крови, вырастали благоухающие розы. Наконец Афродита наткнулась на бездыханное тело своего возлюбленного: его убил дикий вепрь.

Когда Адонис сошел в подземное царство Аида, все тени пришли в восторг от его красоты, а богиня Персефона, владычица преисподней, влюбилась в него. Афродита, вся в слезах, отправилась на Олимп к Зевсу и умоляла его вернуть ей Адониса, но Персефона ни за что не соглашалась отдать его. И тогда властелин богов, желая примирить двух богинь, принял решение, что юноша будет проводить полгода в царстве мертвых, а полгода — на земле с Афродитой.

Неужели этот миф как-то связан с Джошем, Молли и тобой? Это Молли — Афродита? Ну уж нет! Скорее, Персефона!

И если это так, выходит, что в то время года, когда растительный мир засыпает, Адонис (он же Джош) будет пребывать с Персефоной (то есть с Молли), а с весенним пробуждением природы вновь возвратится к богине любви и красоты. Это ты...

Эй, что ты сейчас делаешь, Оливия? Пустилась в глупые фантазии с участием мифических героев. Что за чушь — полгода Джош с Молли, а на летние каникулы будет прилетать в Нью-Йорк? Интересно, к тебе или, быть может, отдохнуть от крошки Молли?

И нужно ли тебе это, Оливия?

Ты ведь, кажется, уважаешь себя, чтобы быть нелюбимой игрушкой, которую ребенок берет только тогда, когда не может дотянуться до любимой?

Да, все это выглядит именно так.

Еще в школьных спектаклях Джош и Молли исполняли роли Ромео и Джульетты, затем — Орфея и Эвридики, а теперь стали Адонисом и Афродитой...

Сколько можно над тобой насмехаться? И за что? Что ужасное ты совершила в прошлой жизни, что тебя так наказывают в настоящей?

Ты устала. Чувствуешь себя обиженной и обманутой. И с горечью замечаешь, что любовь, превратившись в злость, начинает обнажать не самые твои лучшие ипостаси.

К сожалению, так бывает.

Особенно тогда, когда идет битва за мужчину.

На ум пришла история трехлетней давности, когда ты, подчинившись приказу «12 сестер», устроила бедлам в школьных шкафчиках, и тогда дневник Джоша попал в руки Молли. После того случая Джош бросил ее. А она все никак не могла успокоиться. Притихшая и незаметная, она воспринимала себя трагической фигурой (кажется, это приносило ей некоторое облегчение), но продолжала накручивать себя, внушая, что Джош — единственный идеал, и другого такого в ее жизни никогда не будет. Еще тогда она впала в зависимость от него, и ее охватывала паника при мысли, что она уже никогда его не добьется. Но, видимо, добилась-таки... на горячих пляжах Калифорнии.

А что делать тебе? Молча смотреть, как от тебя уходит счастье? Или бороться за любимого человека?

Испокон веков борьба за прекрасную даму сердца, как и за добычу, и за крышу над головой, и за власть, считалась прерогативой мужчин. Когда же наступил перелом в истории, перевернувший мир с ног на голову? Теперь женщины борются за право обладать мужчиной: жены воюют с любовницами, любовницы с женами, девушки назначают свидания, придумывают сюрпризы... Грустно! Но, в конце концов, если у Джоша есть право уйти, то у тебя есть право попытаться его вернуть.

Значит, тебе придется биться — не на жизнь, а на смерть, отстаивая свои права. Но как? Полететь в Калифорнию и вцепиться в плечо Джоша мертвой хваткой? Расцарапать милое личико Молли, этой кошки, решившей поиграть с твоим парнем, как с неопытным мышонком? Она, способная на любые ухищрения, всегда крутилась возле Джоша, поджидая удобного случая, чтобы вернуть его. А его так легко обмануть, сбить с толку!

Но неужели все так однозначно? Ведь Джош никогда не был по-детски наивен. И ты настолько глупа, Оливия, чтобы пытаться удержать его насильно?

Нет, лучше поступить иначе: тихо и без агрессии, а то придется потом разгребать то, что сама наворотишь.

Вспомни, сила женщины в ее слабости.

Можно поддакнуть мужчине, улыбнуться, все понять, простить, забыть. А затем — бросить учебу, спрятать свои карьерные планы в дальний угол, отречься от себя и своей жизни, посвятив ее Джошу: ухаживать за ним, как за священной коровой зебу, стирать, гладить, готовить здоровую пищу из органических продуктов. И повторять, по-собачьи преданно заглядывая в глаза: «Да, Джош. Хорошо, Джош. Куда угодно, Джош».

Ты сглатываешь противный комок в горле.

Если бы ты не любила его, давно бы убила!

Нет, Оливия. Лучше, пожалуй, ничего не предпринимать. И просто подождать, пересидеть в Нью-Йорке до Рождества.

Пусть в один прекрасный день Джош поймет, что не может без тебя жить. И тогда, если он действительно тебя любит, то сам проявит инициативу.

А что, если он окончательно слетел с катушек и вовсе не собирается проявлять какой-то инициативы?

Ну, тогда... тогда ты прекратишь борьбу. Потому что если парень любит и не хочет потерять девушку, то ради нее он свернет гору Мак-Кинли, или как ее теперь называют? А, вспомнила — Денали.

Судя по всему, ему вполне хорошо в Лос-Анджелесе. Уехал, обещал звонить. И поначалу действительно продолжал заботиться о тебе: звонил каждый день и интересовался твоими делами, рассказывал о своей учебе или делился какой-нибудь забавной историей, которая случилась в тот день.

Но его звонки становились все более редкими, пока совсем не прекратились. За последние три дня ты не получила от него ни одного, даже самого короткого СМС. В ваших отношениях воцарилось гнетущее молчание. Ты не знаешь, в чем его причина, но предполагаешь, что перелом произошел в ту самую ночь после выпускного бала. Помнишь, какую ерунду он молол наутро? «Прости, Оливия, я не хочу, чтобы это было один раз...» Да если бы у него было настоящее чувство, он бы так легко не сдался, ведь он взрослый парень. И он отлично знает, что нужно делать с девушкой, если она ему нравится. Может, он молчит, потому что у него все складывается замечательно, именно так, как и должно складываться в его жизни: он любуется океаном; выходит каждый вечер на свою широкую веранду и, медленно глотая пиво, наслаждается зрелищем водной глади, забыв про Оливию и все остальное. В скором будущем его ждут головокружительная карьера и баснословные гонорары. У него все в порядке с личной жизнью. Пусть и не Молли — он вполне может быть в поиске новой подружки, пробуя всех симпатичных девиц. Или тусуется где-нибудь по клубам с голливудскими кинозвездами. А ты, наивная душа, напридумывала себе детских сказок, потом поверила в них, забыв, что у Джоша теперь своя личная жизнь.

Ты припоминаешь, как однажды в парке он признался, что полюбил тебя за то, что ты другая. И тогда ты сделала вывод, что быть другой — это привилегия. А сейчас все наоборот: оказывается, нужно быть такой, как все. Как Молли, Бьянка или Аманда...

А вдруг он разочаровался в тебе, когда познакомился поближе? Ожидал, что ты окажешься горячей штучкой, а ты... Понял, что ты без ума от него, и тут же потерял интерес. Почему ты этого не заметила? А может, понял, что с тобой не все так просто, и решил не тратить время...

Брось, Оливия. Это все лишь твои предположения. Или дурной сон.

Но ведь это не сон!

Чтобы развеять мучительные сомнения, ты решаешься позвонить Джошу.

Набираешь его номер, намертво застрявший в памяти.

И слышишь, что линия занята.

Ты перезваниваешь снова.

Опять занято.

Может, немного подождать?

Прошла минута или две, хотя тебе показалось, что не менее получаса. Ты снова набираешь его номер. Он долго не отвечает.

А затем... затем телефон просто отключают.

Что вообще происходит?

В то, что Джош, увидев знакомый номер, мог отключить телефон, ты не поверила бы никогда. Поэтому решила, что тебе это показалось.

«Не лги себе, Оливия. Неужели ты не видишь, что происходит?» — твердит внутренний голос. Но ты не желаешь его слышать и звонишь Джошу в четвертый раз. Гнусавый женский голос сообщает: «Абонент недоступен или находится вне зоны действия сети».

Проклятье! Что это такое?

Что ты вытворяешь, Джош Паркер?

Не молчи!

Объясни, как все это понимать?

Или... или твоя догадка, Оливия, оказалась верной?

Неужели ты... теперь... одна?

Совсем одна, если не считать Жаклин...

Твоя рука нажимает кнопку вызова в пятый и шестой раз. Абонент недоступен. И, наконец, на седьмой попытке тебе удается дозвониться. Ты слышишь голос:

«Привет. Вы дозвонились до Джоша Паркера. В настоящее время меня нет на месте или я занят. Оставьте ваше сообщение после звукового сигнала, и я перезвоню вам при первой же возможности. Пока!»

— Я скучаю по тебе, Джош, — дрожащим голосом шепчешь ты, — мне так тебя не хватает... — и кладешь трубку, словно боишься, что он услышит твои рыдания. Чувствуя, как обессилели твои ноги, ты прислоняешься к стене, но твое тело не подчиняется тебе, медленно сползая на пол.

Ты не знаешь, как долго так просидела, но, когда очнулась и подняла голову, все вокруг выглядело сумрачно. Окна скорее поглощали свет, чем пропускали его в комнату. Солнца не было видно — по серому небу тяжело плыли разорванные облака. Создавалось ощущение, что сейчас не первая половина дня, а поздний вечер.

Ты терзаешься в тревожных мыслях под звуки дождя за окном. Вместе с запахом осенней листвы он должен принести отрезвление. Тебе хочется плакать, не скрывая своих страданий. Горячие слезы и холодные капли дождя соединяются вместе, кажется, небо льет слезы вместе с тобой. И вот уже ручьи потоками несутся по мостовым, стекая в Гудзон. Постепенно твое сердце, подчиняясь неведомой силе, начинает стучать тише, не мешая слушать спокойный шум воды. Но он все еще слишком слаб, чтобы заглушить крик души. Ты прислушиваешься и отчетливо разбираешь соединение музыки дождя и доводов логики. Ты осознаешь, что исполняется реквием по твоим мечтам, превратившимся в пепел.

Ты так долго училась быть сильной, Оливия. Училась ненавидеть свои слезы, отсиживаясь в туалетной кабинке, презирала свою слабость и беспомощность, согласившись потакать безумным желаниям крутых девчонок. Но сейчас, когда тоска накрыла с головой, ты жаждешь одного — хорошенько выплакаться.

Что ж, плачь, Оливия! Кричи, катайся по земле, ругайся, напейся, в конце концов. Делай что угодно, только пообещай больше не страдать по нему. У тебя неплохая внешность, и ты вовсе не намерена тратить свою красоту на человека, который ее не ценит.

Плачь! И, быть может, одинокий прохожий увидит в девушке с идеальной осанкой разбитую личность.

Ты выходишь на балкон, откуда каждый вечер перед сном посылала горячие поцелуи Джошу, и, поежившись, глядишь вверх, в небо... Тебе плохо. Очень плохо.

Отзвучали аккорды дождя. Нью-Йорк, как всегда, не спит. Ему не известно, что в самом его сердце, на Манхэттене, страдает юная девушка. Ты наклоняешь голову, глядя вниз на оживленную улицу, где проносятся автомобили и прогуливаются люди, закрыв зонты и беззаботно смеясь. Еще совсем недавно и ты была такой же.

Подставив лицо холодному ветру, ты чувствуешь — он высушивает набегающие слезы. Но в глазах все равно щиплет. И ты возвращаешься в комнату и заваливаешься на кровать, дав волю слезам. Они струятся по твоему лицу и стекают на подушку.

Потом ты встаешь и с тяжелым сердцем открываешь комод, где хранишь бандану Джоша, которую стащила перед его отъездом, чтобы иметь возможность, когда захочется, вдохнуть его запах. Ты не можешь устоять перед искушением зарыться в нее лицом. Тот же парфюм — что ж, хоть что-то в этой жизни неизменно.

После всего, что произошло, почему ты все еще теряешь от него голову? Ничего уже не вернуть. Ведь если он просто исчез, то мог лгать и находясь рядом. Теперь вы оба должны двигаться дальше, и желательно в разных направлениях.

Сгоряча ты даешь себе слово, что перестанешь мечтать вообще, но, немного подумав, понимаешь, что не хочешь этого. Ты будешь мечтать только о ком-то другом или о чем-то другом... Этого ты пока не знаешь... И ты снова научишься жить, превозмогая боль.

Ты спешишь в ванную комнату, покосившись в висящее на стене большое зеркало. Боже, да ты похожа на мертвеца, на человека, из которого ушла жизнь! Ты подставляешь лицо под душ, такой горячий, что вмиг запотевают стекла, дыхание перехватывает, а на коже появляются красные пятна. Ты считаешь до тридцати, выключаешь воду и предстаешь, голая и мокрая, перед зеркалом. Твое лицо распухло и покраснело, пряди волос прилипли к плечам. Ты чувствуешь, что пар и вода помогли твоим мышцам расслабиться, а мыслям успокоиться. А вернувшись в комнату, зарываешься под одеяло и утыкаешься лицом в подушку, свернувшись и подтянув колени к груди. Тебе хочется остаться здесь навсегда. И, все больше осознавая масштабы собственного одиночества, стараешься выплакаться вволю.

9 сентября 2019 года.

Нежный рассвет несмело возвестил о наступлении понедельника. Ты решительно отдернула одеяло и поднялась с постели. Что собираешься делать, Оливия? Будешь сидеть в четырех стенах и биться о них головой, чтобы как-то заглушить горе? Остается единственный способ вернуться в жизнь — начать собираться в универ. Нет смысла смотреться в зеркало, чтобы понять — выглядишь ты жутко: губы искусаны, лицо нервное, глаза воспаленные. Прическа в беспорядке, как бы ты ни пыталась пригладить непослушные локоны. Нет, лучше не смотреть в зеркало... Там потрясение, усталость, пустота.

Только внешне кажется, что ты сильная. На самом деле это не так — ты проплакала все выходные. И особенно ночью, когда стало так тоскливо среди темноты, а перед глазами стоял улыбающийся Джош... Ты вставала с утра, впихивала в себя яичный омлет с шестью кусочками бекона, пила чашку чая и запиралась в своей комнате. И хоть и твердила себе: «Не сметь хныкать!», у тебя ничего не получалось. Обида сводила с ума. Ты шла на кухню, где находила бумажные полотенца и вытирала ими слезы и нос. И вновь возвращалась к спасительной подушке.

Проснувшись, ты только тихо скулила, заедая печаль французской выпечкой, пахнувшей ванилью, корицей, шоколадом. Бодрящий горячий кофе, глоток за глотком, под популярные песни Джо Дассена и Шарля Азнавура. Аккомпанемент этих месье оказался действенным! Этой ночью ты обошлась без таблетки снотворного — и спала как убитая.

В воскресенье утром тебя разбудил яркий луч солнца, ослепив глаза. Он пробился сквозь стекло и заполнил комнату, словно говоря, что ты не одна, что все будет хорошо.

Днем ты хлюпала носом чуть меньше, чем в утренние часы, помешивая разогревающееся на плите чили-кон-карне: тебе всегда безумно нравился острый чили с печеной фасолью, потому что от него у тебя увеличиваются зрачки и становятся горячими губы. Еда источала такой аппетитный аромат, что у тебя заурчало в животе и рот наполнился слюной.

И вечером, пока твой яблочный пирог с корицей томился в микроволновке, слезы наворачивались на глаза, но ты успела заметить, что их уже было до неприличного мало.

Все. Хватит! Ты сыта переживаниями по горло, они выбивают тебя из колеи. Ты не вернешься в прошлое, не станешь больше звонить Джошу. Какие бы у него ни были новости — они не интересуют тебя. Теперь ты свободна. Тебе непонятно, почему начало романтических отношений люди отмечают с ликованием, а начало свободной жизни — со слезами.

Ты вставляешь в уши наушники, включаешь на самую большую громкость музыку и отправляешься на кухню. Сейчас ты съешь легкий завтрак (больше никаких сладостей!), запивая его эспрессо, решишь крошечную головоломку из The New York Times, чтобы расшевелить мозг; немного боевого раскраса на отекшее лицо тебе тоже не повредит.

Шевелись! Сегодня твоя первая лекция начинается в девять. А во второй половине дня ты непременно поедешь к Жаклин, к милой, доброй, сильной и мудрой Жаклин. Вчера, включив автоответчик, ты услышала ее голос: «Ты там жива, Ливи? Тебя давно не видно. Если ты меня слышишь, проснись и пой. У меня отличная новость. Фонд World Press Photo присудил мне премию в категории People in the News. Пообещай, что порадуешься вместе со мной и не откажешься по этому случаю разделить скромный ужин. Ты ведь не потеряла мой адрес? Итак, жду тебя завтра, детка, в пять вечера! До скорого!»

За что ты любишь Жаклин, так это за ее неисчерпаемую энергию, жизнелюбие и искренность. Она — светлый лучик в твоей жизни, который всегда пробивался сквозь тучи в те моменты, когда они сгущались над твоей головой.

Под ярким утренним солнцем ты впервые за эти дни почувствовала себя лучше. И не прошло нескольких часов, как ты уже подходила к дому Жаклин Лурье — высокому двухэтажному особняку, расположенному в историческом районе Верхнего Ист-Сайда, между Мэдисон и Парк-авеню. Ты несла купленный по пути большой букет роз нежно-кремового оттенка, держа его одной рукой снизу, а второй — бережно придерживая сверху. Он должен понравиться Жаклин!

Это был одноквартирный браунстоун девятнадцатого века, построенный из слоистого песчаника. На фронтоне дома красовались огромные часы, посмотрев на которые, ты убедилась, что прибыла вовремя. Красота залитого солнцем здания подчеркивалась огромными изогнутыми окнами, закрытыми коваными решетками, обрамленными в элегантную раму, и впечатляющей мансардной крышей, с которой, должно быть, открывался захватывающий вид.

Перед домом буйно цвела азалия, и ты остановилась полюбоваться. На ровном зеленом газоне были высажены кусты и разбиты аккуратные цветочные клумбы, по краям которых росли кипарисы. Они тянулись вверх причудливыми спиралями, которые не имели ничего общего с их естественной формой и, конечно, символизировали утонченный стиль. За ними ровными рядами стояли карликовые деревья в стиле бонсай, будто не смея нарушить раз и навсегда заведенный порядок. Создавалось впечатление, что за этим оазисом ухаживает целый штат садовников.

Поднявшись по широкой каменной лестнице, ты откашлялась, прочищая горло, и спустя полминуты нажала на серебристую кнопку звонка рядом с табличкой «Жаклин Лурье».

«Дзинь, — раздалась мелодичная трель. — Дзинь-дзинь».

Дверь распахнулась. На пороге стоял молодой человек среднего роста, должно быть, швейцар или дворецкий. Мускулистый и худощавый, с сияющим, немного смуглым лицом и с черными, слегка вьющимися волосами, он был причудливо одет: на нем вместо ливреи были джинсы, индейские мокасины с бахромой и броская пестрая рубашка с короткими рукавами и отложным воротником. Ты бы смело приняла ее за гавайскую, если бы на ней не было металлических застежек вместо пуговиц. Ты подумала, что такие рубашки чаще носят не в Нью-Йорке, а где-нибудь в Малибу с его теплым климатом и песчаными пляжами тихоокеанского побережья. И сразу вспомнила о Джоше. Он тоже где-то там, неподалеку.

— Вас зовут Оливия, мэм? — спросил мужчина и склонил голову в вежливом приветствии. От него исходил легкий аромат миндального теста, а в голосе ты с легкостью распознала испанское произношение.

— Да, сэр.

— Вы в точности такая, как описывала Жаклин. Прошу вас, проходите. Меня предупредили о вашем визите. Вас ждут в гостиной.

Мужчина отступил в сторону, пропуская тебя внутрь. Ты шагнула вперед и невольно хмыкнула, очутившись в холле. Он любезно улыбнулся и пошел вперед энергичной походкой, а ты еле поспевала за ним, бросая восхищенные взоры по сторонам.

Ты чувствовала, словно попала во дворец, имеющий свой характер. Толстые стены, высокие потолки с лепниной, старинный камин и фигурные дверные проемы делали этот дом уютным и придавали ему художественную индивидуальность. Дубовые панели украшали интерьер, а пол, выложенный из плиток кремового цвета, благодаря своему узору казался покрытым сливочным мороженым. Справа располагалась просторная кухня. Она выходила во внутренний дворик, который обилием растений походил на дендрарий.

Прихожая плавно переходила в изящную галерею с множеством потрясающих фотографий и картин в золоченых рамах. На первой ты успела разглядеть Венеру, раздающую дары нуждающимся, на другой были изображены Сапфо и Эринна в саду Метилены, третья — легкая и воздушная — была превосходной копией картины «В постели: поцелуй» Тулуза-Лотрека. Следующее произведение было наполнено символами, отсылающими к китайскому фольклору: дракон на картине нес мужское начало ян, а черная курица — женское инь. Вместе они поддерживали гармонию и баланс во вселенной...

Мужчина, приятно улыбаясь, повел тебя вверх по изящной лестнице из белого мрамора, затем по коридору мимо трех или четырех закрытых дверей. И, наконец, распахнув последнюю, остановился, приглашая тебя войти первой.

Твоему взору открылась освещенная розовым вечерним светом, льющимся из высоких окон, величественная гостиная с антикварной мебелью. Ты затрепетала при виде богатой библиотеки и скульптур, повсюду с удивлением замечала бронзовые предметы древней американской культуры, миниатюры и полотна. В дальнем углу комнаты, у самого окна стоял большой старинный рояль и несколько роскошных ширм, выстроенных в ряд.

Жаклин была там, в своей естественной среде обитания, в простом темно-синем платье, элегантном и вместе с тем не слишком строгом, и туфлях на невысоких каблуках — красивая как никогда!

В мочках ее ушей поблескивали дорогие серьги, а прямые черные волосы были слегка прихвачены сзади перламутровой заколкой, что на ком-то другом выглядело бы слишком буд
нично, но на ней смотрелось иначе и идеально подходило к легкому вечернему макияжу. С такой идеальной кожей косметика ей нужна лишь для того, чтобы добавить цвета губам и подчеркнуть глаза. Сидя в кожаном кресле перед низким журнальным столиком на фоне ярких корешков книг, она курила и меланхолично потягивала мартини.

Часть третья.
Сквозь бури и превратности

Глава 1. Жаклин

— Добрый вечер, Жаклин!

— Эй, Ливи! — радостно вскрикнула она, увидев девушку, помахала рукой и с поспешностью приподнялась с кресла, чтобы заключить ее в крепкие объятья. — А вот и ты! Спряталась за букетом роз. М-м-м, а запах! Просто одурманивает! Спасибо тебе, детка! — недолго думая, она погрузила букет в китайскую фарфоровую вазу. — Ужасно по тебе скучала! Ты же дала слово не пропадать...

Казалось, она старалась оттянуть миг, когда придется разомкнуть руки. И определенно не торопилась этого делать. Наконец, покончив с ритуалом встречи, она, отойдя на полшага назад и прислонившись плечом к резному мрамору камина, заботливо, с головы до ног, оглядела Оливию и с досадой произнесла:

— Что это с тобой происходит, милая? Сгорбилась, как напуганная школьница. Не одета, не причесана толком... — отчего Оливия расправила плечи и одарила ее натянутой улыбкой.

— Не причесана? — тихонько вздохнула она, заправив волосы за уши и повертев головой в поисках зеркала.

— Да, выглядишь не очень. Маленькая, худенькая, вся взъерошенная, как огородное пугало. Лицо такое, словно кто-то умер: отекло, нос вспух, глаза зареванные. Смотри, как они впали, под ними круги...

Оливия молчала, пока Жаклин внимательно смотрела на нее: черные глаза наблюдали за лицом девушки, тонкие брови слегка сдвинулись, образовав неглубокие морщины на лбу и вдоль переносицы.

— Что стало с той Ливи, которую я знала? Ну-ка давай, выкладывай, что стряслось... Не поладила с парнем?

На мгновение Оливия напряглась, ее мысли вернулись к тому удушающему волнению, которое ей довелось пережить, но когда Жаклин взяла ее за руки, как делала это раньше, она ощутила безграничную теплоту. И, преодолев неуверенность, дрожащим голосом рассказала подробности своей печальной истории.

— Хорош паршивец этот твой Джош! Полюбуйся, Ливи, что он с тобой сделал! Позвонить он не может! С каким наслаждением надавала бы ему пинков по заднице, будь он в Нью-Йорке...

— Он был замечательным человеком... — тихо возразила Оливия.

— Был... Ну, тогда я сожалею о твоей потере, — воскликнула Жаклин, с необычайной нежностью приобняв девушку. Та в ответ моргнула, и блестящая бисеринка скатилась с ее ресниц. — Ну ничего, ничего, детка. Успокойся. Раз ты жива, то пережить можно все! Многое со временем расставится по местам. Жизнь так нестабильна. Все меняется. Такое случается сплошь и рядом: девушкам надоедают парни, парням приедаются девушки, друзья уходят в небытие. Но жизнь ни для кого не останавливается. Так что нечего пускать слюни в подушку. Его поведение — не повод для истерики. Не смей сливать свой талант, свою индивидуальность! Ни один парень того не стоит, поверь! Я знаю, что говорю: прожила не один десяток лет. Прости, что так грубо, Ливи, но запомни: я не позволю тебе страдать, пока я с тобой.

Оливия нахмурилась, понимая, что Жаклин права, как всегда.

— А что же это мы стоим? Пойдем со мной, милая!

Она решительно прошла сквозь гостиную, мягко ступая по ковру, и, выйдя в коридор, свернула направо и толкнула первую же дверь. Оливия послушно следовала за ней.

Это была просторная комната, потолок и стены которой имели невероятно реалистичный цвет небесной лазури, чем поразили воображение девушки. Высоко под сводом сияла бледная луна и задумчиво мерцали звезды, куда-то спешили пушистые облака пурпурного цвета, среди них летали птицы.

— Персидская ткань с рисунком, — пояснила Жаклин, заметив изумление Оливии, и указала вверх пальцем. — Не правда ли, чудесно для спальни?

Девушка оглянулась. Да, это было волшебно. Именно такой и должна быть святая святых в этом доме — спальная комната Жаклин! Она обставлена, как в дорогом отеле: мебели здесь совсем немного. В самом центре стоит широкая кровать с двумя ночными тумбочками. На продолговатом столе на выгнутых ножках есть все необходимое для дамского туалета: целая батарея флаконов, шкатулок и ваз всевозможных размеров, с серебряными крышками, украшенными вензелями. Огромное трюмо состоит из трех створок, причем боковые, подвижные, должно быть, позволяют Жаклин видеть себя одновременно и прямо, и сбоку, и со спины, замыкаясь в собственном чудесном изображении.

Жаклин села возле трюмо и побрызгала себя духами.

— Chanel № 5 Grand Extrait, — сказала она на французском. — Люблю классику. Она никогда не теряет своей актуальности. Хочешь?

Оливия помотала головой, но женщина все равно надушила ее за ушами, говоря:

— Чудесный аромат, да? Ты ведь слышала историю со знаменитой мадемуазель Коко? Чтобы привлечь внимание к своему творению, она просто-напросто взяла и разбила один из флаконов в элитном парфюмерном магазине. Впрочем, все это домысел. На самом деле так поступила другая бьюти-леди, Эсте Лаудер, но чудачества, как всегда, приписывают Коко. Знаешь, она ведь так ненавидела цветочные духи. Все твердила: они не оставляют простора воображению и совсем нестойкие. Ну да, так и есть: чтобы запах продержался хотя бы пару часов, дамы поливали себя с ног до головы. А Коко всегда мечтала сотворить что-то иное — благовония, пахнущие женщиной. Кажется, ей это удалось. Что скажешь, Ливи?

Потом, пока Оливия рассматривала коллекцию картин знаменитых нью-йоркских экспрессионистов, Жаклин, наклонившись к зеркалу, пристально изучала каждый миллиметр кожи на своем восхитительном лице, растягивала ее пальцами, словно пытаясь разгладить невидимые глазу признаки морщинок. Затем она легонько постучала по нижней части подбородка тыльной стороной ладони и нанесла немного туши на ресницы и вишневого цвета помаду на губы.

— Иди сюда, Ливи! — позвала она, повернувшись лицом к девушке. — Позволь мне привести тебя в божеский вид. Преступление, если девушка выглядит менее красивой, чем могла бы быть.

Юная гостья уселась перед зеркалом, и Жаклин принялась за дело: освежила кожу тоником и нанесла на нее легкий крем, хотя нежная кожа Оливии особенно в нем и не нуждалась.

— У тебя чудесные глаза, — сказала она, умело подрисовывая линию века. — Такие чистые и невинные... Не жмурься, я не проткну их карандашом. Ну вот, чудненько... А сейчас немного туши... — она провела кисточкой по ресницам — черная тушь мягко и изящно удлинила и подчеркнула контур глаз. — Вот так...

Когда с глазами было покончено, она обрисовала контур губ красно-коричневым карандашом. Оливии стало щекотно и тепло, и она засмеялась. Потом наступила очередь помады с нежным бледно-розовым оттенком.

— Избегай яркой помады, Ливи, — заметила она. — На юном лице она всегда смотрится вызывающе, вместо того чтобы подчеркнуть его прелесть.

Подщипнула край левой брови, превратив ее в аккуратную стрельчатую дугу. И напоследок нанесла крем-пудру на щеки, приговаривая:

— Поверь, пока ты не дожила до моих лет, твое лучшее украшение — молодость и свежесть. Не замазывай косметикой природную красоту, постарайся сберечь кожу упругой и здоровой как можно дольше. Ты меня поняла, Ливи?

Руки Жаклин легко касались ее лица, и девушка зажмурилась от удовольствия.

— Вуаля, детка! Готово! — наконец объявила она и изучающе посмотрела на свою работу. — Теперь от тебя глаз не оторвешь!

Она медленно, не торопясь, поцеловала девушку сначала в одну, затем в другую щеку. От прикосновения ее губ, ее теплого дыхания Оливия задрожала, возвращаясь к жизни.

— Ну вот, Ливи, теперь не грех и подзаправиться! — Она дала знак, чтобы гостья последовала за ней.

Когда они покинули спальню и прошли немного по коридору, взгляд Оливии остановился на портрете, написанном маслом. В изумлении раскрыв глаза, полные неподдельного восхищения, она была поражена: настолько точно образ Жаклин, созданный кистью какой-то знаменитости, совпадал с той, кого она видела рядом с собой.

— Тебе понравился портрет? — поинтересовалась хозяйка дома, заметив восторг своей юной подруги. — Соглашусь, что-то в нем есть...

— Какое удивительное сходство, Жаклин! У художника необычайно верный глаз.

— Да, работа сама по себе чудесная, не спорю. Но портрет не вполне правдивый. Потому что молчит, безмолвно взирает с холста, как пустая маска — непроницаемая и не поддающаяся прочтению. К тому же он не отражает моей души. — Она рассмеялась тихим смехом и, довольная своей шуткой, пожала плечами. Ее взор устремился к окну — она, несомненно, знала, как красиво ложится свет на ее лицо под таким ракурсом.

Перед ними отворилась дверь в столовую, отделанную и меблированную в строгом вкусе. Первое, что бросилось в глаза, — люстра, которая напоминала музейный экспонат. В дальнем углу располагался массивный итальянский буфет, инкрустированный черным деревом. На его полках сверкал дорогой фаянс, антикварный фарфор и хрусталь. Серебряная посуда блестела в лучах света, падавшего с потолка. А сам потолок был расписан рисунками, что смягчало яркое освещение. При виде сервированного стола — на нем, помимо посуды, стояли два канделябра с тонкими свечами, а между ними — букет из свежих кремовых лилий и роз вперемежку с зеленью, — и аппетитных запахов, доносившихся откуда-то, у Оливии заурчал желудок, напоминая, что она ничего не ела с самого утра.

— Стряпня — одна из страстей Мигеля, — перехватив взгляд девушки, пояснила хозяйка. — А где же он сам? Ven aquí por favor Miguelito! — громко позвала она на испанском, повернув голову в сторону смежной со столовой небольшой кухни.

Пред ними с поклоном возник мужчина, который встречал Оливию у парадного входа. Сейчас на нем был накрахмаленный поварской колпак, а поверх пестрой, почти гавайской рубашки — снежной белизны китель с двумя вертикальными рядами пуговиц — в такую униформу облачаются шеф-повара кулинарных шоу. Стройный и гибкий, с открытым лицом, он молча улыбался им.

— Мигель, познакомься, это моя лучшая подруга Ливи, я тебе много о ней рассказывала.

Мужчина галантно протянул руку и кивнул, с неподдельным любопытством оглядывая девушку, в то время как Жаклин продолжала:

— Никогда не могла устоять перед юными талантами, они — такая редкость в наше время. А если еще и прекрасны, как наша гостья... Ты согласен со мной, Мигель?

— Конечно, мэм, — дружелюбно произнес Мигель и, обратившись к Оливии, продолжил:

— Гости у нас столь редки, мэм, что ваш визит стал настоящим событием.

— Muchacho, кончай с «мэм», лучше называй ее Ливи, — посоветовала Жаклин, положив руку на его плечо, и, обернувшись к девушке, поинтересовалась:

— Ну, а ты, Ливи, уже познакомилась с моим мужем?

От неожиданности Оливия смолкла, открыла рот, закрыла, сделала глубокий вдох и переспросила:

— С вашим мужем?

— Ну да. Мигель — мой супруг, — ответила Жаклин, и Оливия поймала загадочную улыбку, заигравшую на ее губах. «Удивительно, ведь она никогда не говорила, что замужем», — подумала она. И на их безымянных пальцах нет обручальных колец. С другой стороны, они, возможно, никогда не носили или не любят носить подобные украшения.

Но этот симпатичный латинос с покрасневшим из-за готовки смуглым лицом явно моложе Жаклин!

— Мигель будет угощать нас кушаньями собственного приготовления, правда, по старым рецептам моей бабушки. Ты ведь любишь французскую кухню? Держу пари — пальчики оближешь!

Она жестом указала девушке ее место.

— Садись поудобнее и чувствуй себя как дома. Мигелю осталась самая малость: нарезать багет и разлить по бокалам вино, и мы сможем, наконец, приняться за еду, как люди, которые долго постились и умирают с голоду. Это я о тебе, Ливи, ты ведь поняла? Мигель, дорогой, а не скажешь ли, почему стол накрыт на две персоны? Будь так добр, добавь еще один столовый прибор. И поскорей закругляйся там и присоединяйся к нам! Ну же, давай! Come on, muchacho, не стесняйся, это ж не девичник!

Обед состоял из нескольких блюд, отменно приготовленных, а горевшие на столе свечи были одновременно романтичны и праздничны. Когда Мигель подал салат нисуаз со свежим тунцом, то он и Жаклин скрестили руки (ты, посмотрев на них, сделала то же самое) и прочли молитву: «Господи, благослови трапезу сию и готовивших ее. И подай хлеба тем, у кого его нет. Аминь!»

За салатом последовал классический французский луковый суп с хрустящими гренками, пахнущий чесноком, сливочным маслом и сыром. А главным блюдом стал ароматный кок-о-вен из тушенного в вине петуха. Мигель снял с тарелок крышки, и по комнате распространился аромат, от которого потекли слюнки.

— Ливи, скорей ешь, пока он горячий, и потом скажешь нам, как тебе петушок на вкус.

Оливия охотно кивнула, показывая, что готова к дегустации. Мигель смотрел на нее, ерзая на своем стуле и скромно улыбаясь, — он ждал ее реакции. Петух был невероятно вкусным и таял во рту, и Оливия подумала, что никогда ничего подобного не ела.

— Это восхитительно! — сказала она. — Ваш кок-о-вен, Мигель, — что-то невероятное.

Мужчина просиял:

— Вы не шутите, Ливи?

— Нисколько! — осмелевшим голосом ответила девушка, чувствуя легкое возбуждение от нескольких глотков бургундского вина.

— Ну, раз так, давайте выпьем, друзья! Чин-чин! — Они звякнули бокалами, и Жаклин, обратив внимание на Оливию, произнесла:

— Когда чокаешься, детка, надо смотреть в глаза. А то, ты ведь слышала, семь лет неудач!

Ужин прошел за веселым и беззаботным разговором, нарушаемым лишь стуком и позвякиванием столовых приборов. Услужливый Мигель преподнес на десерт блинчики сюзетт с пикантным миндально-апельсиновым соусом. Интересно, как это ему удалось столько всего наготовить? Плескалось в фужерах легкое «Божоле-нуво», и Жаклин пила большими глотками, оживленно рассказывая о престижной премии, присужденной ей Фондом World Press Photo. Она курила, оставляя на сигаретах следы помады, и под негромкую музыку пела на французском, начав с L'hymne à l'amour Эдит Пиаф и закончив Qué Vendrá певицы ZAZ, где испанские припевы исполняла в дуэте с Мигелем, постукивая по столу в такт музыке. А потом она опять пила, увлажняя пересохшие губы. И при этом ни на секунду не забывала держать осанку.

— Ой, что-то голова закружилась... и укатилась, — громко рассмеялась Жаклин, дотронувшись тыльной стороной ладони до лба, и снова закурила, пустив дым в потолок. Оливия же поймала себя на мысли, что никак не может отвести взгляда от этой красавицы, будто сравнивая ее с самой собой и понимая, что в ней нет красоты, очарования и ума Жаклин. Чем больше она смотрела на женщину, тем прекрасней она ей казалась, даже несмотря на временами появляющиеся у нее под глазами тени и морщины вокруг губ. Но иногда за ее непринужденной веселостью проглядывало уныние. В такие моменты глаза Жаклин, всегда наполненные мудростью, вдруг становились грустными, а взгляд отсутствующим, но как только она замечала, что Оливия смотрит на нее, то снова надевала маску для радостного пиршества.

После обеда подруги переместились в гостиную, удобно устроившись в креслах. Мигель, сославшись на занятость, оставил их и громыхал посудой из кухни, вероятно, загружая посудомойку.

— Хочешь, я покажу тебе семейный альбом, Ливи? — предложила Жаклин.

Оливия не возражала. Когда она кивнула, Жаклин встала и прошла к книжному шкафу. Вытащив оттуда массивный фотоальбом в стершемся переплете, она с трепетом положила его на колени девушке, а сама присела рядом. Оливия открыла первую страницу, и от восхищения у нее перехватило дыхание: никогда раньше она не видела такой потрясающей пары на черно-белой фотографии. Жениху двадцати с небольшим лет не нужно было наряжаться, чтобы выглядеть, как кинозвезда середины прошлого века. Он смотрел прямо в объектив, а невеста висела у него на руке и улыбалась. Ее светлые волосы были уложены в шиньон, обнажая грациозную шею. Кружевное свадебное платье сложного покроя подчеркивало ее осиную талию, а внизу плавно переходило в длинный шлейф.

— Смотри, правда ведь они красивые? Отец — вылитый Alain Delon в молодости! Ты видела его в «Черном тюльпане»? Нет? Тебе непременно надо посмотреть, детка. Молодежи следует приобщаться не только к современному искусству, но и на классику иногда поглядывать. О'кей. А это тоже они — моя мать Бренда в объятьях отца, — поясняла Жаклин.

На следующем снимке Оливия увидела любящих родителей вместе с малышкой Жаки. Она с интересом уставилась на ребенка, затем перевернула одну страницу, другую и вновь вернулась назад. Черты лица крохотной девочки были чудесными и такими же, как у мужчины, сидевшего на фотографии подле нее.

— Знаешь, мне всегда говорили, что я дочь своего отца: очень похожа на него, но, подрастая, я не находила сходства. Впрочем, теперь я стала точной его копией.

На обороте чьей-то рукой было выведено «Бриджпорт, Коннектикут, 1967». Сохранившиеся снимки со слегка размытыми контурами запечатлели превращение хрупкого дитя в угловатую, похожую на мальчика девочку, то сидевшую на коленях у папы, то, наклонившись вперед, задувавшую свечи на торте. Здесь ей шесть лет — по количеству свечей.

— Не удивляйся, Ливи, с самого детства для меня было совершенно нормально одновременно хотеть отрастить волосы и подстричься под мальчика.

По мере того как Оливия листала фотоальбом, перед ней, сквозь приглушенные временем краски, возникала история крепкой семьи, в которой царили дружба и взаимное уважение. Она и не заметила, что Жаклин охватила внезапная тоска — женщина устало щурилась, и мысли ее блуждали где-то очень далеко. Потом она оторвалась от кресла, чтобы налить себе вина, и Оливия видела, как она берет бутылку из шкафчика с ячейками и откупоривает ее с привычной быстротой, и вот уже до нее донеслось бульканье. Спустя короткое время Жаклин, вновь взбодренную алкоголем, потянуло на откровенность и душевные излияния.

— Это мой дед по отцу, Гюстав Лурье. Помню, он требовал к себе особого почитания и вечно твердил, что является отпрыском рода Медичи. Можешь улыбнуться, Ливи, или даже рассмеяться. Разрешаю! Иммигрировав из Франции во время Второй мировой, он, неутомимый труженик, обосновался в Коннектикуте и со временем завоевал славу признанного кутюрье. Консерватор до мозга костей, он желал самолично выбрать девушку в жены своему сыну Бернару, к тому времени только окончившему университет, и, знаешь ли, приоритетом для него было не происхождение человека, нет! А физическая красота, хорошие гены и завидное здоровье. «Среди Лурье никогда не было уродов!» — всегда говорил он. Но все случилось без его вмешательства. Родители познакомились на какой-то вечеринке, где ими с первого взгляда овладела страстная любовь. Мать происходила из аристократической американской семьи, которая по меньшей мере полторы сотни лет разводила лошадей и считала, что нет ничего важнее породы и принадлежности к нужным кланам. У них было принято утверждать, что мужчины лучше женщин, лошади лучше собак, а Гарвард — лучший университет мира. — Она грустно взмахнула рукой.— «Тошнотворно богатые», как дед называл предков своей невестки, поколениями любили только себя, отдаляясь от потомков... В общем, они посчитали брак их дочери с «сыном французского брючника» унизительным мезальянсом, и, чтобы проучить ее, оставили без единого гроша. Но молодые все равно были счастливы. Когда старик

Лурье умер, мой отец избавил мать от ношения корсета, но перестарался, на беду свою превратив ее, женщину вольных нравов, в избалованную сибаритку.

Отец был уверен, что когда-нибудь жена подарит ему долгожданного сына. Но спустя три года их совместной жизни мать решительно заявила, что отказывается иметь детей, что ей слишком дорога ее фигура. — Жаклин иронически усмехнулась.

— Отцу, когда запас его терпения пришел к концу, ничего не оставалось, кроме как пригрозить ей разводом, и Бренде, любившей красавчика Вернара, скрепя сердце пришлось согласиться на беременность. Сперва меня звали Жаком, ведь до рождения я была мальчиком. Но, появившись на свет дочерью, а не желанным сыном, я разочаровала родителей... они заранее выкрасили детскую в голубой цвет и накупили голубых ползунков, ленточек и шапочек. Хотя не все было так паршиво! Если не считать, что мать совершенно не занималась мной, считая, что достаточно настрадалась во время родов и теперь заслуживает, чтобы ее оставили в покое, в целом у меня было неплохое детство. Родители баловали меня, единственного ребенка, покупая то, чего не могли позволить себе многие другие семьи. Теперь-то я понимаю: они делали это, чтобы доказать всем, что у них много денег. Отец тогда занимал должность члена городского совета.

Знаешь, Ливи, а ведь я почти забыла их лица, — продолжала откровенничать Жаклин. — Но зато я очень хорошо помню тот день, когда они с позором вышвырнули меня из дома. Мне было почти восемнадцать. Я только вернулась с прогулки, в поношенных джинсах и истертых кроссовках, и столкнулась с матерью. Она, обожательница светской жизни (только это и представляло для нее смысл существования), в тот момент смахивала на чванливую паву, разодетая в пух и прах и обвешанная украшениями, как новогодняя елка, для развеселой вечеринки в загородном клубе, где регулярно собирался узкий круг процветающего бизнес-сообщества и члены городского совета. К слову сказать, мать никогда не умела найти золотую середину между последними тенденциями с мировых подиумов и собственным стилем.

— Я купила тебе билет до Филадельфии, — сообщила она мне, невозмутимо сжав губы. — Останешься ли ты там или поедешь дальше — уже твое дело. Автобус отходит через час.

— Что? Мама! Почему вы так поступаете со мной?

— Ты прекрасно знаешь почему, Жаклин. Из-за тебя мы с отцом становимся посмешищем для всего Бриджпорта. Мы не можем позволить, чтобы это продолжалось, а ты, верно, думаешь, что родилась такой! — Она в ярости сверкнула глазами, выражая свое презрение. — Тебе наплевать на нас, на отца. Его не переизберут на следующий срок. И это чудовищно!

Оливия наблюдала, как Жаклин в задумчивости водит пальцем по краю бокала с шато. Со стороны казалось, она решает какую-то замысловатую головоломку. Потом она закрыла глаза, вспоминая боль, которую испытала в тот день. Она поклялась тогда, что никогда не вернется в Бриджпорт, что бы ни случилось.

Примерно за три месяца до той истории она с твердостью заявила, что определенно не выйдет замуж за Криса. Двадцатидвухлетний Крис был важной птицей, любимым племянником бездетного губернатора штата, с супругой которого ее мать Бренда уже давно согласовала этот вопрос. На требование родителей объясниться она ответила, что не любит Криса и что ей вообще не нравятся парни. Никакие! А потом и вовсе сделала смелое признание — ей больше нравятся девушки.

«Нравятся девушки» — услышав это, Оливия вздрогнула и пролила кофе из чашки, которую подносила к губам.

Чувствуя неловкость, она быстро вытерла руки салфеткой, надеясь, что Жаклин ничего не заметила. А та прочистила горло и заставила себя продолжать свой рассказ.

Итак, ее признание повергло в шок отца. Он — отчаянный консерватор, не терпевший никакой новизны, и ревностный католик, — сохраняя приверженность пережиткам прошлого, отказался даже смотреть на дочь. Все ее старания заговорить с ним были напрасны, он просто поворачивался спиной.

А мать, напротив, не упускала возможности сказать, что в нее вселился дьявол, и, несомненно, преподобный Иоанн из католической общины сможет вразумить ее. Она вынудила дочь пройти со священником три обряда экзорцизма, включавших благословение с возложением рук, возложение в рот соли и помазание елеем носа и ушей, сопровождаемое плевком и живительными словами святого Фомы Аквинского: «Maledicte Diabole, exi ab eo!» («Проклятый диавол, изыди!»). Преподобный, пряча лицо под глубоким капюшоном, пытался исцелить ее своенравную душу, обучая послушанию, кротости и смирению из «Левита», внушая, что «ее обуревают греховными помышлениями бесы блудодеяния, разжигая похоть ее», и благочестиво молился о ее прощении: «С Христом на кресте, мы говорим: прости ей, Отче, ибо она не ведает, что творит». А спустя неделю он, разводя руки, заявил Бренде, что его усилия не принесли результатов и, по-видимому, сей случай входит в число тех, когда прихожане, обращающиеся к Церкви за помощью, принимают медицинские проблемы за духовные...

Жаклин встряхнула головой, сделала последний глоток из бокала и потянулась за сигаретой. Было видно, что она хотела бы отогнать от себя воспоминания: ведь они из другой жизни, и погружение в них не принесет ничего хорошего. Она попыталась улыбнуться Оливии, но вдруг глухо закашляла, не могла откашляться, и из ее глаз потекли слезы:

— Проклятые сигареты, — сказала она. — Не вздумай даже начинать курить, Ливи! Пообещай это мне!

Оливия в изумлении слушала ее исповедь и думала о своем. Да, Жаклин нравилось ее опекать и делиться жизненным и профессиональным опытом. Похоже, ей, состоявшейся и успешной личности, тоже было одиноко, она любила поговорить и всегда подчеркивала, что в ее, Ливи, лице нашла отличного слушателя. Лишних вопросов Оливия не задавала, и женщина обычно рассказывала ей все подряд: то какие-то забавные случаи из своего детства и юности, то делилась грандиозными идеями новых проектов, то вспоминала свои загадочные сны, то вдруг начинала поучать, как правильно поступать и вести себя в той или иной ситуации. Вместе с тем о ней самой до этого дня Оливия знала не слишком много.

Итак, слухи мгновенно заполонили Бриджпорт, все говорили о Жаклин, особенно в школе, где друзья, судача за спиной, вдруг стали избегать ее. Все, кроме Марты Купер, которая никогда не обходила ее стороной, и, судя по всему, была даже озадачена всеобщим странным поведением, но сама никогда не заговаривала об этом.

А все началось в выпускном классе. Жаклин и по сей день помнит свое состояние, когда она пыталась доверять своим желаниям и судорожно искала путь к самой себе. Понимала ли она тогда, куда он ее приведет, если она слепо пойдет по дороге, в начале которой стоит?

Все свои мысли она держала в строгом секрете. Даже Марта ничего не знала о ее чувствах к ней. Лежа ночью в кровати, она думала о Марте и грезила, что когда-нибудь они будут вместе. Ведь люди созданы для любви, а не для леденящего одиночества. Как же сильна была ее ревность, когда на выпускном балу она случайно заметила, как та целуется с Генри Кларком. Теперь все стало предельно ясно: она, Жаклин, не такая, как все. Она — другая. С природой ведь не поспоришь: ей придется принять ее причуды и жить дальше. Но и она, Жаклин, несмотря ни на что, заслуживает счастья, уважения. Но их надо было сначала отвоевать.

Понемногу она стала отдаляться от Марты, оберегая свою тайну. Ничего! Совсем скоро она уедет, возможно, в другой город, поступит в университет, и ей больше не придется об этом волноваться. Но вдруг родители подняли вопрос о ее замужестве с Крисом:

— Тебе, Жаклин, следует отнестись к этому вопросу с ответственностью!

— Довольно, мама. Считать, что девушка должна выйти замуж против собственных чувств, — это по меньшей мере старомодно!

— А что плохого в Крисе? Его родители входят в элитный круг, а дядюшка, считающий его своим единственным наследником, восседает в главном кресле Капитолия в Хартфорде. И ведь сам Крис такой серьезный, безукоризненный, как мальчик из церковного хора. Да мы с отцом вполне уверены, что он от тебя без ума.

— Мне важнее знать, влюблена ли я.

— Прекрати спорить, Жаклин! Родителям лучше знать, как должны жить их дети. И к тому же этот вопрос уже решен!

Что было дальше, Ливи, ты уже знаешь. Видимо, преподобный Иоанн оказался слабым — так все и открылось.

Мать, наблюдая безуспешность его трудов, не оставляла попыток переделать дочь собственными силами, но вопреки всему та осталась самой собой, все той же Жаклин, слишком гордой и слишком упрямой, не позволявшей никому убить ее эго и твердившей матери, что той придется смириться с этим. Задыхаясь от осознания собственной беспомощности, одним тихим вечером Бренда завела с мужем серьезный разговор о том, что «дочь опозорила нас и Господа нашего», и надо бы как можно скорее поместить ее в психбольницу.

И непременно добилась бы своего, если бы не решительный протест отца. Жаклин слышала, как он крикнул жене, что, в отличие от нее, еще не окончательно слетел с катушек!

В тот день Жаклин хотелось выть в полный голос, а в голову лезли мысли: если она здесь чужая и не нужна даже собственным родителям, тогда что ж — она уедет и попробует поискать свое счастье в другом месте. Где-нибудь на бескрайних просторах Североамериканского континента, от Атлантики до Тихого океана, от солнечных Гавайев до снежной Аляски ей, Жаклин Лурье, непременно будет хорошо...

Стоя у порога дома с одним чемоданом в руке, девушка держала себя с таким достоинством, что разодетая по случаю вечеринки мать, похоже, впервые в жизни оробела, услышав ее прощальные слова:

— Ты всегда хотела сломать меня, хотела, чтобы я думала так же, как ты. Но не дай мне бог стать похожей на тебя, мама. Когда-нибудь, может, перед смертью, ты поймешь, что ты со мной сделала.

Мать ответила ей, что будет молиться за нее, и закрыла перед ней дверь. Господи, что за чушь, выгнать из дома собственную дочь и молиться за нее! Ничто не злит человека сильнее, чем фраза, что кто-то будет возносить молитву за спасение его души!

Она помнила свое первое Рождество, проведенное вне дома. Ей было восемнадцать, и она поначалу жила на подземной парковке торгового центра, который по какой-то причине не достроили и забросили. Компанию ей составляли другие юнцы, сбежавшие из дома, бродяги, наркоманы и люди, оставшиеся без крова и потерявшие надежду на лучшую жизнь. Кто-то по случаю торжества притащил откуда-то еловые ветки и украсил их обрывками блестящей упаковочной бумаги. Все пили дешевый алкоголь и фальшиво распевали рождественские гимны. В тот вечер она начала курить, находясь на грани отчаяния. Именно тогда она и стала взрослой.

Когда у нее не было еды, она шла, ничего не боясь и никого не стесняясь, и зарабатывала себе на кусок хлеба, выгуливая собак, расклеивая объявления, не гнушаясь работой посудомойки, уборщицы или продавщицы, как будто привыкла делать это всю жизнь. Действительность не слишком баловала ее, но она держалась стойко и не копила в себе горечь и злобу. А здравый смысл и чувство юмора помогали справляться с самыми нестандартными ситуациями, которые поставили бы в тупик даже зрелого человека.

Вскоре, устроившись официанткой в придорожной забегаловке, ей на пару со сменщицей удалось снять облезлую комнатушку в семьдесят пять квадратных футов в пределах городской черты за пятьдесят баксов в неделю. Не самое подходящее жилье, но единственное, которое она могла себе позволить... В ней еле умещались одна узкая кровать с продавленной подушкой, на которой они с подругой спали поочередно, приставленный к ней вплотную крохотный столик и тяжелый круглый табурет. «Правда, там еще был очень удобный стенной шкаф. В нем можно было легко спрятать все свои скелеты».

Жаклин глубоко вздохнула, странно поморгала и, со словами «что-то зрение подводит меня в последнее время», полезла в шкаф, извлекла оттуда дизайнерские очки в дорогой оправе с тонкими дужками и надела их. Умный взгляд грустных глаз за слегка затемненными стеклами придавал ее лицу строгость.

Да, то было время головокружительного роста уверенности в себе! Жаклин быстро смекнула, что имеет шансы добиться успеха («Когда я хотела чего-нибудь, я шла напролом, не сворачивая с пути, каким бы тернистым он ни был в ту минуту»). Скопив немного денег, она смогла взять кредит и поступила в Университет Пенсильвании на факультет живописи и истории искусств, и в то же самое время увлеклась фотожурналистикой... Ее наполняло чувство удовлетворения и счастья вместо тоски по дому или раскаяния!

С фотографий на Оливию смотрела девушка ее возраста или немного старше, одетая в мужской костюм и с короткой, по женским меркам, стрижкой. И она вдруг отчетливо вспомнила свою поездку к Базальтовым столбам. Тогда она впервые увидела Жаклин — в модных облегающих брюках, легкой куртке, закинутой за плечо, — приняв ее за элегантного мужчину, и навсегда влюбилась в нее: в ее манеру одеваться, улыбаться, говорить и двигаться, жестикулируя руками.

— Что не так, Ливи? — Жаклин прищурила глаза, заметив, что Оливия задумалась. — Постой-ка! Позволь, я угадаю. Сейчас ты спросишь о чем-то вроде моей стрижки или одежды?

Вместо ответа девушка мило улыбнулась.

— Ну, я так и знала! — усмехнулась Жаклин. — Хорошо, можешь считать это демонстрацией моей независимости, моим протестом против несправедливости, стремлением быть с мужчинами на равных. Тебе ведь рассказывали в школе про гендерное равенство? Понимаешь, если ты не мужчина, то и отношение к тебе в обществе, ну, скажем так, не слишком серьезное. Взять даже известных женщин, голливудских актрис. Это только со стороны кажется, что сам Господь посыпает их головы зелеными банкнотами. На самом деле они горбатят спину так, что им не позавидуешь: вкалывают день и ночь — работа и дом. И их гонорары намного ниже, чем у мужчин. Знаешь почему? Да потому, что в нашем опрокинутом мире цена женщины ниже. И твой внешний вид — это первая картинка, по которой создается впечатление...

Если Жаклин — сильная женщина — сумела преуспеть в профессии, пройдя через все: позор и муки, суд над собой и радость врагов, то в ее личной жизни ровным счетом ничего не изменилось. Она всегда была одинокой. Да, у нее были друзья, много друзей. Успешная карьера этому способствовала. Предложения о дружбе и близких отношениях сыпались со всех сторон. И поначалу она была очень оптимистична: бегала с одного свидания на другое, откликалась на каждое достойное предложение и в тех отношениях доводила себя до полного истощения. Но всякий раз после завершения романа становилась еще более одинокой. Все ее подруги в свое время, следуя необъяснимой логике, появлялись в ее жизни, а потом нелогично исчезали. А она, оставшись одна, рыдала, потому что «это была любовь всей жизни». А что еще оставалось делать женщине, когда она понимала, что ее больше не любят?

Появившиеся свобода и независимость порой казались ей настолько зловещими, что она начинала серьезно тревожиться, что не знает, как ей быть, куда идти, за кем следовать...

А что, если главная ее проблема — она сама? Что, если она глубоко заблуждается в своем выборе, в результате чего творит беды и приносит себе боль?

И она приняла трудное решение — решила попробовать отношения с мужчиной.

И вскоре даже влюбилась.

Жаклин улыбнулась, вспомнив об этом.

Ее первого избранника звали Адам. Скромный молодой человек работал рекламным агентом и был славным, наивным и неиспорченным парнем. Бедняга влюбился в нее с первого взгляда, как только увидел. Он был всего лишь на год старше Жаклин, белокур и розовощек. Личико херувима и безумная любовь, в которой он, заикаясь от волнения, клялся Жаки при каждом удобном случае, сыграли свою роль. Поначалу она полагала, что для того, чтобы привлечь внимание парня, надо его игнорировать. Но вскоре, наконец, решилась отдать свое сердце, руку и все, что к ним прилагается, избранному счастливчику. Его строгая мамочка, кажется, ее звали Сара, пришла в ужас, когда выяснилось, что Адам вздумал жениться не на еврейке. Она рвала и метала, крича, что «ребенок от такого брака будет неевреем», «ноги ее не будет в доме Зильберманов» и, наконец, «или я, или эта девица, двух хозяек не может быть на одной кухне, выбирай». И сын выбрал мать. Жаклин немного погоревала, но, собравшись с мыслями, сказала самой себе, что следующим ее женихом будет кто угодно, только не еврей.

Со Стивом Роджерсом, своим вторым избранником, она познакомилась в ресторане спустя месяц после разрыва с Адамом, и он, юрист в крупной консалтинговой компании, начал ухаживать за ней по всем правилам. Она не осталась равнодушной ни к его черным кудрям, ни к ласковой улыбке, ни к галантной внимательности, и решила, что вот, наконец, и он — мужчина ее мечты. И вместе они, наверное, составят потрясающую пару... Тем более что Стив был тоже католиком. Вскоре была назначена дата свадьбы, заказаны церемония венчания и банкет, и родственники со стороны Стива начали присылать подарки. Жаклин помнила во всех подробностях, как они — Стив в черном фраке и цилиндре и она, поразившая всех собравшихся своей красотой и изяществом, — стояли, взявшись за руки, возле арки, увитой весенними цветами. И старого епископа или, быть может, аббата с почтенной внешностью и длинными седыми волосами, падающими на воротник черной сутаны. Руки падре дрожали, когда во время обряда венчания он воздевал их к небесам, осеняя свою паству божьей благодатью. А его сухие губы, обрамленные аккуратной бородкой и усами, шептали слова напутствия, словно молитву: «Пусть Господь благословит эти кольца и тех, кто их носит, во имя любви и процветания. Что соединил Господь — не разрушит человек. Данной мне властью я объявляю вас мужем и женой. Поцелуйте невесту...»

К тому времени Жаклин в качестве фотожурналиста уже сотрудничала с разными периодическими изданиями. Бывало, что газеты дрались из-за ее работ. Так ей удалось создать себе имя, и газеты стали поручать ей самые важные задания. Завораживающая смена лиц и мест, сумятица вечной новизны — вот что приносило Жаклин подлинную, ни с чем не сравнимую радость и ощущение неограниченной свободы. Ей нравились трудности, особенно осознание, что она, открывая миру истории, которые следует знать, делает что-то важное, что может принести пользу всему человечеству. А опасности, с которыми ей как фоторепортеру приходилось сталкиваться, только подогревали ее пыл. Она даже представляла, что, быть может, в один прекрасный день ей вручат Пулитцеровскую премию — высшую журналистскую награду!

Они со Стивом не протянули в браке и пяти лет, из которых большую часть времени она провела вдали от дома, выполняя то или иное задание редакции. То, о чем они когда-то мечтали, так и не сбылось. С годами обоим стало понятно, что это были просто красивые, романтические сказки, не имеющие никакого или почти никакого отношения к реальности. Зато теперь каждый из них твердо знал свое место в жизни: он, юрист с солидной страховкой и внушительным счетом в Bank of America, утром в одно и то же время уезжал на службу, встречался там с людьми, работал с бумагами и чувствовал себя превосходно. А Жаклин — она состояла в браке с фотожурналистикой. Только та и была ее реальной жизнью. Куда бы она ни шла, куда бы ни ехала, фотоаппарат постоянно был у нее в руке, висел через плечо или, в крайнем случае, лежал рядом на сиденье машины. Без него она чувствовала себя так, словно у нее ампутировали обе руки.

После очередной командировки, вернувшись в Штаты из горячей точки на Ближнем Востоке, она получила от Стива форменный ультиматум. Он, небрежно швырнув на стул кожаный кейс и вытащив из холодильника банку пива, занял место в своем большом кресле перед телевизором, и, как истинный американец, захрустел попкорном, хотя и знал, что этот звук всегда вызывает у нее бешенство. А потом, уставившись в потолок, не слишком внятно заявил, что, если она действительно хочет связать с ним свою дальнейшую жизнь, ей пора прекратить мотаться по миру. Жить и работать они будут в Нью-Йорке. И вообще, он заработал достаточно денег и желает, чтобы она оставалась дома и занималась семейными делами. «Мне не доставляет удовольствия смотреть, как ты ломаешь нам жизнь!»

Храня молчание, Жаклин устроилась напротив. Она не желала вступать с ним в пререкания и в тот момент старалась думать только о хорошем, например, о том, что с тех пор, как она встретила Стива, он почти не изменился, если не брать в расчет, что у него появился круглый животик и наметилась плешь. Он казался ей верным и внимательным мужем (правда, она уже и не помнила, когда в последний раз он являлся к ней с корзиной роз, но не делала из этого трагедии). И все же

Жаклин внезапно показалось, что в нем чего-то не хватает. Присмотревшись, она поняла: огонек в его глазах, который пленил ее пять лет назад, погас! И хотя она и пыталась убедить себя, что по-прежнему считает его привлекательным, в этот вечер он напоминал ей злобного жареного петуха, клевавшего соленый попкорн из картонного ведра и вытиравшего замасленные пальцы о брюки.

И она осознала, что ничего не испытывает к мужу — с самой первой минуты их совместной жизни.

— Тебя никогда нет дома, Жаки! — Он вскочил, сунув одну руку в карман, и, сгорбившись, принял небрежную позу. — Все! Больше никаких поездок, слышишь?

— Не получится, Стив. Прости, но без работы я ржавею, как старый замок.

— Значит, вот ты как, да? Хорошо! — обиженно сказал он, шевеля своими вечно влажными губами. — Тогда скажи, кто я для тебя? Ответь! Молчишь? Тогда я тебе скажу. Я всего лишь часть пейзажа вокруг тебя, вот я кто!

— Ты знаешь, Стивен, я потратила немало сил и времени, чтобы создать себе хорошую репутацию в профессии. Ты же никогда не воспринимал меня всерьез...

— Я! Я! Я! А обо мне ты когда-нибудь вспоминаешь, хоть изредка? Я так больше не могу, Жаклин! Любой мужчина хочет, чтобы женщина была подарком, а не источником бесконечных проблем.

— Да, я не совершенство, которым ты желал бы меня видеть. Я самая обычная. И никогда не притворялась другой. — Жаклин привалилась к холодильнику и скрестила руки на груди. В последнее время на нее навалилось слишком много работы, и она чувствовала, что сейчас напряжена, как натянутая тетива, и что ей не удается сохранять спокойствие и не реагировать бурно на несправедливый выпад со стороны мужа.

— Ах, как же мило! Как чертовски мило с твоей стороны! — Он постарался сглотнуть, но не смог: во рту пересохло от соленого попкорна. — Не знаю, что ты хочешь доказать, но вряд ли ты и сама это знаешь. Одно скажу точно: я этого не заслужил.

— Ну да, ты вечно уверен в том, что ты заслужил, а чего нет.

— Дурака нашла! Думаешь, раз удалось поймать меня в капкан...

— Тебя в капкан? Ой, не смеши, Стив!

— Да, меня! Ты жалкая, тешащаяся самообманом... Только взгляни на себя в зеркало! Какое надо иметь недюжинное воображение, чтобы называть себя женщиной!

Их ссора разгорелась. Стив тряс пальцем перед ее носом, его лицо кривилось от ненависти, которая призывала сильнее врезать по больному месту. Он в бешенстве вскинул дрожащий кулак, но Жаклин и глазом не моргнула. И он отпрянул в сторону и со всей силы трижды грохнул по столу.

— Когда-нибудь ты очень об этом пожалеешь! — заорал он напоследок. — Ты будешь стареть, и очень скоро тебя уже никто не захочет. Ты можешь и дальше строить карьеру, заниматься фитнесом, можешь оставаться блистательной и элегантной — это тебе не поможет, когда молодость пройдет. И если ты решила поставить точку, то пропади ты пропадом, Жаклин!

— Вот и славно, — хладнокровно отреагировала она. Чтобы справиться с гневом, ей пришлось сделать насколько глубоких вдохов и выдохов.

Это была их первая и последняя серьезная размолвка. Все, о чем они думали, на что надеялись и о чем мечтали на заре их отношений осталось в прошлом.

— Знаешь, Ливи, — произнесла Жаклин, глубоко затягиваясь тонкой сигаретой, — брак — это конец всему. Увы, любовь между людьми не бывает вечной, она со временем проходит. Вечная любовь существует только между аддиктом и его наркотиком...

В тот вечер я укатила в бар, в полумраке которого нашла тишину и спокойствие. Там я влила в себя бутылку французского коньяка и наболталась «о жизни» с приветливым барменом, ювелирно протиравшим бокалы. А потом попросила его вызвать такси. И всю дорогу размышляла над тем, почему бармен понимает тебя лучше, чем собственный муж и тем более собственные родители.

Через месяц мы оформили развод со Стивом Роджерсом, положив конец раздорам. Я отдала ему кольцо и распрощалась. Но, по правде говоря, мы остались приятелями. Может, оно и к лучшему. Потому что терпеть эту серую домашнюю рутину — нет, это точно не для меня! Пусть ею займется кто-то другой. И скучную жизнь в браке, которая через десяток лет станет еще скучнее. Что тогда нам делать? Отравиться мышьяком? Повеситься на люстре? Броситься с Бруклинского моста? Хорошо еще, мы не дошли до того, чтобы швырять друг в друга тарелками, как это происходит во многих семьях. Зато с тех пор мы больше не ссорились, и я могла снова наслаждаться прелестями профессии, ощущая весь мир у своих ног, упивалась захватывающими поездками по свету, окружающим пейзажем, свежим воздухом и... свободой. И успокаивала себя тем, что, наверное, в жизни есть этап, когда лучше быть одной. И что, пожалуй, умереть в одиночестве тоже не так уж и плохо.

Однако умирать я не собиралась и сказала себе после хорошего обеда: в следующий раз влюбись по-настоящему.

Но только — никаких больше мужчин, Жаклин!

Слышишь?

НИКАКИХ мужчин!

Оливия продолжала листать старый альбом, пораженная откровениями женщины. Она никогда не забывала, что частная жизнь человека и, главное, ценность этой жизни превыше всего. И потому боялась стать невольным свидетелем жизни Жаклин, в которую она, Оливия, сейчас вторгается, правда, с позволения самой хозяйки.

Из раскрытого фолианта внезапно выпал снимок. Жаклин подхватила его прежде, чем он упал на пол, и взглянула на него с болью и тоской. На нем изображены два человека преклонного возраста — мужчина и женщина, сидящие в парке на скамейке, под деревьями.

— Знаешь, кто это, Ливи? — спросила она с заметной дрожью в голосе и дотронулась пальцем до сияющих лиц, застывших во времени. — Мои родители — Бернар и Бренда. Вот, прислали недавно первую весточку за тридцать лет! Отец почти не изменился, теперь он выглядит, как старый Ален Делон. Собственно говоря, с годами люди не меняются. Меняется лишь размер их одежды. А мать... смотри, она сделала столько пластических операций, что на ее лице не осталось ни одной морщинки, ни единой мало-мальски заметной складочки. Но глаза растянуты, как у китаянки, и, готова биться об заклад, рот ее уже не закрывается. И, судя по снимку, только слуховой аппарат возвращает ей мир звуков.

С трепетом она перевернула снимок, чтобы прочесть строки, выведенные мелким, с аккуратными соединениями, почерком отца, которого она не видела больше тридцати долгих лет:

*«Дорогая дочь,
Привет из Бриджпорта!*

Мне и твоей эксцентричной матери скоро по восемьдесят.

Дырявые сундуки!

Все эти годы оскудевшим умом я пытался разобраться в своей запутанной жизни. И, представь себе, ни хрена не разобрался. Но я знаю, что горжусь той женщиной, которой ты стала. Смею надеяться, в один прекрасный день ты впустишь нас с матерью в свою жизнь.

Конечно, мы наделали ошибок, которые ты никогда не простишь, но, видишь ли, в жизни не все так просто. Есть вещи, которые лучше не помнить вовсе. Скажу одно: да, мы ненавидели твой поступок, но, несмотря ни на что, не переставали любить тебя. И всегда, все эти долгие годы чертовски сильно хотели быть рядом. Знаешь, нам так одиноко вдвоем, дочь! Мы с твоей матерью почти не общаемся: после определенного возраста просто не осталось тем для разговора, если не считать глупой болтовни о старых болячках, горьких пилюлях и холодных сквозняках.

Да, кстати, спасибо за неплохие денежки, которые ты регулярно высылаешь на наш адрес. Это ведь твоих рук дело, не так ли, Жаки? Я как-то сказал твоей матери, что щедрый человек по нашим временам большая редкость. На что она ответила: но она наша дочь, наш единственный птенец, плоть от плоти... И этим все сказано.

С любовью, твой отец Бернар Лурье».

Жаклин грустно вздохнула и произнесла с болью в голосе:

— Но почему, почему только сейчас? Спустя целую вечность...

Знаешь, Ливи, однажды вечером, сидя в этом кресле, я просматривала газеты, — продолжала она. — Ты ведь знаешь, я получаю довольно много газет и журналов. И вдруг в тишине раздался неожиданный телефонный звонок. На подобные трезвоны я обычно не отвечаю (знакомые чаще всего звонят на сотовый), а предпочитаю прослушивать сообщения. Раздались еще два звонка, и затем включился автоответчик. Я прислушалась. Женский голос. Я слышала его. Часто. Очень часто. Очень знакомый голос, но отчего-то слабый и дребезжащий.

— *Алло! Жаклин? Очень прискорбно, что тебе не сидится дома. Это Бренда. Бренда Лурье. Твоя мать. Прошу тебя, не вешай трубку, пожалуйста! Даже не знаю, как к тебе обращаться, ты так знаменита. Прошло столько лет. Боже, куда деваются слова, когда они так нужны? Я собиралась спросить, вспоминала ли ты хоть раз, что у тебя есть мать? Неужели ты до сих пор держишь обиду за то, что я не гордилась тобой, не верила, что сумеешь чего-то достичь в жизни без нашей помощи? Да-да, конечно, я понимаю, звонить тебе — это ужасная наглость с моей стороны, но, пожалуйста, кто старое помянет, тому глаз вон! Ведь я — старая перечница с частыми запорами, хроническим панкреатитом и артрозом — не перестала быть матерью от того, что имя Жаклин Лурье появляется во всевозможных журналах, а она сама красуется на снимках рядом с политиками и звездами первой величины... Знаешь, мы с отцом долго переживали: твое «художество» вопиющим образом противоречило нравам общества и вызывало кривотолки, направленные против нашей безупречной семьи. Я даже поседела из-за тебя! Ведь родители хотят видеть в детях собственное отражение и никогда не могут принять их такими, какие они есть. Да и времена были другие, строгие... Хотя скажу тебе начистоту: мы и сейчас не одобряем твоего образа жизни и мечтали бы видеть тебя под защитой брачных уз... Ну вот, кажется, и все... Да, я полагаю, тебе будет интересно узнать о твоем чокнутом отце. После инфар-*

кта он сел на диету, стал заниматься йогой каждый день. И говорит, что его кожа на руках больше не болтается, словно белье на веревках. В отличие от меня, он уже почти не пьет. А недавно расстался со своими жалкими, почерневшими огрызками во рту, которые и жевать-то уже не могли, — поставил новые зубы, сверкающие, как у Моргана Фримана. И еще покрасил свои оставшиеся волосы, стал носить узкие брюки, а теперь — шило в свихнутой заднице! — подумывает повесить серьгу на ухо, словно пират Карибского моря... — Она засмеялась безрадостным и надтреснутым смехом. — Одним словом, Жаки, нам с отцом хотелось бы видеть тебя, расспросить, что ты делала все эти годы. Любишь ли еще чай с молоком и лимоном. Счастлива ли ты в жизни... Ну вот, это, пожалуй, все, детка, о чем я рассчитывала сообщить тебе...

Жаклин заботливо провела своей нежной, теплой ладонью по фотографии и бережно, словно реликвию, вложила ее в альбом. А затем, вернув неунывающую маску на расстроенное лицо, перевела дыхание и оживленно сказала:

— Жизнь промелькнула перед глазами. Но, оглядываясь назад, я понимаю, что ничегошеньки не смогла бы в ней изменить, начни я ее заново...

Оливия просмотрела все фотографии — какие-то лишь мельком пробегая взглядом, на других задерживаясь подольше. Добравшись, наконец, до конца, она почувствовала, что у нее затекли ноги и ноет спина. Откровенный рассказ Жаклин и фотографии погрузили ее в меланхолическое настроение, и она уже была готова закрыть альбом, но внезапно наткнулась на изображение симпатичной девушки и вопросительно уставилась на Жаклин.

— Это Шерри, моя бывшая. — Жаклин мрачно улыбнулась и без особого энтузиазма взялась за уголок снимка, поднеся его поближе к глазам. — Самая большая моя любовь. Знаешь, когда-то она феерично ворвалась в мою жизнь в образе клиента для не слишком изматывающей фотосессии. И я подумала: «А что? Почему бы и нет? Мне не помешает лишний опыт в портретной фотографии, а ей — возможность через свое модельное агентство попасть в каталоги». Почти сразу Шерри заинтересовала меня своей необычностью. Была умна, образованна, тактична и мило улыбалась моим шуткам так, что в какой-то момент я с интересом подумала, каковы ее губы на вкус. А смеясь, она изящно закидывала свои светлые волосы на одно плечо и смело расправляла грудь. Мне было ясно: она в совершенстве отработала это движение за годы модных фотосъемок. При всем этом она не носила бюстгальтера, и я видела под тонкой майкой темные точки ее сосков. Для фотографа такая модель — сокровище. И еще: она обладала одним исключительным качеством, которому, как я уже упоминала, все без исключения Лурье придавали огромное значение. Шерри была чертовски красива, она просто светилась своей красотой!

И я, как мотылек, полетела на этот свет.

В первый день я снимала ее в своей студии, а потом стала выдумывать новые композиции и локации. На Бродвее, за столом роскошного ресторана с настольной лампой и элегантным абажуром, мы щелкали сценку с двумя подругами: они пили кофе, разговаривали по телефону и красили губы возле огромного зеркала в стиле модерн. Потом снимали возле витрин бутиков и внутри магазинов, примеряя дорогие платья и шляпки. Одним словом, мы чудесно проводили время, работая и развлекаясь одновременно. А потом... потом я пригласила ее к себе — выпить бокал шампанского с фуа-гра за встречу и удачную фотосессию.

— Благодарю, Жаклин! И не откажусь от пары глотков шампанского! — недолго думая, согласилась она. — Когда еще представится такой случай?!

Так Шерри стала моей лучшей подругой — я часто виделась с ней. И мы тайком любили друг друга. Она стала для меня символом моей собственной молодости. На многочисленных приемах мы появлялись вместе с постоянством и неосторожностью, присущими самому началу любви.

Так прошло четыре года. Чего только не случалось с нами за это время! Порой Шерри исчезала, и ей было невдомек, как томительно для меня тянулись часы и дни вдали от нее... В конце концов, эти отношения принесли только разочарование и боль. Ненавижу эти чертовы развязки!

Было заметно, что Жаклин сильно волнуется. И это чувство передалось Оливии.

— А что стряслось? — спросила Оливия. — Где сейчас Шерри?

— Она ушла. Нашла себе помоложе. Так бывает. Иногда люди уходят из нашей жизни. Вырастают и уходят. Но, прежде чем уйти, лгут — ложь правит миром! — и изменяют. Ведь все это так... любопытно, увлекательно! Да-да, детка, не смотри на меня так! Повсюду предательство. И если кто-то еще не знаком с ним, то познакомится непременно, это всего лишь вопрос времени. Вот и у тебя с Джошем та же история, не так ли? Ведь предают нас самые близкие люди, те самые, кого мы любим больше всех на свете и кому доверяем...

А Шерри, знаешь ли, — она в том возрасте, когда верность не прельщает. Ей было легче перенести разрыв, чем упорядоченную жизнь. И подкосить ее могли только привычка и скучное однообразие. Да, я всегда знала, что мы когда-нибудь расстанемся. Понимала, что могу быть у нее не первой, не последней и не единственной. Она любила перед тем, как полюбить снова. Но если я люблю ее, что еще не так? Да, я не идеальна, но ведь и она не ангел. Я могла думать о ней не каждую секунду, но отдала ей часть себя, ту, которую, я знала, она может разбить, — мое сердце. Так зачем же ранить меня, разменивать на что-то призрачное, что якобы придаст новую остроту ее чувствам? За что?

Когда она врала мне в последний раз, я взглянула ей в глаза — и прозрела! Черт! Мне подумалось: я никогда ее не любила. Да, я подслеповата, но не настолько, чтобы любить того, кто может обидеть и разочаровать меня!

Само собой разумеется, со временем я простила ее, хотя и навсегда исключила из своей жизни. Да, я могу с ней разговаривать, но Шерри для меня уже не существует...

Со дня нашего разрыва прошло два с половиной года. Но я все еще не могу оправиться от ран, хотя некоторые умники болтают, что раны, мол, быстро заживают — остаются лишь шрамы. Да, даже самые глубокие шрамы со временем рассасываются и их не видно на теле. Но никуда не исчезает единственное — воспоминание, *как* это было больно и невыносимо! Знаешь, Ливи, если бы тогда у меня хватило мужества, я бы с удовольствием прогулялась по зыбучим пескам, чтобы увязнуть в них навсегда и попасть в ад.

Одним словом, я не могу верить людям, не верю будущему. Оно предает настоящее, потому что ему плевать с верхушки гигантской секвойи на обещания, данные в прошлом.

Внезапно спохватившись, она воскликнула:

— О, прости меня, Ливи, прости ради бога. Я загрузила тебя, заставила выслушивать это.

Она посмотрела на девушку своими глубокими, темными глазами. Отраженное пламя свечей делало их скорее коричневыми, нежели черными (до сих пор Оливия не могла точно определить оттенок этих глаз), и осторожно коснулась пальцев ее руки. — Боже мой, Ливи, да у тебя самые холодные руки на свете, словно ты держала их в морозильной камере.

Тебе что, холодно? Как насчет чашечки горячего шоколада со взбитыми сливками? Ты ведь не откажешься? Мигель — специалист по шоколаду! И хватит уже о грустном. Давай веселиться.

Их беседу прервал вежливый стук, и Оливия увидела силуэт Мигеля в дверях гостиной. Его лицо сияло, а в руке он держал поднос, на котором дымились две большие чашки с густым какао, увенчанные высокими шапками взбитых сливок.

— Muchas gracias mi amigo! — Жаклин кивнула ему в знак благодарности и потянулась за сигаретой. Мужчина скрылся из виду так же незаметно, как и появился.

— Ты в порядке, Ливи?

Усилием воли Оливия сбросила с себя оцепенение и кивнула, заверив хозяйку, что с ней все хорошо. И глотнула безумно вкусный напиток, заставив себя встряхнуться.

— Мигель — прекрасный человек, очень честный, порядочный, да и мастер на все руки. Он попросился ко мне на работу садовником, и вскоре я была удивлена его потрясающей работоспособностью. Ты ведь заметила цветочные клумбы у входа? Это он их облагородил. Это его стараниями красиво расцвела петуния, и как она прекрасно пахнет, и так много других цветов распустилось! А теперь вот все хозяйство на его плечах — не знаю, что бы я без него делала. Останься он у себя на родине, в Мексике, он был бы обречен на жизнь в нищете. А здесь, ты ведь знаешь, как наше правительство относится к нелегальным иммигрантам? Как к преступникам, будто американская экономика может существовать без их труда. Но они никого не убивали, не грабили и не обманывали.

Одним словом, я приняла решение помочь Мигелю получить грин кард, потому мы и оформили брак. На самом деле мы просто друзья, безмерно уважающие друг друга. В Мехико у него остались больной отец и четыре сестры, старшей из которых всего тринадцать. Деньги, которые я ему плачу, он высылает им каждый месяц. Их хватает на лекарства и питание. Без этой помощи его близкие умрут с голоду...

Остаток шоколада она уничтожила залпом и, поставив чашку на край столика, встала и отправилась к музыкальному центру. Музыка — вот что им сейчас нужно. Нечто спокойное и не слишком громкое, чтобы можно было отвлечься.

— Предпочитаешь классику, не так ли, Ливи? Баха, Моцарта, Бетховена, оперы Пуччини... Эта музыка много раз спасала мне жизнь, когда я уходила в себя. Или, быть может, хочешь шансон? Джо Дассен, Далида, Мирей Матье, Азнавур. Кстати, Джо и Далиду я снимала в далекой юности, когда подрабатывала папарацци, часами дежуря в засаде, чтобы заснять сценки их личной жизни. Ну, а с Мирей и Шарлем была дружна. Ах, бедный Шарль... легенда мирового шансона... В последний раз мне удалось повидаться с ним в Париже, совсем незадолго до его смерти...

Вино, плотный ужин и горячий шоколад разморили Оливию, и ее клонило в сон. А после услышанной исповеди она чувствовала себя так, будто из нее выжали соки. Невольно склонив голову на диванную подушку, она прикрыла глаза. Жаклин заметила ее усталость, так что больше можно было не притворяться.

— Я просто закрою глаза на несколько секунд, и мне станет лучше, — промямлила Оливия. Она даже не заметила, как ее голова оказалась на коленях у Жаклин. Они были мягкие, а руки ее теплые, от нее пахло гелем для душа, кремом и очень хорошим парфюмом. Жаклин гладила ее по волосам, и это подействовало на девушку успокаивающе:

так поступала ее няня, пожилая миссис Браун, усыпляя ее, когда она была еще грудным ребенком, и ей по-прежнему нравилось это ощущение.

А потом Жаклин коснулась девушки губами, и та, робея, ощутила приятную слабость. Ее лицо залилось краской, а сердце забилось, как у птицы, когда держишь ее в руках.

— Может быть, я уже никогда не потеряю голову от любви, детка, но это вовсе не значит, что моя жизнь закончена, — проговорила Жаклин. — Вот почему, скажи, почему я не могу влюбиться? И почему никто не может влюбиться в меня? Потому что мне почти пятьдесят? Ведь право на любовь есть в любом возрасте... особенно если кровь кипит, а сердце одиноко... И я сказала себе: «Есть тысяча причин, чтобы прожить эту жизнь, а не скорбно ожидать неминуемого конца. Не бойся снова влюбиться, Жаклин! Впереди вся осень, и пусть она будет хоть и недолгой, но яркой. Обязательно яркой! Оставь тяжесть прошлого и проснись однажды утром свободной, как ветер! И, быть может, твои лучшие дни еще впереди».

Именно тогда я и встретила тебя, Ливи! И очень скоро поняла, что всегда мечтала иметь именно такую... такую подругу, как ты. Ты мне небезразлична. Точнее — очень дорога. И я так привязалась к тебе, детка. Скажи, разве нам не хорошо вместе?

Она уставилась на девушку так пристально... А потом наклонилась, чтобы коснуться губами кончиков волос, и Оливия щекой почувствовала ее горячее дыхание...

Глава 2. Затянувшиеся сеансы с мистером Вудом

— Вообще-то Бенджамин — мое имя, сэр, — выразительно произнес незнакомец. — Хотя многие по ошибке считают его фамилией. В то время как фамилия моя Вуд: дабл ю — оу — оу — ди. — Теперь Уилсону все понятно: фамилия Вуд значилась в регистрационном журнале, который ему принесла мисс Мур.

— А вы, значит, и есть тот самый доктор Уилсон, который читает лица как открытую книгу?

— К вашим услугам, сэр...

— Рад с вами познакомиться. Кстати, мы нигде не могли видеть друг друга раньше? Нет? Ну что ж, надеюсь, я не буду разочарован. Вы позволите? — Мужчина указал на кресло и, не дожидаясь приглашения, плюхнулся в него, небрежно закинув ногу на ногу и подперев голову рукой. Джозеф Уилсон продолжал безмолвно изучать своего пациента, который, несмотря на свою непритязательную внешность, производил впечатление. Голова — это первое, что привлекло внимание доктора: мощный череп мужчины был покрыт редкими темно-каштановыми волосами и заметной проседью на висках, карие глаза, глубоко посаженные, сверкали из-под выступающих надбровных дуг, но временами казались ему совершенно потухшими.

Погоди, Джозеф... как же этот человек только что назвал тебя? Доктором, читающим лица? Невероятно! В его копилке хранилось немало эпитетов в свой адрес, но этот он слышит впервые. В самом деле, еще в юности, задолго до поступления на факультет психиатрии Стэнфорда, он страстно исследовал физиогномику. И уже тогда считал, что способен оценить личность, психическое состояние и привычки человека, глядя на его лицо. И ему не важно, что большинство исследователей относят этот метод к псевдонаукам, а другие если и считают наукой, то не точной. Что с этого? В конце концов, и всякая точная наука основывается на приблизительности.

Вот и сейчас, глядя на Бенджамина Вуда, Уилсон разбирал его внешность, выделяя доминирующие аспекты, и пытался увидеть, что таится за этим фасадом. И кое-что обнаружил. Ну вот, например, треугольное лицо. Почти всегда их обладатели — личности неординарные: они креативны и сообразительны. Однако некоторые из них склонны к переменчивости настроения и быстрому перегоранию, не признают власти над собой, склонны к приукрашиванию действительности. Впадина на подбородке мужчины показывает уверенную в себе натуру, причем уверенность эта может доходить до самовлюбленности, горделивости и эгоцентризма. А вот потухший взгляд говорит об унынии, грусти и, возможно, затяжной депрессии.

Но вслух он спросил о другом:

— Что вы имели в виду, мистер Вуд, под выражением «тот самый доктор Уилсон»?

— Неужели это требует дополнительных пояснений, док? Ну хорошо. Правда, мне не слишком часто доводилось делать комплименты мужчинам, но вы — другое дело. Вы — знаменитость. Спаситель потерянных душ! Ваш диагностический талант стал легендой всего Нью-Йорка, поэтому записаться на вашу консультацию так сложно, даже несмотря на баснословную стоимость услуг: двести зеленых в час, если не ошибаюсь? Это очень недешево, поскольку я весьма ограничен в средствах.

— Соглашусь, что сеансы психоанализа — это дорогое удовольствие, — заявил Джозеф, чувствуя, как краска смущения стремительно заливает его лицо. И в тот же момент услышал недовольное кряхтение старины Фрейда. Тот трясся от возмущения и пытался поднять руку — то ли с целью ткнуть скрюченным пальцем в лицо мистеру Вуду, то ли показать ему что-то. И, наконец, гневно зашевелил губами:

— Scheiße! Цена ему, видишь ли, не нравится! Какого черта вы, Уилсон, человек благороднейшей души, краснеете, как юная барышня, пред этим чокнутым скупердяем? — заворчал он. — Напомните-ка ему, что здоровье важнее денег. А плата за терапию должна существенно сказываться на кармане пациента, иначе лечение идет из рук вон плохо. Чушь? Не спорьте! Просто поверьте моему опыту! К тому же, mein Freund, вам давно следует повысить цену как минимум до прейскуранта жулика Рассела — голубчик дорого берет, но, в отличие от вас, ничего не умеет. Таким, как он, место на Райкерсе. И, в конце концов, ограничьте вы время сеанса сорока пятью минутами. Временной прессинг стимулирует благотворные процессы и помогает пациентам скорее избавиться от недуга. А то, дай им волю, они будут болтать часами, словно им некуда спешить. И последнее замечание, Уилсон, — я вновь не скажу ничего нового, — будьте равнодушны к каждому, кто входит в эту дверь: бросьте деликатничать и испытывать сочувствие, это утомительно и вредно для вашего психического здоровья...

— О'кей, — внезапно улыбнувшись, произнес Бенджамин Вуд. — Я согласен. Поэтому, собственно говоря, и обратился к вам со своим крайне неотложным делом, предварительно уточнив ваши расценки. Конечно, я рассчитываю, что мои визиты не окажутся бессмысленной тратой денег и времени... Вы готовы слушать меня, док?

— Продолжайте, прошу вас. Я весь внимание.

— Видите ли, будущее американской литературы находится под угрозой. Что? Забавно, да? Я же вижу, вы смеетесь. Смеетесь, потому что это звучит патетически. Но уверяю вас, это не розыгрыш и мне вовсе не до шуток...

— Давайте по порядку, мистер Вуд, — перебил Джозеф посетителя. — Начните с самого начала, если можно, чтобы я сумел помочь вам в вашей жизненной ситуации.

— Конечно, док, — он поспешно кивнул и поднял глаза, — только зовите меня Бенджамин. К черту официальность! Кстати, вы не возражаете, если и я буду называть вас «док»? Договорились! И прежде чем приступить, хотел бы напомнить, что в этом деле от вас потребуется исключительная конфиденциальность.

— Я ваш доктор и связан врачебной тайной. Разумеется, я гарантирую вам полнейшую и, как вы сказали, «исключительную» конфиденциальность.

— Вот и славно! Между прочим, не собираетесь ли вы предложить мне улечься на вашу милую кушетку и порасспрашивать о детстве, родителях, семье и прочей ерунде, как это полагается? Это не обязательно? Хм... Разве вы не считаете меня больным? А то ведь любой человек хотел бы считать себя нормальным, пока кто-то вроде вас, у кого имеется авторитет и дипломы в золоченых рамках, не скажет ему, что он псих. Ах, да, разумеется, вам ведь еще надо разобраться с этим. Ну, если вкратце, то я писатель, хотелось бы считать, что известный в определенных кругах. Не исключено, что вы даже слышали обо мне. Бенджамин Вуд. Нет? Вы не читали мой роман «Катастрофа над островом обреченных»? Какая досада! Уверяю вас, вы многого лишились. Книга, вне всякого сомнения, пришлась бы вам по душе. Ну же, спросите меня, почему я так думаю. И я отвечу! Представьте себе сюжет: островное государство, на котором ни с того ни с сего начинаются землетрясения. Полный хаос, метания людей, правительство погибло, военные пытаются создать какую-нибудь гражданскую администрацию для восстановления управления страной... Бьюсь об заклад, что с самого первого предложения вам захотелось бы узнать, что произойдет дальше... Значит, вы утверждаете, что не читали... Что ж, весьма и весьма прискорбно. И совсем не удивительно: в последнее время люди перестали зачитываться качественной художественной литературой. Они предали забвению непреложную истину, что книга расширяет кругозор, оттачивает мысль, развивает художественный вкус. Увы, с нашим миром давно что-то не так. Книги проиграли битву айфону, «Фейсбуку», фильмам, компьютерным играм. И знаете почему? Да потому что люди стали другими, им сейчас не до книг. Они деградировали до уровня приматов. А тем нужна группа, чтобы тупо сидеть и перебирать друг другу шерсть. Это называется «взаимная чистка». Вот вам и весь «Фейсбук» и «Твиттер». И если они иногда что-то и листают, то грошовые карманные детективные новеллы и прочий ненужный хлам...

Бенджамин прикусил губу и на минуту прервал свой рассказ, чтобы удостовериться, какое впечатление он произвел на доктора. В наступившем молчании можно было утонуть — настолько оно было глубоким. Пальцы его рук переплелись. Мизинец дергался в конвульсиях. Было очевидно, мужчина находится в состоянии сосредоточенности. Странный человек. Хотя, говорят, все писатели без исключения — люди с мозгами набекрень.

— Вы должны подставить мне плечо, доктор Уилсон, вывести на верный путь. Сам я не справлюсь. Так вот... На чем я остановился? — рассеянно осведомился Бенджамин и нервно поскреб подбородок. — Ага, вспомнил. В общем, с самого начала меня обуревали страхи. Сперва был страх перед чистым листом бумаги: я понятия не имел, о чем писать. Знаете, что самое кошмарное в жизни писателя? Это поджидающая тебя пустая страница. Ты корпишь над ней, шевелишь полушариями, взвешиваешь и сопоставляешь, ломаешь голову — все тщетно. Знаешь, что тебе надо написать что-то, но не знаешь что. Нет воображения, полета фантазии, дара к генерации идей. Смотришь по сторонам, и тебе кажется, что вот сейчас, в эту самую минуту, что-то случится. Но ничего не случается. Это ужасно — сидеть и ждать неизвестно чего, ощущая опустошающую неспособность высасывать из пальца тему. Порой в ярких снах я видел фабулу книги, но, проснувшись среди ночи, чтобы записать ее, понимал, что ничего не помню: покидая меня, чертово сновидение забирало с собой мои мысли... Вам это действительно интересно, док? О'кей. Пытаясь облегчить душевные муки, я перепробовал все: глотал таблетки, набивал легкие непомерным количеством сигаретного дыма, слушал громкую музыку и принимал чрезмерную дозу алкоголя, вспоминая слова Хемингуэя: «Write drunk, edit sober». Вы полагаете, доктор, парень был прав?

— Не слишком уверен в этом, Бенджамин. Вместо выпивки чаще всего я рекомендую прогулку по набережной парка Гудзон Ривер. Изумительное место, чтобы убежать от городской суеты и расслабиться. Можно заняться спортом: совершить пробежку, поездить на велосипеде, поиграть в теннис, заняться йогой... и все это на свежем воздухе, при легком бризе от Гудзона. Настоящий городской оазис! А от алкоголя, знаете ли, толку немного...

— Да... мое здоровье и без того хрупко, как дешевый хрусталь, — пожаловался он. — Употребляя, наутро я выгляжу очень дурно в свои тридцать восемь лет.

Он сказал «тридцать восемь»? В таком случае честь и хвала тебе, Джо! Не промахнулся, как всегда попал в десятку, пытаясь по внешности незнакомца распознать его возраст.

— Позвольте попросить вас описать обычный день из вашей жизни, Бенджамин. Вас не затруднит это сделать?

— Затруднит? — заметно оживился он. — Вы забыли, с кем имеете дело. Я из числа пишущей братии. Мне позволено не разбираться в марках машин и дорогих часов, но способности логически излагать мысли у меня не отнять. Само собой разумеется, док, но предупреждаю, что порядок моего изложения будет хронологическим. Я начну издалека, иначе не удастся воспроизвести полную картину последовательности событий.

Итак, каждый мой день ничем не отличался от предыдущего: я рано просыпался — если, конечно, вообще спал, встречал восход солнца и вместе с первыми лучами прилежно усаживался за письменный стол с ноутбуком! И сидел так по девять гребаных часов. За это время я настукивал от силы восемь или девять корявых предложений — по одному в час! — которые с руганью отправлял в мусорную корзину, прежде чем в отчаянии встать из-за стола. Иногда приходилось брать себя в руки, чтоб не начать орать. Да-да, док, от бесплодного сочинительства выпадают волосы, слепнут глаза, кровоточат десны, оно вызывает головную боль и радикулит, стыд, скуку, уныние, которое нельзя излечить ничем, тошноту, несварение желудка и длинные ночи без сна, когда тревожно мечешься в постели, то переворачиваясь с боку на бок, то крепко сжимая руки на груди, то закрывая ими глаза. Я говорю о себе. Мои мышцы порой сводит судорогой, тело охватывает напряжение; мне не дают заснуть дурные мысли, и я всю ночь лежу без сна. Правда, иногда лекарства помогают забыться на час-другой. — Мужчина остановился и испытующе поглядел на доктора. — Как бы там ни было, док, теперь вы знаете, что такое литературный труд. Это пытка и каторга! Вы думаете, я сумасшедший?

— Хотел бы заметить, Бенджамин, что любая работа может стать источником стресса. Хм... Прошу прощения, а уверены ли вы, что не ошиблись в выборе профессии? — с осторожностью спросил Джозеф. — Этим трудом, как я понял, вы не заработаете астрономических гонораров, зато всегда найдутся недовольные: читатели, коллеги, критики. Даже ваши родственники. В книгах, Бенджамин, желаете вы того или нет, ваша душа выставлена напоказ, она обнажена и беззащитна. Читателям доступно ваше сокровенное «я», они оценивают ваш ум, эрудицию, богатство души, нажитую с годами мудрость, доброту и бескорыстие. Это хорошо. Но может случиться и другое: тысячи читателей увидят вашу глупость и невежество, злобу неудачника, жадность, зависть к чужому успеху. Все будет на виду, все пойдет на суд читателей и ославит вас! Это плохо, но неизбежно. И потому я снова спрошу вас, мистер Вуд: вам нужны эти страдания?

Этот вопрос был задан не случайно. У Джозефа закралось подозрение, что Бенджамин Вуд может оказаться обычным графоманом, одиноким человеком, страдающим от невозможности с кем-то поговорить по душам. По этой причине графоманы и начинают создавать свои творения — они становятся частью их болезненного и одинокого мира. Чем больше они их создают, тем меньше стремятся к живому общению. Их книги кажутся им гениальными, они совершенно искренне в это верят. Джозеф знал, что графоманы мучительно воспринимают критические высказывания относительно их творчества, однообразного и неоригинального, лишенного какой-либо литературной и духовной ценности. И если Бенджамин, его новый пациент, графоман, то со временем все станет для него только хуже: его контакты с внешним миром будут сводиться лишь к демонстрации его творений. А внешний мир — читатели, редакторы, книгоиздатели — будет его старательно избегать... Раз так, Джозеф, вероятно, сможет помочь бедняге: надо лишь отвлечь его от листа бумаги, предложить другое занятие, переключить на новые интересы...

— Доктор, вы спрашиваете, зачем я пишу? — странно всхлипнув, произнес пациент, глядя доктору прямо в глаза, чем отвлек его от раздумий. — Я пишу, чтобы показать изнанку человека, его неповторимую душу, его помыслы. Разве это не заслуживает уважения? Да, чего скрывать, я надеялся хорошо заработать, сотворив бестселлер. Почему бы и нет? Мечтал о славе и успехе. О власти...

— О власти?

— Именно! О власти над людьми.

— Вы говорите о политике, Бенджамин?

— К черту политику! Хитрость, грязная ложь и лицемерие! Я говорю о власти творца. Я создаю миры и цивилизации, чья жизнь, благополучная или трагическая, зависит от одного меня...

— И что же вам мешает?

— Отличный вопрос! В самую точку! Я сам ломал над этим голову. Но однажды ночью на меня снизошло прозрение. И я понял, чего мне не хватало...

— Чего же, Бенджамин?

— Одиночества, док... И любви...

— Я не ослышался? Вы сказали, вам недоставало «одиночества и любви»? — переспросил Джозеф. — Подумать только... Возможно, вместо «одиночества» вы хотели сказать «уединения»?

— Похоже, вам не понять меня, док. Вы даже не представляете, как далеки от реалий все эти глупые, бесполезные умствования.

— Но я полагал, Бенджамин, что писатель не может быть одиноким. Вы сами сказали: вокруг него победители и побежденные, исторические эпохи, великие баталии и потрясения, новые миры, ужасающие сомнения из-за грядущего апокалипсиса, мысли об идеальном, совершенном человеке, теории хаоса и мира. Все это тревожит его ум...

— Боже правый! Да что вы смыслите в этом деле? Ровным счетом ничего! — Взгляд его внезапно стал грустным, даже подавленным. Он посмотрел в сторону, и Джозефу показалось, что в этом взгляде был упрек, что-то презрительное; румянец негодования ярко запылал на его бледных щеках. — Вы считаете, что создание книги — это упоение? Нет и еще раз нет. Это мучительное искусство манипулирования и перевоплощения. Не имея актерского опыта, тебе предстоит на протяжении эпизода жить жизнью своих персонажей, перевоплощаться то в одного, то в другого, то в третьего: трясти их мозговыми извилинами, чувствовать их кожей, пропускать через себя их переживания и боль, говорить их голосом. Это требует неимоверного напряжения и сосредоточенности. Ты манипулируешь погодой и создаешь радугу, когда она тебе нужна. Или бурю в пустыне. Рушишь средневековые стены или возводишь замки. Манипулируешь героями, и сам, как герой, манипулируешь своими чувствами, чтобы они совпали с теми, которые, как тебе кажется, есть у твоего персонажа. Но никто — понимаете? — НИКТО не должен манипулировать самим творцом...

— Не желаете ли рассказать об этом подробнее, Бенджамин? — осторожно поинтересовался Джозеф, пытаясь подобрать правильный тон, поскольку последние несколько минут ощущал холодок разочарования в речи пациента.

— Одиночество, — повторил тот и слабо улыбнулся. — Вот настоящий дар муз, дающих вдохновение писателю. Нет ничего прекрасней его! Только оно служит источником счастья и душевного покоя. Знаете, док, я с детства искал одиночества: сбегал из дома, где у меня никогда не было собственной комнаты, на старый чердак и любовался там собственным отражением в треснувшем зеркале. Или, медленно вдыхая свежий воздух, часами бродил по аллеям совершенно один, не обращая внимания на то, что происходило вокруг, и придумывал истории для романа, который непременно напишу, став писателем, потому что твердо решил посвятить свою жизнь сочинительству. Ведь каждый рождается для какого-то дела! Я представлял себя Робинзоном, потерпевшим кораблекрушение: какое же это блаженство, когда знаешь, что никто не потревожит тебя на пустынном острове...

— Прошу прощения, Бенджамин, но вы ни разу не упомянули о своих родителях. Я так понимаю, что...

— Моя бедная матушка была писателем, сама того не зная, — перебил он Джозефа. — Она понятия не имела, как становятся писателями, но если бы и знала, ей бы в голову не пришло заняться этим. Она когда-то вела дневник. Свои последние записи она сделала за два дня до венчания, а на следующий день после него набралась решимости и все сожгла, решив, что в ее новой жизни нет места для этой дребедени. Хорошая жена обязана полностью посвятить себя мужу и созданию домашнего очага. Об этом твердили все — ее родители, родственники, школа, церковь, и, наверное, она сама тоже так считала.

Мне было три года, когда отец оставил нас с матерью, — продолжал Бенджамин, обреченно вздохнув. — Он забрал все свои вещи, опустошил шкаф с одеждой, увез все... кроме своей фотографии... Первое время я думал, что это случилось из-за меня, ведь если бы я был хорошим ребенком, папа остался бы с нами. Но мама объяснила, что это не так. Я с нетерпением ждал, что папа вернется, а он так и не приехал. Когда мне исполнилось восемь, я сжег ту фотографию, глядя, как корчится в огне лицо человека, которого когда-то любил... Мне нужно было увидеть, как он сгорает дотла, оставляя лишь удушающий запах и серый пепел. Его останки я собрал в пакетик и, привязав его к камню, выбросил в реку. Лишь убедившись, что они исчезли в воде, я успокоился.

Мать пила по ночам и не уставала повторять подруге, что все мужчины — мусор: все они рано или поздно причиняют боль женщинам. Она думала, я сплю, а я слушал, хотя и знал, что нехорошо подслушивать чужие разговоры. Но я беспокоился за нее! На протяжении десяти лет через нашу маленькую, лишенную всякого уюта квартиру в Южном Бронксе проходила длинная вереница ее бойфрендов. Отъявленные отбросы, как верно охарактеризовала их мама: ни один из них не задержался с нею надолго. Вероятно, мама была права и мужчины все такие. Я боялся, что, когда вырасту, тоже причиню боль женщине, которую однажды полюблю. И я поклялся никогда не влюбляться.

Повзрослев, я все еще верил, что жизнь будет именно такой, какой я себе ее рисовал, а не традиционным маршрутом: школа — колледж — работа — женитьба — ипотека —

дети — внуки — дом престарелых — кладбище. Бр-р-р. Если бы кто-то сказал мне тогда, что я окажусь здесь, в вашем кабинете, я бы посчитал его чокнутым, потому что был уверен в себе и в избранном пути. Упрямый и полный амбиций, я управлял своей судьбой. Думаете, я искал идеальный мир, и сейчас сообщите мне, что его не существует?

Не отводя взгляд от пациента, Джозеф вспомнил о Берте Харрис. Бедняжка, она так страдает от одиночества! А этот странный человек жаждет его как манны небесной. В каком необъяснимом мире мы живем!

— Правильно ли я вас понимаю, Бенджамин, что у вас нет друзей, близких?

— Книги — вот мои близкие. Мне не нужны ни друзья, ни родственники, ни подруги. Мне вообще никто не нужен. Люди предсказуемы и банальны. Они разучились думать и излагать свои мысли. И когда их слишком много, в твоей жизни начинается хаос. А я не люблю суеты, не люблю, когда кто-то делает мою жизнь невыносимой, и хочется убежать на край света...

— Мне показалось, Бенджамин, вы сейчас говорите о каком-то конкретном человеке.

— Вы невероятно догадливы, док. Да, я говорю о Нэнси, своей жене. У нее была чудовищная власть надо мной. Она ею упивалась, отравляя мне жизнь. Называла бумагомарателем и неудачником, человеком, не способным на большие поступки. — Он откинулся на спинку кресла, закрыл глаза и наморщил лоб.

— Что с вами? Вам нужны внутренний покой и гармония. Помните, истинная сила человека проявляется не в порывах, а в спокойствии.

— Не обращайте на это внимания. И прошу, не перебивайте меня, когда я так расположен к откровенности... Я говорил о Нэнси. Я тысячу раз умолял ее приглушать отвратительные звуки телевизора. «Сделай потише!» — кричал я. «Что?» — вопила она и продолжала пялиться в экран или назло мне врубала звук на полную катушку, будто желая, чтобы мои барабанные перепонки лопнули. Я просил не приближаться ко мне с дурацкими вопросами, не дергать и не отвлекать во время творческого процесса, когда я углублен в самого себя, в свои мысли... когда перед глазами стоит описываемая сцена. Объяснял ей, что мне необходимы покой и тишина, чтобы сосредоточиться и погрузиться в вымышленный мир, где я создаю новые повороты сюжетной линии. Вы представили это состояние души, док? Да, что-то вроде транса... — Взгляд его был туманным, на лбу выступили крупные капли пота. — А однажды она заявила, что, возможно, мы были бы счастливее, если бы писательство стало моим хобби, а не профессией... — Он тяжело вздохнул и отвернулся.

— Бенджамин, вам плохо? Я могу дать успокоительное...

— Не берите в голову, док. Мне надо выговориться. Все вспомнить, дойти до самых потаенных уголков своего подсознания и вытащить на свет божий все скопившееся там дерьмо. Собственно... этим я сейчас и занимаюсь. Никто не виноват, что я такой. Кроме меня самого. Моя депрессия и чувство тревоги не подчиняются логике. Невозможно даже показать то место, в котором я испытываю боль. Не знаю, может быть, боль — это как раз та пища, которой питается мое творчество... Я продолжу, если вы не против... Нэнси... она, как новенький «Шевроле», заводилась с полуоборота: злилась и орала, что я променял ее на никому не нужный текст... Это сумасшествие!

— Я уверен, все наладится, — сказал Джозеф.

— Ничего не наладится! — ответил Вуд, и доктор увидел, что его губы скривились в злой ухмылке. — Мое терпение подошло к концу, дальше так продолжаться не могло. И я ушел от жены. Полгода назад. Просто взял и ушел. — Он произнес

Валериан Маркаров

это бесстрастным голосом, а потом замолчал и уставился на Джозефа. — Теперь я сам за себя: никому ничего не должен, и мне никто ничего не должен.

— Неужели все было настолько плохо в вашем браке?

— Знаете, док, я всегда мечтал о красивой и умной жене. Чтобы она меня любила, ждала после работы и мы вместе встречали с ней все праздники. Я жаждал, чтобы вокруг царил домашний уют, чтобы слышался ласковый голос. Грезил о шикарном доме на берегу океана, где-нибудь в Майами или в Санта-Монике... Чтобы там был бассейн и на балконе стояло удобное кресло-качалка, где в старости, удобно устроившись, можно выпить дорогого бурбона. Этого требовал мой характер. Я желал всего этого, но и не надеялся получить.

— Вы и сейчас этого хотите, Бенджамин?

— С возрастом, доктор, мои интересы менялись. Я отчаянно пытался добиться хоть чего-то, но на своем пути встречал одну неудачу за другой. Ничего не получалось, и я опускал руки: забывался, много пил, потом пытался начать все сначала. Безуспешно! Я не мог понять, где допускаю ошибку. Но вот однажды... однажды... я познакомился с ней. Это был теплый летний день. Как сейчас помню, Нэнси была в пурпурном платье, немного грустная. Мне так хотелось, чтобы она улыбнулась. И я понял, для чего были все эти неудачи: чтобы я встретил ее — ту самую, от которой сердце бьется быстрее. Я дал себе слово, что сделаю все, чтобы не отпустить свою любовь, напрочь позабыв об обещании никогда не влюбляться. А когда волнистый попугайчик на базаре вытащил свернутое в трубочку предсказание: «Вы проживете долгую и счастливую жизнь!» — мой мир перевернулся и мне захотелось дышать полной грудью. Захотелось жить...

— Так как долго вы прожили в браке?

— Восемь долбаных лет! Точнее, — он взглянул на часы, — девяносто пять месяцев, три дня и неполных семь часов. Я все подсчитал! Правда, были периоды, когда Нэнси и я на некоторое время оставляли друг друга в покое и, как два сиамских близнеца, жили каждый в свое удовольствие, но мирно. Нас связывали проблемы, быт, общие друзья и родственники, традиции. Каждое утро я находил свои рубашки чистыми и аккуратно сложенными в шкафу. В холодильнике стояли приготовленный накануне тыквенный крем-суп, индейка карри с рисом, полный ящик с пивом Budweiser, а в доме царил порядок. Тогда у меня было все, о чем я мог мечтать, если не брать в расчет некоторые досадные вещи. К примеру, она всегда много трещала, громко пела в душевой и тратила на себя всю горячую воду...

— А что же изменилось потом?

— Думаю, мы изменились, так и не осознав, когда наша жизнь успела превратиться в болото. Признаю, я редко говорил, что ценю ее. И порой ужасно с ней обращался. А она со мной еще хуже: была чертовски на休риста и делала мою жизнь сложной во всех отношениях. Кто же мог подумать, что она станет для меня большой занозой в боку...

— Вы сказали, что не ценили ее...

— Да, док. Со временем выяснилось, я многого не знал о ее жизни. Не знал, какие цветы она любит, какое у нее любимое время года, фильмы, платье, духи. Я спрашивал себя, кто эта нескладная женщина и какое я имею к ней отношение. Или она ко мне. Да, я ее почти не знал. И никогда не интересовался, когда истекает ее страховка на машину, не знал ее номера социального страхования. Понимаете? Нэнси говорила, что в то время, пока она проливает пот в своем адвокатском бюро, я сибаритствую за ее счет, предаваясь мукам творчества, и лишь мечтаю жить, как те великие писатели, которых боготворит весь читающий мир. Твердила, что я должен найти постоянную работу, чтобы содержать себя. «Стань мужчиной, Бенджамин!» — кричала она в припадке дурного настроения. Последние годы она называла меня полным именем, когда очень злилась. «Бенджамин! Признай, наконец, ограниченность своих возможностей! Посмотри правде в глаза — ты никогда не добьешься успеха! Ты инфантильный бездарь, и никто, ни единая живая душа, кроме тебя, не верит в твой талант. Ты стареешь, а так ничего и не сделал полезного».— «У меня еще есть время», — говорил я. В ответ она возражала: «Время? Оно проходит быстрее, чем кажется».

С тех пор как Нэнси устроилась в свое бюро, в ней появилась жесткость: сверхурочная работа, сложные дела... понятно, что все это нервирует. Уверен, не будь она юристом, из нее бы вышел отличный охотник за привидениями: только она могла видеть проблему там, где ее нет в помине, и верить в ее реальность. За годы брака она не дала мне закончить ни одной книги! «Тебе важнее вопросы орфографии, чем семейная жизнь», — говорила она. У нас всегда было так: что небезразлично мне, безразлично ей. Вам удается понять смысл моего рассказа, доктор?

— Да, конечно.

— Тогда я бы хотел знать ваше мнение.

— Мое мнение насчет чего?

— Знаете ли вы кого-нибудь, кто счастлив в брачном союзе? Я имею в виду, существуют ли на самом деле счастливые пары? Впрочем, не надо, не говорите. Я заранее знаю ответ. Вы скажете «да». Но если это так, то они определенно лгут друг другу...

— Если вы и так все знаете, прошу вас, продолжайте...

— С удовольствием! Одним словом, унижений, которым Нэнси меня подвергала, было ей недостаточно. Ей был нужен джекпот, мегабинго. В итоге она отхватила его, док, убив меня, уничтожив как личность. Теперь вам понятно, почему я говорю о ней в прошедшем времени?

Как-то раз ночью мне привиделось, что я не человек по имени Бенджамин Вуд, а черепашка. Вы можете себе это представить? И Нэнси хватает меня двумя пальцами — большим и указательным — и подносит к глубокой кастрюле с подпрыгивающей крышкой. Я в исступлении шевелю в воздухе кривыми лапами, мои глаза от ужаса лезут из орбит, я пытаюсь вдохнуть и вижу под собой пузыри кипящей воды, вырывающиеся на поверхность. В следующее мгновенье — о боже! — я лечу в это жерло ада, чувствую, что навсегда покидаю свой уютный домишко и... теряю сознание. Мои мозги шипят, и душа, взвившись над кастрюлей, взирает на свое тельце, непривычно голое и беззащитное, плавающее в клокочущей воде лапами вверх. Рядом в большой сковороде уже готовится заправка для черепахового супа из лука-шалота, красного перца и сельдерея. В нее добавляют лавровый лист, чеснок, тимьян и помидоры, сдабривают солью, кайенским перцем, хересом и несколькими каплями лимонного сока и вустерширского соуса... Господи, док, никогда прежде мне не было так скверно!

Я чувствовал себя в ловушке. Я ощущал обреченность, слыша истеричные вопли Нэнси: «Ты — жалкий недоносок, я не собираюсь и дальше терпеть твое общество!» Видя всю безысходность ситуации, я решил, что единственное, что мне остается, — это как следует напиться и покончить с никчемным существованием раз и навсегда...

— Вы думали о самоубийстве? — спокойно спросил Джозеф.

— На самом деле я не думал об этом. Ну, не до такой степени, чтобы сказать себе: «Я сделаю это вот таким-то способом, в понедельник днем, пока Нэнси будет на работе, я напишу записку и сделаю». Все было совсем не так. Я действительно чувствовал, что все безнадежно. Мне все было безразлично, я мог перейти улицу, не поглядев по сторонам, мог проглотить все таблетки в доме, чтобы посмотреть, что из этого выйдет. Но все же я этого не делал.

— Почему же?

— Когда я уже решился, ко мне вернулось самообладание. Я понял, что в этом нет никакого смысла, если только я не хочу своим уходом доставить Нэнси радость.

А вечером, вернувшись с работы, Нэнси устроила мне очередной скандал.

«Все! С меня довольно», — думал я в тот день. Я должен вырваться из этого сейчас.

Или никогда!

Свобода или смерть!

Так я и сделал — взял и сбежал, захватив с собой наскоро собранный чемодан — да, когда возникает необходимость, можно уместить всю свою жизнь в единственном чемодане. Я удрал, как мальчишка.

Самым главным для меня было остаться на свободе. Я даже поклялся себе никогда больше не связываться с женщинами — все они злые, скандальные, алчные и меркантильные создания, предпочитающие деньги, а деньгам — еще большие деньги. И смотрят они на мужчин так, будто те способны вознести их на радугу!

Сняв в Бруклине тесную студию, все стены которой были оклеены постерами с женщинами в бикини верхом на мотоциклах, я начал писать, уверенный, что мне есть о чем сказать людям.

И у меня все получалось! Именно самообладание помогло мне начать новую жизнь, не оглядываясь назад, в то время как Нэнси стирала следы моего присутствия в доме. Знаете, что это было? О-о-о! Буря женских эмоций! Вы и представить не можете, на что способна *эта* женщина. Так вот, первым делом она устроила погром на моем письменном столе! Она разбила мой компьютер! Уничтожила черновики рассказов — плоды бессонных ночей, разбрасывая их по всему дому, как конфетти. Растерзала мои домашние тапочки и ботинки, разрезала всю выходную одежду, включая костюм и галстуки, разорвала фотографии из нашего семейного альбома, даже свадебные, и сожгла их в камине! — Лицо Бенджамина исказилось, и он скорчился, прижав руки к животу, словно от удара.

— Но хватит о плохом, док. Ведь оно в прошлом. Главное, что я мог трудиться. И мне больше никто не мешал. Бывали дни, когда я забывал о сне и еде, потому что слова лились из меня и укладывались на бумагу ровными, чеканными рядами. Так я написал несколько неплохих рассказов, в которых обнажал свою душу перед читателями, надеясь, что они по достоинству оценят мою честность, поймут, что перед ними талантливый прозаик. Я отсылал рукописи в редакции, но в ответ получал вежливые отказы или самый омерзительный звук — тишину! Редакторы советовали мне подождать, набраться жизненной мудрости, найти свой стиль, изучить рынок американской литературы... и, наконец, написать что-то новое. Но что? В наши дни трудно написать что-то новое. Все уже давным-давно написано. Обо всем. О черных и белых, голубых и розовых, о войне и мире, об инцестах и садо-мазо, расизме и фашизме, об онкологии и эвтаназии, о наркомании и порнографии. Я уже не говорю — о любви и измене...

Когда я, наконец, откопал материал для большой книги и приступил к делу, ко мне неожиданно пришел страх. Он будоражил кровь, предрекая, что мое произведение будет далеко не самым лучшим и издательства не станут его печатать. А если и напечатают, то читатели завалят меня негативными отзывами. Но я продолжил работу. Где-то на середине книги меня настигла мысль: «Роман неинтересный и получается плохо. Будет правильно, если я брошу его и начну писать другой». Я двигался дальше: единственное, что остается, если взялся за роман, — это во что бы то ни стало довести его до конца. В процессе работы у меня появилась навязчивая мысль, что я напишу только одну книгу за всю жизнь. Однако мне удалось взять себя в руки: я решил, что если этому и суждено случиться, то буду не одинок, разделив похожую участь с Харпер Ли.

А когда я, в конце концов, поставил точку в последней главе, в дверь постучала новая фобия. Я почувствовал страх перед вероятным успехом. «Я недостоин этого», — говорил я себе. Если узнают, что я писатель, меня засмеют. Даже если книга выйдет удачной, это будет случайностью, потому что я никогда не смогу повторить свой триумф. Я боялся перемен, которые произойдут, стань я успешным. В первую очередь изменится поведение друзей и знакомых, кто-то начнет мне завидовать. Денег у меня прибавится, однако надо будет думать, куда их вложить, и найдется немало тех, кто попросит поделиться. Меня будут выслеживать журналюги, чтобы взять интервью, и тогда моя жизнь станет слишком открытой для всех...

Позже я чуть не ежедневно наведывался в The Strand Books Store в Гринвич-Виллидж. Вы, конечно, знаете этот книжный: там целых три этажа, там все что душе угодно — рай для любителей книг. Я заходил туда с единственной целью — подержать в руках свое сочинение, видеть рожденные мной слова напечатанными, ощутить свежий запах типографской краски... Что может сравниться с этим переживанием? А потом, док, в течение нескольких часов, с бешено бьющимся сердцем я наблюдал, как покупатели с равнодушным выражением проходили мимо МОЕЙ книги.

И только однажды двое молодых мужчин проявили к ней интерес. Первый, не вполне опрятно одетый парень, повернув голову, заметил ее, взял в руки, погладил обложку, открыл на развороте, что-то прочитал, и... поставил на место вверх тормашками. Это было не просто обидно! Оскорбительно! Я сжал кулаки и заскрипел зубами: с каким бы удовольствием я навешал этому ротозею. Другой посетитель — вялый, флегматичный и неуклюжий хиляк — первым делом почему-то понюхал корешок, пробежался по аннотации, заглянул внутрь, но потом закрыл ее и осмотрелся вокруг, взглянув на настенные часы.

Ничтожество! Задумывался ли он хоть раз, сколько пота пролито над каждой строчкой в надежде, что их обязательно прочтут, поймут... На эту книгу я потратил два года жизни. Я так старался угодить ему, лез из кожи вон, чтобы создать ему настроение, что, когда ни одно издательство не решилось заключить со мной контракта, ссылаясь на то, что материал не представляет коммерческого интереса, я все же издал его. Издал на собственные средства! И уговорил магазин взять на продажу! Знали бы вы, скольких усилий мне это стоило!

Неблагодарные! Они не доросли до моих произведений! Они глупы, жестоки и бесчувственны. И если что-то и ищут на книжных полках, то женские романы или «Код да Винчи». Чем он их привлекает? И кто посмел назвать Дэна Брауна великим писателем? Разве люди не видят, что его проза плоская, а герои такие поверхностные, неправдоподобно разговаривают... — Уилсон внимательно следил за возбужденным выражением его лица: взгляд Бенджамина блуждал, а на шее проступила испарина. — Но Брауну и ему подобным удалось прославиться, сделать карьеру. Почему так получилось? Я не знаю. Видимо, я слишком невезучий. Господи, почему ты выбрал не меня? Или те писаки продали душу — и забыли об этом? Одно я знаю точно — никто не лучше меня. Никто не умнее меня. Просто они начали раньше...

— Все когда-нибудь может стать лучше, Бенджамин. Однако мне бы очень хотелось знать, о чем именно вы собирались рассказать читателям?

— Ненавижу говорить о своей книге. — Он заерзал и нервно вцепился в подлокотники кресла. — Почему вы считаете, что я знаю о том, что хотел сообщить миру?

— Ну, насколько я понял, вы ищете известности, общественного признания, мечтаете заниматься любимым делом и зарабатывать достаточно денег, чтобы прилично жить. Но готовы ли вы быть публично высеченным, попав в привилегированное положение? Я уже задавал вам этот вопрос. Ведь это то, с чем вам придется иметь дело. Обратная сторона медали...

— Простите, что вмешиваюсь, коллега, — Джозеф внезапно услышал знакомый голос. Конечно, это был старик Фрейд! — Не могу не влезть в ваш диалог. Однажды — сколько воды утекло с тех пор! — в венском кабинете на Берггассе, 19, у вашего покорного слуги состоялась встреча с одним пациентом, австрийским дипломатом. Во время нашего общения он заявил без всякого стеснения, что вовсе не читает художественную литературу, потому что она, мол, абсолютно бесполезна. Любопытно ли вам узнать, майн герр, мою точку зрения на этот счет? Это довольно распространенное заблуждение — что чтение предназначено для всех, что читать должен каждый, кто выучился грамоте. Да ничего подобного! Книги придуманы для умных, одаренных, тонких людей с особой эмпатией, умеющих вникать в чужое состояние души, считывать намеки, следовать ритму авторской мысли... Вы же не думаете, что искусство — это товар широкого потребления? Что ваяние и живопись сотворены для всех? Что в высокой музыке обязан разбираться любой плебей? Как говорят, не давайте святыни псам и не бросайте жемчуга перед свиньями, чтобы они не попрали его...

Джозеф и не заметил, как в кабинете воцарилась тишина, нарушаемая лишь тиканьем больших напольных часов в углу. Профессор завершил свою тираду и, если бы мог, раскурил гаванскую сигару, выпуская дым, как делал это когда-то в своем венском кабинете, всегда настолько прокуренном, что, по его собственному признанию, стены, книги и предметы интерьера источали острый запах табака.

Бенджамин тоже молчал, устало вытянув длинные ноги. Но вдруг, сделав жадный глоток воздуха, как рыба, вытащенная из воды, наклонился вперед, словно собирался что-то прошептать своему vis-à-vis, и продолжил:

— Понимаете, док, я посвятил жизнь писательству, я вкладывал душу в свою книгу. Но оказалось, я — ничто, жалкий бездарь, без пользы марающий чернилами бумагу. Почему? — Он перевел дыхание, словно взвешивая, стоит ли это объяснять, а Уилсон подался вперед, занеся ручку над листком бумаги. — Да потому, что только бездарь может иметь так мало читателей. Большинство классиков предпочли бы смерть. Как мне мириться с этим... с этим чувством... собственной ничтожности?

— Вы полагаете, нам следует это обсудить?

— Просто ответьте, док, какое будущее ждет мою книгу? Она исчезнет? О, нет! Не могу смириться, что моей книге придется умереть! Книге, работе над которой я посвятил долгие дни и бессонные ночи, этим совершенным предложениям — всему придет конец!

— Все проходит. — Уголки губ Джозефа приподнялись. — Ничто не вечно. Постоянство иллюзорно, и придет день, когда от нашей планеты ничего не останется. Ну и что с того?

— Так что же теперь делать, доктор?

— Напишите новую! А потом еще и еще... Вы же писатель!

Как-то мартовским вечером, когда воздух благоухал, к Бенджамину пришло понимание, что он устал от всего: от унылого прозябания, от своей треклятой обособленности. Именно этой весной ему захотелось ласки и тепла, захотелось почувствовать, что это значит, когда тебя любят, уйти от проблем. Вечером на душе было так гадко, что он потащился в бар «Сухая глотка», что на Кристофер-стрит, влекомый неясной надеждой повстречать там привлекательную девушку, которая оказалась бы еще и свободной. А если не повезет, то он сможет хотя бы развеяться, послушать джаз, опрокинуть пару стаканчиков или даже напиться вдрызг. «Сухая глотка» — это, наверное, самое идиотское название бара за всю историю человечества.

Небольшое темное помещение с несколькими рядами кожаных диванов было наполнено смехом, музыкой и гулом голосов, подогретых напитками. Но ему было все равно, какая здесь собирается публика — шатающиеся без дела прожигатели жизни или озабоченные делами люди, которые приходили в этот бар, чтобы закончить день.

Бенджамин высмотрел свободное место и уселся на высокий табурет, широко расставив ноги и облокотясь о дубовую барную стойку. И стал терпеливо ждать, когда его персона привлечет внимание бармена, смешивавшего в хайболе ледяной «Лонг Айленд». За спиной этого парня было все, что нужно для забвения: полки, где, словно рождественские подарки, выстроились бутылки с калифорнийским вином, русской водкой, мексиканской текилой, джином, скотчем и коньяком.

Вскоре, сидя вполоборота к залу и неспешно потягивая скотч со льдом, он с интересом смотрел по сторонам.

Дискотека была в самом разгаре: несколько юнцов и девиц дергались в такт оглушительно ревущей мелодии. Бенджамин смотрел на них и чувствовал себя еще более одиноким. Может, попробовать завязать с кем-то знакомство? По крайней мере, будет не так тоскливо ждать момента, когда человечество вспомнит, что он существует. Его взгляд путешествовал по лицам девушек так, как это было в конце третьего года его брака. Тогда он заметил за собой, что переводит взгляд с Нэнси на кого-то из ее подруг в ожидании, что та окажется лучше его жены. Он знал, что многие женатые мужчины склонны к подобным фантазиям...

В этом шумном баре он выбирал ту, с которой был бы не прочь разделить свое одиночество. Мимо него в мелодиях блюза проплывали грациозные фигурки, но их улыбки предназначались другим, и не его, а чужие руки обнимали эти талии. «Не может быть, — думал он, — чтобы ни одна живая душа не обратила на меня внимания». За тем крайним столиком сидят две отчаянно скучающие особы. Одна из них, помоложе, очень хороша! Похоже, сейчас они тратят последние баксы: раздумывают, какое блюдо заказать, чтобы его можно было разделить на двоих и чтобы еще осталось на коктейль; и убивают время в надежде на знакомство с интересным парнем, умеющим связать пару слов и развлечь девушку. Бен пару раз выразительно подмигнул им, а потом отправил воздушный поцелуй. А почему бы и нет? Наверняка эти девицы бессонными ночами мечтают о таком мужчине, как Бен.

Но в ответ одна из девиц, в джинсах с дырками, дерзко вскинула ладонь с поднятым средним пальцем и заорала: «Ты что, папаша, надрался? Отвяжись, черт возьми! У нас нет никаких планов насчет тебя. И вообще, тебе дрыхнуть пора! Ясно?»

Ее подруга визжала: «Да! Да! Покажи этому засранцу, чтоб он в штаны наложил!»

Они так и сказали: «засранец» и «папаша», и если насчет первого он мог бы поспорить, то второе было истинной правдой. Он стремительно старел. И в тот миг, вероятно, был смешон и жалок. Словно назло, освещение бара приобрело зловещий оттенок. Ситуация усложнялась.

Бенджамин знал, что его шансы закрутить роман не слишком велики. Он проклинал годы бессмысленного прозябания за столом, усеявшие его бедные ноги уродливыми варикозными шишками, сделавшие его руки тонкими, а живот дряблым, уныло свисавшим над ремнем. А еще он ненавидел коварные проблески седины, мало что осталось от его некогда каштановой шевелюры — лишь то, что смог собрать и тщательно уложить парикмахер, русский нелегал с Брайтон-Бич, от которого несло водкой за милю. Хоть тот и изъяснялся на отвратительном английском, но Бенджамину удалось разобрать его приговор: он лысеет, и этот безжалостный процесс уже начал подбираться к затылку.

Он невольно взглянул в большое зеркало, откуда на него взирала вереница давно умерших лиц: беззаботного ребенка, наивного кучерявого мальчика-подростка, жизнерадостного молодого человека. И лишь последнее изображение уже не слишком молодого, сутулого мужчины было живо. Оно смотрело на него окруженными морщинами глазами, будто говорило: «Эй, ну привет тебе, старикан!»

Да уж, в его годы даже отъявленным романтикам приходится признать, что весна жизни незаметно прошла. И в оправдание прожитых лет ему нечего было предъявить, кроме убогой книжонки, которую никто не покупает. Он, как и раньше, верил в счастливый случай, в судьбу, но не было никаких причин полагать, что судьба верила в него. Ах, если бы он мог начать все с самого начала!

— Да пошли вы все, — буркнул он себе под нос и сердито отряхнул брюки от невидимых крошек. — Чего ради я торчу тут? Жду, пока кто-нибудь не переломает мне ребра?

И уже собирался залпом допить свой скотч, чтобы сползти с неудобного стула и пойти к выходу, как вдруг... его глаза задержались на хорошенькой девице, сидевшей слева от него на другом конце барной стойки.

Невзирая на темноту бара и слой косметики на ее лице, он все же смог увидеть, как она мила. Такой типаж — сочетание секса и жизнелюбия — можно увидеть только в телевизионной рекламе и на коробках со стиральными порошками. На ней был яркий узкий топ — в глубоком вырезе виднелся краешек желтого бюстгальтера, а из-под короткой юбки виднелись соблазнительные, затянутые в прозрачные колготки ноги.

Ее с Бенджамином разделяли всего пять футов и два лохматых, трепливых парня: они, видимо, только на днях достигли совершеннолетия. Один из них раз за разом бросал в рот арахис, как бурундук, с удивительной быстротой пережевывал его и запивал темным пивом из необъятной кружки с фирменным логотипом «сухой глотки». Опустошив ее, он щелкал пальцами, и до того как на столе появлялась новая порция, раскачивался на своем табурете, ножки которого уже издавали жалобный стон. В какой-то момент Бенджамину показалось, что этот малолетка посмотрел на девушку, и взгляд его дольше необходимого задержался на ложбинке ее бюста и, скользнув ниже, остановился на гладких коленях. Она же — к немалому удовольствию Бенджамина — фыркнула и демонстративно повернулась к нему спиной.

Спустя пару секунд он снова украдкой взглянул на девицу. Аллилуйя! Он был приятно удивлен, что она обратила на него внимание, изучая так старательно, словно он — музейный экспонат. Ее брови изогнулись. На секунду их глаза встретились; сила ее взгляда пронзила Бенджамина. Они понравились друг другу.

«Похоже, я не слишком скверно выгляжу, — рассуждал он, — если эта крошка проявляет ко мне интерес». Тогда почему бы не получить желаемое? Но он так и сидел, опустив глаза в пол, и время от времени мелкими глотками пил виски. Нет! Пусть она издали полюбуется им и шепотом спросит у бармена, не знает ли он, кто этот парень. Разве он не прав?

Девушка же, похоже, была разочарована его пассивностью, ждала инициативы с его стороны, призывала начать наступление, обещая, что не станет долго сопротивляться, наоборот, будет податливой, как пчелиный воск, тающий под лучами жаркого солнца.

Несмотря на внешнее равнодушие, сердце Бенджамина тревожно билось. «Главное теперь — ничего не испортить», — думал он. И чувствовал, что задыхается от вожделения, наполнявшего жаром все тело: давно ему было не до женщин, не говоря уже о том, что, не имея денег, нелегко выглядеть привлекательным в глазах прекрасного пола. Сейчас же две или три купюры шелестели в его левом кармане: пусть не в том количестве, как хотелось бы, но, наверное, чтобы соблазнить эту красотку, много и не нужно.

Мгновенное влечение, любовь с первого взгляда... Нет, все-таки он слишком прагматичен, чтобы верить в подобное. Но в полумраке, где гремела музыка и под потолком вращался освещенный прожектором зеркальный шар, у него кружилась голова, будто ему что-то подмешали в виски, и казалось, что в воздухе разлито волшебство.

Испытывал ли он чувство тревоги? Поначалу нет. Скорее приятное волнение и предвкушение близкого удовольствия. Словно впервые за долгие годы почувствовал он себя живым человеком, счастливым и влюбленным в мир надежд и мечтаний. Он боялся пошевелиться, чтобы не спугнуть девушку, настолько соблазнительную, что он не мог в последний момент отказаться и, опустив голову, вернуться в свою холостяцкую берлогу на Герритсен-Бич...

Вероятно, сейчас Джозеф Уилсон руководствовался основным правилом своей профессии, гласившим, что пациент вправе говорить о чем угодно, а психоаналитик не станет перебивать его, пока не найдет в его речи значимого, обращая внимание не столько на содержание, сколько на слова или странности: оговорки, противоречия, несуразности.

— Дело оставалось за малым, — продолжал свой рассказ Бенджамин, — дать ей знак или сделать шаг. Но мой лоб покрылся испариной, а по спине пробежал зловещий холодок. «Что за ерунда, Бен?! — спросил я себя. — Не будь кретином! Куда подевалась твоя решительность? Или ты разучился флиртовать?» Да, я сказал «флиртовать», потому что мне не нужны глубокие чувства, вполне достаточно легкой, ни к чему не обязывающей интрижки, о которой можно будет забыть на следующее утро. «Сколько всего ты упустил в своей жизни, — думал я, — из-за того, что испугался».

Бенджамину потребовалось выпить одну за другой три порции виски, чтобы справиться с волнением и застенчивостью и набраться наглой уверенности.

— Привет! Ты так странно смотришь. Запал на меня?

Он не помнил, в какой именно момент почувствовал легкое прикосновение к своей руке. Не заметил, как получилось так, что они начали танцевать. Зато обнаружил, что она идеально подходит ему по росту. Ее макушка доходила до его плеча. Время от времени ее золотисто-каштановые волосы, свободно падающие на плечи, вспыхивали красноватым оттенком, и то же самое повторялось в ее огромных глазах. Она положила голову ему на плечо и прикрыла глаза от приятного ощущения близости. Надо быть полным глупцом, чтобы не увидеть в этом предложения приступить к решительным действиям.

Она танцевала, полузакрыв глаза и слегка улыбаясь. Ее тело пахло сладкими цветочными духами и морем. С ним он собирался получше познакомиться совсем скоро, а пока, обвив рукой ее талию и изумившись открытой покорности, с которой она приняла его объятия, жадно уставился на ее покрытые темно-красной помадой губы. Эта часть ее тела, должно быть, обладала гипнотизирующим эффектом для большинства представителей мужского пола. И она, похоже, знала об этом. Он коснулся ее губ своими и ощутил вкус бурбона. Мимолетное напряжение вылилось в поцелуй столь страстный, что Бенджамин ощутил дрожь в руках и ногах, осознав: впервые за долгое время он что-то почувствовал к женщине. Это был один из лучших дней его жизни, настолько, что он уже думал, как к Рождеству у них мог бы быть ребенок, если только ничего не откладывать... У него закружилась голова от радостного предвкушения, но это чувство скоро прошло — ему показалось, что она быстро поняла, о чем он думал.

Невольно он бросил взгляд поверх ее плеча на столик с теми двумя девицами. Те томились в одиночестве, оглядываясь по сторонам. Поглощенные собой и собственной молодостью, они видели в ней источник драматических переживаний или повод для скуки. «Вселенная умеет сохранять равновесие, — с оптимизмом подумал он, — если ты вдруг стал счастливым, в эту минуту кто-то другой страдает от несчастья».

— Кстати, а ведь я даже не спросила, как твое имя... — сквозь шум бара прокричала незнакомка, когда они сели и он заказал ей выпивку.

— Бенджамин.

— Что? — Она вдруг расхохоталась, запрокинув голову. Смеялась она так заразительно, что он не выдержал и рассмеялся тоже. Минуты три они не могли уняться. Только успокаивались — и снова в хохот. Обессилев, она произнесла:

— Беньяминек. Я буду называть тебя Беньяминек. Ты знаешь, что это значит на моем языке? Нет? Это значит «дорогой».

— Неужели?

— Тебе придется поверить... Чем ты занимаешься?

— Я? Писатель.

— Настоящий писатель? Вау! Не знала, что писатели тусуются в таких местах. Каким ветром тебя сюда занесло?

— Да так, решил расслабиться...

— Понятное дело. И о чем же ты пишешь?

— Догадайся!

— Думаю, о том же, о чем пишут все, — о любви, о потерях, о ревности... Знаешь, я думаю, что ты очень талантлив. И еще... ты так сильно отличаешься от мужчин, которые ошиваются в этом баре. Эти парни думают, будто могут делать со мной что угодно. А ты симпатичный. И добрый... не пытаешься сэкономить и, бьюсь об заклад, не меняешь женщин как перчатки. Вот что я скажу, Беньяминек, ты — настоящий джентльмен. Потому-то ты мне сразу приглянулся...

Нет, никакой мужчина не смог бы устоять перед ней, перед этими припухшими губами и глазами, в которых загорались озорные огоньки. Она так смотрела на него, словно хотела... но он тоже, черт возьми, хотел этого...

«Уже скоро, — думал он, — уже совсем скоро».

...Он впустил ее к себе, незаметно осматривая тесную студию: не валяются ли где-то грязные носки или трусы.

— Там туалет и душевая, — показал он. — Можешь освежиться, если хочешь...

— Спасибо, — ответила она, и Бенджамин уловил в ее голосе нотку разочарования. Неужели это из-за того, что у него все так бедно, обычный холостяцкий быт? Он заметил, как она оглядывала комнату, и наверняка в ее голове рождались определенные мысли.

Он выглянул в окно, откуда открывался «прекрасный» вид на помойку и каменные стены соседних домов. В их светящихся окнах мелькали, как на экранах, люди: они ужинали, смотрели телевизор, разговаривали, бранились, слушали музыку, целовались, смеялись... В каждом окне жила история, драма, надежды — часто пустые. Обычно он жадно ловил шорохи и вздохи за стеной у соседей. Порой ему казалось, это воздух, без которого не прожить, не написать ни строчки. Но только не сейчас, когда он с волнением ждал свою гостью, уединившуюся в его замызганной душевой. Послышался протяжный скрип двери, тихие шаги. Он резко опустил скрипучие жалюзи, и они бросились друг к другу в порыве желания...

Она билась и стонала в его объятиях, извиваясь и тяжело дыша, то трепеща, то замирая от страсти, когда они сливались в единое целое, погрузившись друг в друга. Ее тело было упругим и гибким, и она, казалось, гордилась тем, что знает, что с ним делать.

— Я люблю тебя, Беньяминек! — шептала она, широко раскрыв глаза. Он услышал, как тоже зашептал, что любит ее. Правда, спустя пару часов он уже не понимал, как получилось, что эти слова так легко слетели с его губ. Разве он так сильно напился? Рядом с кроватью стояла бутылка с виски, почти пустая, и две заляпанные рюмки.

Девицу звали Злата. Ей было двадцать пять или около того. По-английски она говорила медленно, со странным тягучим акцентом, глотая половину звуков, что он нашел очень трогательным. Впрочем, ничего удивительного: она прилетела из Польши как туристка и осталась в Нью-Йорке.

Она рассказала Бенджамину, что сбежала от буйного отца, который любил распускать руки, хотя другим мог казаться самой святостью... Сразу после смерти ее матери он разбогател на темных делишках. «Какого рода делами занимался отец? Не знаю. Он никогда мне этого не говорил, а я и не спрашивала, потому что знала — вместо ответа он залепит мне пощечину. У него очень тяжелая рука. Однажды он так врезал мне по голове, что я находилась без сознания до следующего утра». Узнав, где отец прячет свои деньги, и присвоив часть их в качестве компенсации за всю боль, которую он причинил ее бедной матери и ей, она взяла такси и уехала в аэропорт Варшавы. Оттуда перед самым вылетом она позвонила в налоговую службу и сдала отца, отомстив ему. Что случилось дальше, она не знает.

Первые полтора месяца она жила припеваючи, сняв номер в Marriott Marquis, где ужинала в его крутящемся ресторане The View на высоте птичьего полета; подарила себе корабельный круиз; не обошла стороной знаменитые ночные клубы Copacabana и Edelweiss; а в универмагах Garment District и Macy's прикупила модную одежду и парфюмерию.

Она и предположить не могла, что истратить изрядную сумму денег в Америке окажется настолько просто. И когда у нее оставалось чуть менее полутора тысяч долларов, она решила пойти на риск и провела конец недели в Фармингтоне, пытая счастья за рулеткой и игрой в карты. Но фортуна отказывалась улыбаться ей, и девушке пришлось оставить на зеленом сукне стола последние несколько купюр. Трехмесячный срок ее пребывания в стране быстро истек, однако она не собиралась уезжать, пока не получит то, ради чего приехала. Превратившись в нелегалку, без номера социального страхования она не могла найти работу и потому искала американца, чтобы через него получить грин кард. Пока же ей приходилось зарабатывать чем придется, чтобы вносить плату за узкую, как трап, комнатенку, больше похожую на чулан, куда никогда не заглядывает солнце, и питаться в дешевой китайской забегаловке в конце улицы.

Слушая Злату, Бенджамин понимал, что было бы наивно верить всем байкам, которые она рассказывает каждому клиенту, с сигаретами и бутылкой теплого виски на мятой постели. Она, конечно, объяснила, что никогда не стала бы «этим» заниматься, если бы согласилась на работу посудомойкой или помощницей парикмахера, чтобы мыть волосы клиентов за жалкие девять баксов в час, но эта работенка — «такое болото, которое затягивает по самое горло»...

Говорят, за веселой ночью всегда приходит похмелье, несущее усталость и опустошение. Так и случилось. Через несколько часов косой луч мартовского солнца, пробившись сквозь щель жалюзи, положил конец странным сновидениям Бенджамина. Его левая рука онемела — видимо, она долго свисала с кровати. Во рту пересохло, в голове пульсировало, и зловонный дым сигарет пропитал волосы. Он повернулся на бок и оперся на локоть.

Девушка лежала рядом и сопела ему в плечо. О боже, она так подурнела за ночь, что он с трудом узнал ее: помятое лицо, щеки розовые, опухший рот. Но вот она зашевелилась в постели, вытянулась, как кошка, улыбнулась и прильнула к нему своим нагим телом. Бенджамин не шелохнулся: он решил, что лучше всего для них будет расстаться. Прямо сейчас. Потому что сближение с ней, как и с любой другой женщиной, до добра не доведет. А с пути истинного его сбили виски и короткая юбка.

Но что это? Неужели Злата опять прочла его мысли? Внезапно она погрустнела. Молча смотав волосы в узел и закрепив их на затылке, она устроилась на кровати полусидя, положив под спину подушку, а потом опустошила бутыль с виски в свою рюмку. Выпив ее залпом, она закурила сигарету и завела разговор, избегая смотреть ему в глаза:

— Ну вот и все, — сказала она, посмотрев на часы. — Сейчас ты встанешь, примешь душ, выпьешь кофе и велишь мне убираться отсюда, ведь так? Ну же, Беньяминек, смелее, скажи мне это! — всхлипнула она. — Я привыкла быть униженной.

Он взглянул на нее: губы чуть раздвинуты, мокрые глаза полузакрыты, а лицо покраснело. Ему вдруг стало не по себе. Он не мог допустить, чтобы по его вине омрачился этот прекрасный взгляд, и когда увидел слезы в ее глазах, тут же отказался от первоначальной мысли. Черт, да, в конце концов, ему плевать на ее прошлое!

— Ты необыкновенная девушка, Злата! — зашептали его сухие губы. — Ты вдохнула в меня жизнь, открыла новый мир...

— Правда? — девушка оживилась, и глаза ее восторженно расширились. — Если я нужна тебе, то останусь... Скажи, что ты любишь меня. Уверена, у тебя свои причуды, какие-нибудь тайные желания. Все их имеют... Не стесняйся меня, свою маленькую шалунью...

Он вздрогнул...

В тот же день она переехала к нему с одним чемоданом, набитым модными шмотками, косметикой и другой ерундой. Это все, что у нее было. И весь остаток дня и ночи не отходила от него ни на минуту, за исключением тех случаев, когда надо было отлучиться в туалет или на кухню, чтобы приготовить им поесть и выпить. Возвращаясь, она, медленно танцуя, проплывала через комнату, неся в руках два бокала с вином, умело ставила их на тумбочку рядом с кроватью, не уронив на пол ни капли, и падала в его объятия. В другой раз, прильнув к нему на диване и крепко обняв, она стала напевать забавную песенку на непонятном языке (наверное, это был польский). И непрестанно твердила, какой он «добры чуовиек», нежный и сильный.

К удивлению, Злата превосходно справлялась с хозяйством и умела стряпать, знакомя его с гастрономическими традициями своей страны, расположенной где-то там, в Европе, по ту сторону Атлантики. И создала в доме уютную обстановку: теперь его кровать была застелена красивым покрывалом, а постельное белье было выглаженным и благоухало чистотой.

— Почему я? — спросил он ее однажды. — Ты могла бы выбрать любого!

— Потому что ты умный, Беньяминек, у тебя лысина, и ты сопишь во сне, — мило отшучивалась она, гладя его по голове, как ребенка.

Ему пришла мысль, что у нее не только приятная внешность, но и прекрасный характер. Он мог бы поделиться с ней новыми идеями и взглядами на жизнь, которых она прежде не знала. Между ними возникло сильное взаимное притяжение. Бенджамин не мог думать ни о чем другом, практически бросил писать, потерял голову — эта привязанность оказалась сильнее его рассудительности. Он сходил с ума от животной страсти, с которой она отдавалась ему, от этого растянутого в вечности поцелуя.

Весь месяц, чувствуя себя сильнее благодаря женской любви, Бенджамин пребывал в экстазе. Злата таскала его повсюду — сначала по модным магазинам, затем на какой-то безвкусный бродвейский мюзикл, потом — в караоке-найт, в бары, где заказывала двойной виски. А он тратил на нее свои скудные накопления от сдачи в аренду квартиры матери в Южном Бронксе.

Но, говорят, нельзя не почувствовать, когда стоишь на пороге перемен. Постепенно эти двое стали обнаруживать друг в друге много неприятного, они искали и находили мелкие поводы для недовольства, ссорились и, наконец, просто наскучили друг другу. Он убедился в ее необразованности: вечера, которые они проводили вместе, стали для Бенджамина невыносимо скучными, все чаще он замечал, что поддерживать с ней разговор — занятие непростое. Он понял, что закован в кандалы, которые давят нестерпимо из-за страха причинить ей боль. Он спрашивал себя, что может положить конец этим отношениям.

Ее тоже надолго не хватило. Она обладала вольным нравом: была свободолюбива, могла выпорхнуть из его квартирки, когда ей этого хотелось, иногда уходила на всю ночь, чтобы наутро вернуться со стойким запахом дыма, перегара и острого пота. И все отчетливее он понимал, что ничего общего со Златой у него быть не могло — никогда не будет у них новой жизни.

Сидя на его диване и обложившись подушками, Злата рассматривала ногти, затем стала глазеть в окно на помойку, наматывая волосы на указательный палец. Возможно, именно в тот момент ей пришло в голову, что он выглядит старше своих лет; она даже не стала скрывать этого, сообщив ему о своем открытии: «Боже, Бенджамин, каким же все-таки нескладным стариканом ты выглядишь со стороны! Посмотри на свое пузо — как у беременной! А щетина — она такая колючая и совсем седая. И сам ты — бесчувственный чурбан, которого волнует только паршивое бумагомарание. Не удивительно, что твоя драгоценная женушка не смогла тебя вытерпеть».

На следующее утро она объявила ему о своем решении уйти от него. Она вышла из душевой, окутанная облаком пара, с раскрасневшимся и посвежевшим лицом, как у подростка. Он и сейчас не переставал восхищаться молодостью этой польской дурочки, обожал наблюдать, как она прохаживается по его квартирке в одежде или без нее — его бывшая жена всегда ходила в наглухо застегнутом домашнем халате и с мефистофельским выражением лица.

«Только не уходи! — беззвучно произнесли его губы. — Мне с тобой хорошо. Ты единственная, кто сумел дать мне любовь».

Пакуя чемодан, она наградила его взглядом, в котором читался яростный вызов. Ее глаза блеснули злобой. В них читалось такое презрение, будто от него пахло, как от помойного ведра.

— Хорошо. Ты победила, — робко сказал он и сглотнул.

— Я не победила и не проиграла, Бен. Просто все кончено, — ответила она с самодовольным видом, влезая в серебристую юбку, затем обернулась к зеркалу и принялась расчесывать волосы...

Похотливая сука! Она готовила себя для другого мужчины: очевидно, моложе, красивее и богаче его...

Бедняга, первую неделю он рыдал, оставшись наедине со своим одиночеством и несколькими вещами, напоминавшими о жизни Златы в его холостяцкой берлоге: в душевой на полке валялись пустой флакон из-под духов и тюбик туши, а на кухне стояли пластмассовый стаканчик из-под йогурта со следами темно-красной губной помады по краям и липкая кружка с засохшим кофе...

— А потом, доктор, потом... я прозрел, — продолжал Бенджамин. — Понял, что, в отличие от расчетливой Златы, оставался неисправимым идеалистом. К любви это не имеет никакого отношения... И когда на многие вещи я стал смотреть иначе, в моей жизни появились женщины. Да, док, временами меня терзал голод и требовалось заглушить его. Все новые девицы сменяли друг друга в моей постели. Какая-то непреодолимая сила влекла меня вперед, и я не мог пропустить ни одной, которая оказывалась на моем пути... Были ли они симпатичны? Ха, не знаю. С ними даже не надо разговаривать, можно называть как угодно, любым придуманным именем. И забыть навсегда или, по крайней мере, до следующего чувства голода. Окажешься случайно поблизости — снова заскочишь в ту забегаловку. Если нет — неважно, появится другая. Главное — утолить желание...

Бенджамин не договорил, он молча уставился на Джозефа. Но продолжать не было необходимости: к тому времени доктор уже чувствовал себя слишком уставшим, чтобы продолжать сеанс, и уже собирался объявить клиенту о его завершении, как вдруг тот сказал:

— А сегодня утром по дороге к вам, док, я вдруг почувствовал вину. Понял, что это неправильно. Но так трудно удержаться от искушения!

— Вы это о чем?

— Когда появляется новая смазливая девчонка, волнующая и такая молодая и свежая, с шелковистыми волосами... Я не сомневаюсь, что вы, как мужчина, хорошо понимаете меня...

— Что вы имеете в виду?

— Да дело в том, что сегодня я повстречал чудесную девушку. Она стояла на Бруклинском мосту вся в слезах, похоже, из-за вселенской несправедливости. Я заметил, как резко вздымалась и опускалась ее грудь в такт тяжелому дыханию, а она смотрела на мутные воды Гудзона и размышляла, прыгать или не прыгать.

— Почему вы так решили? — заинтересовался Джозеф.

— Во всяком случае, мне так показалось. Вам ведь известно, что этот мост — настоящий магнит для самоубийц, самое популярное место для сведения счетов с жизнью. Я проходил мимо, когда она перелезла через парапет и шагнула вперед. Страха в ее глазах не было...

— И? Не тяните, Бенджамин! Что случилось потом? Только не говорите, что бедняжке удалось осуществить задуманное...

— Эй! — закричал я. — Только без глупостей! Что ты там собираешься делать?

Она не повернула голову и не сдвинулась с места.

— Послушай, ты не могла бы слезть оттуда? Пожалуйста! Ты всего в двух дюймах от того, чтобы упасть и разбиться насмерть.

Никакой реакции, док. Она даже не обернулась в мою сторону.

— Эй! Ты заставляешь меня нервничать! Хочешь вниз, черт возьми? Ты спятила?

Я бросился к ней и сумел крепко схватить ее за рукав, прежде чем ее ноги повисли над пустотой.

— Пустите меня! — истошно заорала она, отбиваясь. — Это моя жизнь.

— Нет! — я прижал ее к бордюру, чувствуя, как по шее ручьями катится пот. Моя рубашка вмиг взмокла, но я старался ни о чем не думать. Боялся думать. Тогда я еще не знал, откуда у нее взялась эта безумная идея.

Она сопротивлялась, но, в конце концов, поняв, что ей не справиться с мужчиной, подчинилась.

— Глупышка, ты наивно полагаешь, что можно решить все свои проблемы одним прыжком? — спросил я, когда между нами зазвенела тишина, прерываемая лишь моим тяжелым дыханием, автомобильными гудками и противным визгом тормозов на мосту. — Надеешься, что твоя смерть будет легкой? А хочешь, я расскажу тебе, *как* ты будешь умирать? Во время падения ты будешь думать: «Вот дерьмо! Это была очень плохая идея!» Через секунду ты переломаешь себе все кости, ударившись о воду, а потом, отчаянно цепляясь за жизнь, ты пойдешь на дно из-за невозможности держаться на плаву.

— Откуда вам это известно? — вдруг спросила она, поразив меня глубиной своих глаз.

— Вернулся с того света... — ответил я. — Ладно, шучу... Лучше поделись своей проблемой. Что произошло? Парень бросил? Ничего, он еще будет жалеть о своем поступке...

Она молчала, стиснув зубы, а ее глаза неподвижно уставились в небо.

— Ты веришь в Бога? — спросил я, чтобы заполнить паузу.

— Уже нет, — был ее ответ.

— Зачем же тогда тебе умирать? Кто будет ждать тебя после смерти?

— Я не хотела умирать... Я только... не хотела жить.

— А ты знаешь, что попытка суицида считается криминалом в Нью-Йорке? Нам надо убираться отсюда: сейчас нагрянут копы, угостят тебя жвачкой, а потом, доказывая, что не зря тратят городские денежки, посадят на трое суток... Кстати, если тебе нужен хороший психолог, могу порекомендовать.

— Нет, спасибо, — девушка отрицательно помотала головой и вытерла глаза. — У меня отец психоаналитик...

— Если можно, Бенджамин, поближе к сути, — нервно поторопил его Джозеф. — Так в чем же там было дело?

— Да ничего нового. Грустная история о любви, со слезами, переживаниями и вот ... Девушка любила парня, своего одноклассника. Джош... она назвала его Джошем. Они были королем и королевой выпускного бала. Парень недавно улетел в Лос-Анджелес — изучать актерское мастерство, а несколько дней назад, рискуя жизнью, кинулся спасать какую-то девчонку и, вытолкнув ее на берег, утонул сам. Вот Оливия и решила воссоединиться с ним на небесах...

Бенджамин еще что-то говорил, но доктор его уже не слышал. Пораженный, он вздрогнул и отпрянул назад, вжавшись руками в подлокотники кресла и закрыв глаза. Господи, неужели это она, его дочь Оливия?! Нет! Не может быть! Но обрывки фраз крутились в его голове, запутываясь в клубок, и не давали ему покоя: «отец-психоаналитик», «одноклассник Джош, недавно улетевший в Лос-Анджелес изучать актерское мастерство», «король и королева выпускного бала» и, наконец, имя девушки — Оливия. Пазл сложился в единое целое. Нет! Это было выше его сил! Как же так, черт возьми, всю жизнь копаясь в людских душах, он не заметил собственную дочь? Господи, лишь бы не было слишком поздно, он никогда не простит себе, если... Кровь ударила ему в голову. Он вскочил на ноги и бросился в приемную с криком: «Эмма, срочно соедините меня с дочерью!»

Эпилог

Дорогая Оливия,

Прошла вечность с того злополучного дня, когда казалось, что твоя жизнь закончена.

И если бы не Бенджамин Вуд, ты... впрочем, не стоит об этом вспоминать. Можно сколько угодно смотреть в прошлое с любовью или даже с тоской, терзать себя бесконечными мыслями, но ничего не изменится. Нельзя вернуться назад и выбрать новый путь. Прошлое останется прошлым, настоящее — настоящим. А будущее... оно будет таким, каким ему суждено быть.

Долгие годы этот дневник был твоим спасением. Сколько горьких слез было пролито на его страницы! Но твой отец всегда говорил, что плакать не вредно, часто слезы избавляют от необходимости объясняться с самой собой...

Со временем ты узнала подробности того трагического события. В тот сентябрьский вечер разбушевалась гроза. Джош, заметив тонувшую девушку, бросился в волны. А она гирей повисла на его шее, мешая плыть. Ветер выл с отчаянием раненого зверя, небо рассекали зигзаги молний. С каждым мгновением силы оставляли Джоша, а берег по-прежнему казался таким недосягаемым...

На следующий день спасенная давала показания в полицейском управлении Лос-Анджелеса. Девушку звали Ундина...

А Джош — твоя первая любовь — он умер, но все равно с тобой, прячется где-то в глубинах твоей души. Иногда на рассвете, когда ты еще лежишь в постели, перед тобой встает его лицо, и ты вспоминаешь. Джош, Джош, — ты тихо повторяешь в темноте его имя. И тогда что-то захлестывает тебя, и ты любишь его такой же чистой любовью, как и в те дни, когда вам едва исполнилось семнадцать...

Но с каждым днем ты все больше отдаляешься от детства, и новая жизнь вытесняет старую: она не дает стоять на месте и предаваться воспоминаниям, чтобы вновь и вновь ворошить печальное прошлое... Ты уверена, что и Джош не позволил бы тебе зачахнуть, ждать... Ждать чего? Воссоединения после смерти, в котором ты вовсе не уверена?

Конечно, если бы не твой отец, того удара тебе ни за что бы не вынести... Кстати, полгода назад он связал жизнь со своей прелестной помощницей Эммой. Когда ты у них за субботним ужином, ты незаметно приглядываешься к Эмме, ловишь каждое ее движение и твердишь себе: «Вот она потянулась к нему — да ведь это любовь, самая настоящая любовь, другой такой отец никогда не встретит». Они и в самом деле очаровательны, когда сидят, взявшись за руки, и восхищенно смотрят друг на друга, улыбаясь!

Так уж получилось, что, спасая тебя, Бенджамин Вуд помог самому себе как писателю. Когда вы сдружились, ты отдала ему почитать свои дневники, и он написал историю о девочке, пережившей буллинг в школе, влюбившейся в парня и чуть не покончившей с собой из-за его трагической гибели в Калифорнии. Надо ли говорить, что прототипом главной героини была ты? Его книга стала бестселлером и удостоилась американской книжной премии.

Ты окончила Школу фотографии Нью-Йоркской академии киноискусства. Вспомни бурные студенческие вечеринки, пять месяцев практики в The New York Times и несколько опрометчивых поступков, которые ты совершила, не задумываясь о последствиях и пользуясь привилегией молодости.

Ты живешь в одноквартирном браунстоуне девятнадцатого века с красивой каменной лестницей, рядом с которой буйно цветет азалия, растут кипарисы, каждый высотой в шесть футов, а на ровном зеленом газоне разбиты аккуратные клумбы с карликовыми деревьями в стиле бонсай. Этот роскошный дворец принадлежит Жаклин Лурье. Точнее, принадлежал. Бедная Жаклин! Жизнь не пощадила ее.

Ты восстанавливаешь в памяти событие пятилетней давности. Было пять часов вечера. Раздался телефонный звонок. И взволнованный срывающийся голос закричал на том конце телефонного провода:

— Алло! Это Ливи? Вы меня слышите? Это Мигель. Вы помните меня?

— Да, Мигель. Здравствуйте...

— Ливи, я должен сообщить, что произошло несчастье. Ее больше нет... Жаклин. Она скончалась. Умерла. Сегодня в полдень.

— О боже... Что случилось? — бормочешь ты, бессильно опускаясь на пол и теряя дар речи.

— Это случилось внезапно... Застало нас врасплох. Мы думали, время еще есть. Но опухоль разрослась и... вот.

— Рак? — шепчешь ты. — У нее был рак?

— Si, si... Я думал, вы знаете.

Мигель еще что-то бормочет, но спазм в горле сделал тебя глухой. Слезы покатились по щекам, а перед глазами встала Жаклин, исхудалая, подавленная. Болезнь ее изменила: кожа стала бледной, острые скулы обнажились. Но больше всего поменялись ее глаза — болезнь сделала их тусклыми.

Оказывается, ей отчаянно хотелось, чтобы ты ее навестила. А ты этого не сделала, даже не позвонила, не нашла для нее времени. Ты помнишь, как во время вашей последней встречи она схватилась за твою ладонь, будто от этого зависела ее жизнь, и сказала: «Ливи, я так привязалась к тебе, детка».

Господи, если бы ты знала, что уже тогда она умирала от рака.

Ты понимаешь, что не виновата в смерти Жаклин, но после того рокового звонка разрыдалась так, словно это ты ее убила. Если бы ты ей позвонила, если бы пришла в гости или продолжала посещать ее студию — все это ничуть не продлило бы ей жизнь. И все-таки ты плакала так, словно могла ей помочь…

А потом был солнечный день в Нью-Йорке. Были торжественные похороны, вереницы одетых в черное людей, среди которых толпилось немало любопытных, изображавших вселенскую скорбь. И священник, читающий надгробную молитву над открытой могилой:

Великий Боже, вдохнувший жизнь в прах
И создавший Адама и Еву по своему образу и подобию,
Мы возвращаем тело раба твоего в землю, из которой он вышел,
Веруя, что ты, воскресивший из мертвых Христа,
Снова вдохнешь в нас жизнь, чтобы мы жили с тобой вечно,
Земля к земле, прах к праху, аминь.

Красивая, умная, нежная, Жаклин была исключительным человеком — она осталась исключительной и после смерти. Она как будто не умирала, постоянно возвращаясь к тебе в мыслях и во снах. Одна из комнат роскошного дома заполнена ее вещами. Впервые войдя в нее, ты ахнула: здесь у окна маячила ее тень, здесь витал запах ее любимых духов, а на стуле в углу аккуратно висел ее домашний жакет, словно она отлучилась по делам и вот-вот вернется домой. Вдоль стены ты заметила длинные полки, уставленные множеством манекенов. На их головах сидели парики — разнообразных фасонов, расцветок и стилей: такой была ее жизнь в последние полгода. Мигель говорил, что от постоянной головной боли ей хотелось лезть на стену, уколы она переносила плохо, а после химиотерапии была никакая. И только работа помогала ей преодолевать слабость и переживать приступы рвоты. Уже тогда она почти облысела — волосы выпадали пучками. Но она так ни разу и не заплакала. Ей было слишком больно, чтобы плакать. В свидетельстве о ее смерти в графе «причина» значится «онкология». Но ты уверена, что Жаклин умерла не от рака. Ее сердце разорвалось, не выдержав одиночества...

Твой отец знал, что ты потеряла близкого человека, но он не был знаком с Жаклин лично и не догадывался, как она тебя любила. И ты ее. Вы никогда об этом не говорили, потому что слова тут не нужны. Вы обе и так все знали.

Со временем печаль утихла, как это всегда случается. К тебе вернулась способность радоваться жизни; тебя окружали чудесные люди, не давая мучиться. Но ты продолжала тосковать по ней. Другие, даже самые добрые и милые, не могли заменить ее. Не было другой Жаклин.

Оказалось, незадолго до своей смерти она попросила Мигеля пригласить нотариуса для составления завещания. «Люди тянутся в прошлое, к своим корням, и вперед, в будущее, которого они не увидят никогда, но о котором им непременно следует позаботиться», — устало сказала она, подписывая бумаги.

Своим последним распоряжением она оставляла солидный счет в «Джей Пи Морган Чейз» престарелым родителям — Бернару и Бренде Лурье, доживающим свой век в Бриджпорте, штат Коннектикут. Дом был подарен Мигелю — ее законному супругу. А фотостудию и принадлежавшую ей долю акций в художественной галерее в Гринвич-Виллидж Жаклин передавала тебе. Поначалу ты застыла в оглушающей тишине. Удивлена? Не то слово. Взять и подарить то, что на рынке стоит бешеных денег! Ты была смущена и растрогана. И не могла вымолвить ни слова: тебе казалось аморальным делать себе имя на ее состоянии. Но Мигель сказал, что это решение было осознанным и шло от сердца Жаклин, считавшей, что ты именно тот человек, кому со спокойной душой она могла бы доверить заботу о своем детище. Это было выше твоего понимания. Однако ты слишком хорошо знала непреклонность Жаклин. Все ее решения, принимаемые со спокойной, взвешенной решимостью, были тверже камня.

А потом Мигель, вцепившись в твою руку, долго упрашивал тебя перебраться жить в осиротевший дом.

Тебе хотелось, чтобы Жаклин гордилась тобой, и ради ее памяти ты была готова рискнуть, хорошо понимая, что тебе предстоит прыжок в неизвестность. И только разумный подход мог помочь справиться со всем тем, что ждало тебя впереди. К тому же после женитьбы отца ты стала подумывать, чтобы съехать от него и Эммы.

Так начался новый этап твоей жизни. Теперь все твои силы уходят на то, чтобы с честью продолжать дело Жаклин. Бренд «Жаклин Лурье» по-прежнему процветает, внезапно сделав тебя, Оливию Уилсон, известной в определенных кругах: начинающие художники, еще не признанные занудными экспертами, мечтают попасть к тебе, молодые фотографы просят о фотосессии, а журналисты становятся в очередь, чтобы взять интервью. Поэтому было бы неверно считать, что последние годы твоей жизни прошли в слезах: было немало замечательных дней.

Ну вот, пожалуй, и все, о чем тебе хотелось написать, прежде чем ставить точку в этом дневнике...

P.S. О, а вот и Мигель. Он постучал в дверь твоей спальни и, широко улыбаясь, сообщил, что пришла гостья с букетом из кремовых лилий и роз и ждет тебя в гостиной. Ты уверена, что это Коринн — молодая одаренная фотожурналистка с яркой индивидуальностью и природной красотой, недавно начавшая стажировку в «Студии Жаклин Лурье». Умница, она учится на бюджетном отделении, а такая возможность предоставляется только особым студентам. А еще... еще она напоминает тебе Жаклин: та же короткая мальчишеская стрижка, то же выражение лица, разрез умных глаз, лучезарная улыбка, манера говорить... Ты поддержишь ее — так, как это делала Жаклин, занимаясь благотворительностью и помогая юным талантам — художникам, журналистам, фотографам. И тогда Коринн добьется успеха. Она этого достойна.

Но который час?

У тебя есть десять минут, чтобы одеться и привести себя в порядок. Сейчас Коринн наверняка попивает мартини, приготовленный Мигелем по рецепту Жаклин. Ты надеваешь платье цвета спелой сливы, наскоро подводишь глаза и придирчиво осматриваешь себя в зеркале: что ж, выглядишь отлично! Жаклин бы сказала: «Ну, детка, теперь от тебя глаз не оторвешь!»

Оглянувшись на портрет, с которого тебе улыбается прежняя хозяйка дома, ты с волнением распахиваешь дверь, ступая навстречу своему будущему, еще неведомому, но, возможно, счастливому.

Литературно-художественное издание
Әдеби-көркем басылым
Для широкого круга читателей
Оқырмандардың кең ауқымына арналған

16+

Валериан Маркаров
ЛИЧНЫЙ ДНЕВНИК ОЛИВИИ УИЛСОН

Заведующий редакцией *Сергей Тишков*
Ответственный редактор *Ольга Кузнецова*
Технический редактор *Наталья Чернышева*
Корректор *Надежда Лин, Яна Русиновская*
Верстка *Светланы Туркиной*

Подписано в печать 26.01.2022. Формат 60×84/16.
Печать офсетная. Гарнитура QuantAntiqua.
Бумага типографская. Усл. печ. л. 18,6.
Тираж 2000 экз. Заказ № 1041/22.

Произведено в Российской Федерации. Дата изготовления: 2022 г.
Изготовитель: ООО «Издательство АСТ»
129085, Российская Федерация, г. Москва, Звездный бульвар,
д. 21, стр. 1, комн. 705, пом. I, этаж 7
Наш электронный адрес: WWW.AST.RU
E-mail: ask@ast.ru
Интернет-магазин: book24.ru

Общероссийский классификатор продукции ОК-034-2014 (КПЕС 2008);
58.11.1 — книги, брошюры печатные

Отпечатано в АО «Можайский полиграфический комбинат»
143200, Россия, г. Можайск, ул. Мира, 93.
www.oaompk.ru, тел.: (49638) 20-685

Өндіруші: ЖШҚ «АСТ баспасы»
129085, Мәскеу қ., Звёздный бульвары, 21-үй, 1-құрылыс, 705-бөлме, I жай, 7-қабат
Біздің электрондық мекенжайымыз: www.ast.ru
E-mail: ask@ast.ru
Интернет-магазин: www.book24.kz Интернет-дүкен: www.book24.kz
Импортер в Республику Казахстан ТОО «РДЦ-Алматы».
Қазақстан Республикасындағы импорттаушы «РДЦ-Алматы» ЖШС.
Дистрибьютор и представитель по приему претензий на продукцию в республике
Казахстан: ТОО «РДЦ-Алматы»
Қазақстан Республикасында дистрибьютор
және өнім бойынша арыз-талаптарды қабылдаушының
өкілі «РДЦ-Алматы» ЖШС, Алматы қ., Домбровский көш., 3«а», литер Б, офис 1.
Тел.: 8 (727) 2 51 59 89,90,91,92
Факс: 8 (727) 251 58 12, вн. 107; E-mail: RDC-Almaty@eksmo.kz
Тауар белгісі: «АСТ» Жасалған күні: 2022
Өнімнің жарамдылық мерзімі шектелмеген.
Өндірген мемлекет: Ресей

Мы в социальных сетях. Присоединяйтесь!
https://vk.com/ast_mainstream
https://www.instagram.com/ast_mainstream
https://www.facebook.com/astmainstream